王必胜 著

矮纸闲草

说散文

作家出版社

作者简介

王必胜，荆楚人氏，硕士，高级编辑。著有《邓拓评传》《东鳞西爪集》《我写故我在》《在乎山水间》等。散文《单位》获第七届老舍散文奖。为辽宁人民出版社主编《中国最佳散文》系列、人民日报出版社主编《中国百年散文典藏书系》、十月文艺出版社主编《中华人民共和国成立70周年优秀文学作品精选·散文卷》。曾任中国作家协会散文委员会委员，鲁迅文学奖、茅盾文学奖评委。生性迂拙，述而不作，古稀自度一曲：几多风景逝云烟，尚天*法地自萧然。屈伸盈虚嗟多梦，俯仰进退惜衰年。诗书愧留指爪印，茶饭多爱布衣鲜。物喜己悲逍遥去，纵浪大化安且闲。

*尚天，本人微信名

萧乾速写
一九九三年
十一月十四日

目　录

前言：矮纸闲草说散文

　　这是今年编的第四本书，说来汗颜，多是陈年旧货，蒙朋友不弃，各以不同面貌示人，或归类某丛书套书，或忝列某"获奖作家作品集"，南郭滥竽者，自觉愧怍。友人抬爱，幸甚至哉。

　　本书是关于散文的，所谓专题性文字荟萃。约三十年前吧，开始关注当下散文，彼时，文学热闹风光，瑰丽多姿，散文随笔繁花朵朵，可比肩小说、诗歌，有论者以各类作家不同身份命名，有了所谓学者的、诗人的、小说家的散文，尤其是实力派小说家，集团式涌现，走俏一时。加上，都市化报刊在大江南北悄然兴起，助力散文，风生水起。恰这时，1993年初，与长江文艺出版社合作，以"小说家散文"专题，收入五十多位当红小说家约百十篇散文和散文感言，成为一个有特色、流传的选本。不客气地说，《小说名家散文百题》（与潘凯雄合编）是最早从作家身上关注散文创作的，尤其是当时走红的小说家，老中青几乎一网打尽。

　　此后，对散文年度状貌，多有关注。到新世纪之初，好友、编辑达人林建法，担纲年度文学丛书编选，与辽宁人民出版社推出"太阳鸟文学年选"，凡二十年，委托本人编散文，按要求每期有一序言，积有二十篇。回看这些自找话题的漫谈文字，不免有"为赋新词强说愁"之嫌，却也反映出一个时段散文的基本情态。四年前，建法兄重病在身，辗转寻医，疏于编务，加之各年度选本渐为式微，之后我们中断了与出版社的合作。不幸的是，林建法于前年五月仙逝，正值壮年。睹物思人，不免唏嘘，"君埋泉下泥销骨，我寄人间雪满头"。呜呼，悠悠二十载，皇皇数十册，唯文字记怀，留锥心之念。

书分三部分，一是综论述评，有关当下散文综合性的思考；二是个案评品，对有特色的散文和作家，微观素描，有名家，也有新人；三是年度概述，以每年编辑散文的序言为主。文字长短不一，内容虚实杂糅，林林总总，是一个散文研究者的执着心得。

关于散文，我曾说过，多个时期，热闹而芜杂，体量上庞大，创作者众，精品力作少。如何评价，是言人人殊，欲说还休。近年来，创作势头强劲，持续生长，却平稳而平庸，没有与之相匹的作品，这也是当下文学的整体面貌。

散文作为大众文体，妇孺可为，虽有王国维的"易学难工"（《人间词话》）之论，却是最没有门槛的平民写作，有人说是其他文体外的"无文体"，故各种公文性、报章体、私秘件、口水化等等文字，被当作散文，消解了散文独立的文本特征，鱼龙混杂，良莠不齐，身份认同成为散文当下突出问题。或者说，散文的纯粹性，当下至为重要。散文的真实性，被一些作者轻视，曲解，有人为了吸引关注，剑走偏锋，添枝加叶，不讲作品的生活和情感逻辑，小说化虚构，散文的内容成为随意性的书写。也有论者认为散文可以虚构，合理想象。这是对散文艺术真谛的背离。巴金老先生认为散文要说真话，把心交给读者，推崇真善美。固守真实性，比之其他文学样式，是基本法则，也如清人王夫之所说"自身之所历，目之所见，是铁门限"。没了这基本准星，散文的特色何在。目前，生态的、自然的文学备受关注，在这个文学旗号下，一些仿生态、伪自然的文字，比如写动物、植物、草木山水等等，随意渲染，故事编造，人物拼接，此类所谓主题散文流布于市，严重影响了散文声誉，破坏散文艺术的圭臬，因此，为真的散文正名，不可轻视，任重道远。

拟定书名时，想到了南宋大诗人陆游的我喜爱的诗句：矮纸斜行闲作草，晴窗细乳戏分茶。陆老夫子时在临安（今杭州），面对春雨初霁，诗兴遄飞，虽追怀铁马秋风，记挂王师北定，而周遭世味薄凉，人生杂芜，唯有小楼听雨，戏分香茗，矮纸斜行，闲笔草草，得人生之况味。不才冒犯，活用此名句作题——矮纸闲草，了了如如，简陋或无稽，见笑于方家。

2024 年中秋日

辑一　综论

散文与我们

界定及现状

　　散文，大众化的文体，也是最能反映一个时期文学与社会联系的文体。

　　散文创作新时期以来三十年，草长莺飞，杂花生树。

　　谈及散文，史家多有不同的界定。经年累月，未定一尊。有人举出现代名家代表性的说法：一、"随便"说，鲁迅说，"散文的体裁，其实是大可以随便的，有破绽也不妨"；二、"寻常说话"说，周作人说，"散文以笑声代舌，一篇写在纸上的寻常说话而已"；三、"休息说"，林语堂说，"小品文即在人生途上小憩谈天"；四、"散步说"，孙犁认为，散文如同散步一样的随意轻松。当然，还可以举出更多。

　　我以为：她是一种较为快捷而自由地表达思想，袒露情怀，抒写人生的文字，是一种及时地追踪和捕捉社会世相，描绘人情风貌的文学。她有如新闻特写的轻快，却又比新闻特写凝重机趣；有如杂文随笔的理性，却又比杂文随笔灵动；有如报告文学的率真切实，却又较之沉雄而雅致；她在谋篇布局上，可以借鉴其他艺术门类手法。总之，她是一种集情理、智识、机趣，以至情致之大成的复合式文体，是一种显见识，重人文，有智慧，既典雅又灵动的文体。

回顾新时期以来散文创作三十年，大致可以说，她是一种长寿的文体。几经发展，几次变化，但其走势平稳。时下她的发展趋势体现为：与时代同行，与生活同道，与文学同步。

也可以说，当前散文的影响或成绩，在各类文学体裁的排行中，虽不是靠前面，但也不是排末位的。这是因为，从读者和市场看，每年的杂志报章，甚至在图书订货会上，散文仍据重要位置。据统计，每年有三四家的散文年选，其发行量也很可观。这种标志，还可以量化为：一、大批有影响的作家，特别是散文的高手们的创作不衰，并有许多优秀的作品问世；二、散文作品的质量均衡，保持相当的水准。具体表现为，真切的社会内容和现实精神，对于社会情绪的直接表达，深厚的人文情怀，扎实的思想内涵，特别是一些回忆性的文字，写亲情、真情，以真实打动人。一些作品有鲜明而特殊的个性，打上鲜明而独特的个人印记。再是，艺术形式上的多样追求。艺术创新上，也时有变化。三、客观上的社会推助。其中有出版社、报章杂志版面所需，一时间，散文创作求大于供。再有一些散文笔会的举办、联谊。还有，当下生活的变化，快捷的阅读，文化消费时代的精细化、快餐化，科技的物质的生活的单纯化、简捷化，以至粗俗化，精神的安抚成为现代人、都市人的一种常态和必需。

无论如何，一个时代的阅读，少不了散文，也离不了散文。物质生活提高需要有精神性追求，这些多是在阅读中获取，而散文的直面心灵、自由不拘的精神表达，可以与心灵交互，与情感对接，可以成为舒缓情绪，抚慰心灵的润滑剂。这也是任何时代尤其是现代化进程中，散文走俏的一个缘由。

1980年代：井喷期

散文的井喷期为新时期之初，上世纪八十年代前中期。

这一时期，改革开放之初，思想解放，文化开禁，人们对于历史和社会，有着前所未有的关注，有着热情的参与意识、强烈的诉求和评析的欲望。这一时期，文艺家情绪高扬，论者蜂起，言者驳杂。精神的诉说，情感的表达，一吐为快，激昂而高亢。在小说，重新焕发生机，所谓"重放的鲜花"；在诗歌，有"小草"言志，悲时代人民之痛；而杂文，高擎思想之火炬，天马行空，我手写我心；而散文，也与小说、诗歌等艺术样式一道，承担文化之责，担当时代人文精神重任。文学之河，汤汤泱泱；文学之涛，风生水起。

一时间，散文名篇多产，如山阴道上，目不暇接。有怀念体、悼亡书，以及感怀寄情的，层出不穷。这一时期，可以巴金老先生的名著《随感录》和《真话集》名之。其特点是：深入的历史回忆和真切的说理论辩，浓郁的政治心结下，精神的、情感的、心理的诉求，成为一时之盛。作家的名头上，数代同堂，老当益壮，"五四"以来的老作家们得以强劲的声响复出，如冰心、巴金等人，黄钟大吕，掷地有声。

到八十年代中后期，思想解放大旗高举，社会激昂，文化激荡。西方古典重新译介，现代主义文化的大量介绍，散文的思辨性加强，现代视角，人文情怀，寻根意识，展望与回视，于是，在两个方面散文尤其突出。一、回顾中华文明传统。二、译介域外的大家之作。思想随笔，生活哲理性的作品多了起来。市面上重新翻译的如蒙田、培根等古典作家的作品，以及尼采、卡尔维诺、萨特等现代作家的代表作，外国古典主义的、西方现代派艺术，都成为中国散文的营养基。那些作品如湖南文艺社的"走向世界"丛书和作家出版社的"作家参考丛书"，曾传诵一时。

还有，随着生活急遽变化，改革的日益深入，敏感的文艺家们，以多种笔墨抒发感受。散文吸引了众多文化名人，成就了众多的散文高手，造就了散文的兴盛。按行业和学业分，有小说家的散文、学者的散文等。而诗人和小说家最为活跃，蔚为大观。这是一个新生而庞大的创作群体，其创作力旺盛，逞一时之强势。这样的作品曾有多家出版社的多种选本和多套丛书面世。

小说家在散文中的影响，与其小说的声誉同步。数代同堂，竞相登场。可以举出许多，比如汪曾祺、李国文、王蒙、蒋子龙、张洁、从维熙、冯骥才等人。五十年代出道的老作家，几乎在这时都有佳作问世。年轻一点的，有贾平凹、梁晓声、韩少功、史铁生、张承志、朱苏进、王安忆、肖复兴、陈建功、张炜、张抗抗、铁凝、迟子建、池莉等人（这里挂一漏万）。而更老一辈的如冰心、巴金、孙犁等，成为这个群体中的领衔者。小说家散文创作势头旺盛，年轻的小说家们，几乎在八十年代完成了他们小说家名分的同时，也在散文创作中风光文坛。本来文学诸多门类是不分家的，现代史上的文学家们都是多面手，小说戏剧散文以及诗歌他们无不在行，无不颇有心得。而在当代，文学家们以这种样式完成了对现代文学大家们的承接。

诗人不甘示弱。其代表北有周涛，以其对西部文化的深入开掘，特别是西域游牧民族历史的抒写，拓展了散文题材的领域，打造了西部散文的雄奇。南有舒婷对现代生活的细致书写，让诗人的散文别具韵致。还有众多的诗人，像后来雷抒雁、于坚、熊召政、筱敏、叶延滨等人。再有，书画家们如范曾、吴冠中、黄永玉，以及学人如金克木、张中行、季羡林等也创作了一大批优秀的作品。

这期间，港台的散文大家顺势强力北上。计有余光中、柏杨、董桥、林清玄、龙应台、王鼎钧，以及其他多位港台女性作家的散文面世。文化背景相同，对现实极富生活化而又真切的描写，港台风一经吹来，受到青睐。特别是林清玄，他在八十年代与九十年代之交的散文，得一时风光。他由作家出版社出版的多本清新而雅致的散文集，小开本，对禅宗佛性的描绘，从生活出发，从心灵去感触，让高头教化式的禅宗思想与教义文化，接人世烟火，用全新视角展示。

这一时期，散文英姿勃发，文体风格也多样。有几点不可忽视：一、散文的思想力量，如火喷涌，散文的情感张力，如秋天的果实饱满。这一时期的散文作家的影响，多是兼具多种创作路数的业余散文家，如学者类、小说家类、诗人类。二、少有专题性的散文。后来专题性的长篇散文出现是这之后。三、散文仅是在记叙事件、思考回忆，以及阅读感受中获取题材，而行走类的游记散文的兴盛，也是这之后的事。四、在散文理论上，对过去几大模式进行梳理。既有对所谓歌颂式的好人好事类的模式的摒弃，亦有对虚构情感类的辨析，小说笔法类的假情式的纠偏。

总之，上世纪八十年代中后期九十年代初期，散文成绩是：传统散文得以发展，逐渐为文学家族中的重要一支；散文家的身份并不恒定，除一些在"文革"前就颇有成就的作家，如秦牧、刘白羽、碧野等人外，好像没有太多的专事散文的作家；另，作家群体更趋多元，最重要的是，小说家在散文中的地位和影响，与其小说的成就几乎同步，共见光彩，形成了新的散文家群；还有，对于散文模式化的反思，对重新认识过往散文热闹的历史，也对散文真实表达情感，描写生活的创作，产生不小的影响。

1990 年代：多样化的发展期

十年辛苦不寻常。进入九十年代，散文一路前行，仍唱着执拗奋进的歌。

这时期，虽有过行进中的踟蹰、寻觅中的期待，总体上，散文多元发展，渐成大势。九十年代社会发展进入全新时期，城市化的进程、都市文化的日益强盛，以及人们在年代之交的思想激荡、精神求索，文化追寻，社会文化风生水起，这时候，散文创作也热情地面对。文化的多样选择和多元文化的形成，既有快餐文化，也有大众文化，同时，还有精致的小众文化。多元的文化气氛，成就了多种散文态势。这就有了风靡一时的小女人散文、哲理小品文以及大文化散文。

商品经济大手，无远弗届，对文学的影响，首先来自读者口味的变化。城市化的进程，都市文化弥漫，周末版、都市报兴起，散文成为都市化、市民化的传导者。报纸专栏化的推动，一些女性专栏集中亮相在都市报、晚报上。作者敏锐地书写日益发生的城市生活，尤其是都市人的情感变化。以小见大，亲身经历。身边琐细，女性视角，市民口味，就有了"小女人散文"。何时开始这一称呼，有说是广东作家的一本名为《夕阳下的小女人》之后被叫响的。所谓小女人散文，多是从细微的角度描摹都市情感，见出现代化物质进程求新求变的端倪。关注心灵情感，阐发私人化生活哲理，情感缱绻，叙述绵密，语言软细，给人以清新之气、烟火之味。生活场景多是细密片断，也多以报刊专栏的形式。再有，一些思想杂谈、生活札记类的文字，短小精粹，有如警句语录体的感悟，轻吟浅唱式，清新自然，不无哲理之思，主要在一些文摘类刊物上。林林总总，适应了一种城市人情感需求，记录了都市生活的五光十色，成为九十年代中后期散文的半壁河山。

因了商品文化的浸染，文学在九十年代曾苦苦支撑，有所谓的边缘化的说法。这个时期，人文精神的讨论打开了作家们的思路，提升了文学的气韵。人文精神烛照，就有了散文的文化内涵和文明因子。在九十年代中后期，散文成为读者热心的文体。散文作家们从传统文明中，认知现实的精神脉向，或者，优游于山川形胜中，反思现代人的生存状态。一些文化大家涉足其间，行走类的田野考察式散文，翩然问世。这时，也有了文化散文的旗号，有了大散文概念的提出。

文化散文的说法，不尽统一，也不尽确实。但，无论如何界定，它是那一时期重要的文学事件。其代表是余秋雨，他的《文化苦旅》《山居笔记》《千年一叹》均为此类。这类作品多是寻访一些历史和关注地域文化，以现场的考察，描述历史与现实的文化传承，感叹历史兴亡和世事沧桑。有的近乎田野笔记。一时间，文化散文大旗下，聚集了多位散文家。计有周涛、王充闾、李存葆，以后有贾平凹的商州笔记、朱增泉的战争史笔记、徐刚的森林笔记江河系列、素素的大东北采风等。这类作品，有明晰的专题性、主题性。比如，之前的王中才的《黑色旅程——人和自然谜语》写骑车考察黑龙江大地的文化风情的，也有九十年代初，周涛、李延国、陶泰忠等几位军旅作家考察抒写长城历史的，以及马丽华的写西藏生活的，都是专题性的考察文字。只不过，他们没有后来余秋雨的执着而选题广阔。

在形式上看，这类作品多是有现场调查，或者一个与历史人物或事件相关的由头开掘，描绘深厚的人文感受和事件面貌。如果以主客体来划分，借助客体的亲历实证，表达主体的精神感受。多是追问式、思辨性的，有文献的引证，也有理性的阐发。篇幅也长，洋洋数千言甚至逾万数万言，有人说这类散文体现出散文学术化的趋向。同时，九十年代有"大散文"概念提出，相对于小情调的散文，是一个反动。传统久了，成为负担，也是新变的动力。在西安创办的《美文》杂志问世，提出了散文"美文"的"大散文"的概念。主编贾平凹在创刊号说，"我们确实是不满意目前的散文状态，那种流行的，几乎渗透到人的显意识和潜意识中的对于散文的概念，范围是越来越小了，涵义是越来越苍白了……我们杂志挤进来，企图在于一种鼓与呼的声音，鼓呼大散文的概念，鼓呼扫除浮艳之风，鼓呼弃除陈言旧套，鼓呼散文的现实感，史诗感、真实感……"

大散文也好，文化散文或者美文也罢，其实，仅是一种形式的表述，或许是对一些篇幅较长、论述宏大的散文的一种概括，或者是对地域文化、历史描述的散文文字的一种表述。无论准确与否，也无论业内认识是否一致，但它无疑是对热闹的都市散文、小女人散文的一种补充。也可以看出，在九十年代的市场经济发展迅猛之时，在经过都市文化的热闹之后，散文家们从社会文化的大背景下，开掘人文内涵，着意于历史精神的思考，就有了这既流行也遭诟病的散文风景。

其实，在风格形式上，仍然是过去散文的路数，只是，有所侧重和偏倚，其间，游记文字渐为兴盛。日益提高的大众生活质量，走出家门走出国门，迹近凡人平常事，古人读万卷书，行万里路的生活方式，成为现代人的平常，于是，成全了这类文字，因了这类史实考察和文本的浸润，所谓大散文或者文化散文，写游历，记亲历者唱了主角。

新世纪的求新求变

到了上世纪晚期，散文新变渐次发生，大散文一路走来，有人响应，有人不买账，不论如何，大散文也好，文化散文也罢，此时，不是式微也稍嫌冷清，其间也有新变，这就是世纪末，知性散文兴盛和一些直面现实的原生态作品高产。客观地说，散文的总体质量没有下滑，作者可分为两类：一是往外走的亲历亲见派，一是向内看的内心体验派。

这时期的散文表现在：一、原生态的散文。所谓普通人的生活，直面严峻的现实，不刻意修饰或夸饰。展示生活的密度和情感的零度。描绘多是乡村，土地，凡人小事。多为西部风情，写边疆大漠，民族习俗，再是出现打工者文学，生活有艰难困扰，而理想情感却矢志追寻。这类作品，感念土地人生，不屈地抗争，成为一抹亮色。尽管不一定都被认同。二、正视内心的思想性散文，所谓的新感觉派。这类作品，不同于小资情绪，尽管也是城市生活，但着眼于现代人或者现代化的焦虑感，城市文明病相的揭示，或者把孤独的精神求索与现代化的文明症状在更广大层面上展示，一些精神性的感觉型的篇章，兴起于各类刊物。变化在于，打破或是改变了这类散文习惯的精英化，不作旁征博引，没有倚老卖老，更不是夕阳西下的无奈人生小感觉，在世纪之交的时光里，这类散文的出现，得到了关注。三、回望历史人事。这类作品多是在良好的文化氛围中，反思过往历史，描写亲历者的史实，也有作为研究者客观的发现，有重要的史学意义和文献价值。四，理性的光亮凸显。社会进步，越发有诸多矛盾呈现。敏感的作家们勤于思考和寻觅，有从人的生存环境中，反思人与人、人与自然的和谐，包括人与动物的相处等等，散文笔触涉及人文与自然，人本精神与自然法则，等等。一些作品中，思辨性突出，其中，在新锐作家们的笔下，有了强烈的悲悯情怀、生态意识、新自然观等等。还有，旅游文字空前活跃。人们享受着科技时代、信息时代、电子时代的诸多便利，交往在今天变得更为便捷，理论家们言必说多样性、全球化、地球村、世界公民，感叹世界之大又世界之小，这些为丰富散文内涵提供了可能。

问题与期许

近三十年的散文创作，有如一条大河波急浪涌，一路前行，风雨兼程。到了九十年代后期，新世纪、新年代，历史期待，现代化的进程，文化的全球性，思想探索渐进自由而深入，人们的思考和社会的期待，站在一个新的历史阶段，促进了思考性散文的兴旺。

我始终认为，散文是轻快文体，是抒写性灵的文字，是可亲近的文字。同时，也是担道义、有坚守的文字，是既能跳动时代脉息，又见作者心性的文字。在时下的文学创作中，如果说，文学的委顿，何以振作，我以为唯有散文对人文精神的阐发，可以担当。所以，我曾在一篇文章中提出，时下的文学何为，唯有散文担当。我还以为，散文能及时地描绘生活变化，记录社会变革的脉象，调动公众情结，联结文化精神，也可以认知一个时期的人文精神等。因其文体的轻快，叙述的自由，精神层面的人文关怀，受到读者厚爱。所以，在都市文化的大潮中，媒体发达的时代，还如此风生水起，经年不衰，甚至赳赳雄壮，其重要在于她的人文内涵，精神良知，是不可忽视的。也有观点认为，时下的散文总体看似平稳，是单篇好而专集不足。也就是说，从个案看，有好的作家好的作品，但从整体看，差强人意。所谓个体灿烂，而整体平淡。对此，我并不太赞同。

从整体上看，时下散文成绩不可低估。当其他文学迷失于喧哗，迷离于低俗，咀嚼于细碎，甚至沉湎于虚幻时，散文的筋骨是较为强劲而实在的。而支撑这些的，恰是当今许多文字所缺少的人文情怀、社会良心。

如今散文之病相，也多有人谈及，常有人开药方。我以为，主要在于散文要纯粹化，纯洁散文，让其在与杂文、随笔、特写之类相同与不同中，葆有自己纯粹的面貌。我们常说，对文学要抱有敬畏之心，而当前散文创作，我以为要"防伪，减负，打假"。所谓防伪，现在散文似乎是各类诸侯一试身手的平台，五行八作、工农商学兵等等动辄都有散文问世，特别是所谓的公务官场的散文，时有出现。这类作品往往有职务之便，少有为文的敬畏之心，写来也如报告公文，了无意趣和情感，也缺少思想张力。众多的此类不讲究艺术和意蕴的文字，只能作伪散文看。再是减负，即瘦身。放下包袱，在思想题旨上，期图写出大情感、大主题，追求史诗意识，背负宏大的思想重负，这类作品令人望而生畏。过分的大题旨，过度的长篇引证，高头讲章式的不加节制的叙述，在一些作者中多见。还有，此类作品爱掉书袋，抱故纸青卷，矜持不够。再者是打假。作为抒写情感的文字，最忌讳的是虚情假意。时下，泛滥的虚假情感，往前走就成了虚伪思想，甚至虚构的情节。比如，众多写故乡的散文，总以一种现代人的成就感去写怀乡之情，写童年往事。游子还乡，历数故乡之名人名胜，"天下故乡数敝乡"，然而，真正你在抛却实利斩断名缰，而回归到故土家园，又有几人能再做这轻快之吟唱，所以故作炫耀，实是矫情，而故乡母题，在有些文字中是一个现代城市人优越感的反衬。还有，有人说，时下散文回忆往事来多是倚老卖老，写回忆录，谈奋斗史的文字充斥于市，一些借助名人死人的逸事，谬托知己，抬高自己，这里多有一些死无对证、孤证的东西，一些伪史实与不真实的情感夹杂其间，影响了在读者中的信任度，是很伤害散文声誉的。

　　如果从大处说，时下，文学其实包括散文，最重要的是人文情怀的缺失。一些纪实性的文字，最大的问题是，只见现场，或者多是史料堆砌，缺失思想灵魂的展示，少有思想力量。文字描述生活的过程固然重要，但过程背后的人文联系，思想源头，不可缺失。文学的精神性和思想张力是走向大众、走向社会，也是走向更远的一个重要的因素。

2008 年 12 月

（此文据 2008 年 12 月在深圳"中国当代改革文学论坛"发言提纲改写）

却顾所来径，苍苍横翠微

——写在《中华人民共和国成立70周年优秀文学作品精选·散文卷》前

与共和国同行，与时代同频，散文走过当代文学七十年历程，虽风雨兼程，却也鲜花满眼，春色如许。

回首来路，散文的山阴道上，姚黄魏紫，苍苍莽莽，不免感慨喟然。再读所选篇目，油然想到上述李太白名句。

关于散文的定义、界说、实绩和走向，从来是众说纷纭，歧见不断，随着散文一段时间的热闹，其纷争时有发生。时下论说散文，多自说自话，没有多大反响。记得上世纪六十年代初，《人民日报》发起"笔谈散文"，产生了"形散神不散"之说，评说散文，多从艺术风格和文体特色上，其标准和价值取向比较统一，影响长远。如今，一些创作和研究者，多是"我注六经"，命名盛行。这个"口号"、那个"主义"，这个"新"、那个"场"的归纳、诠释，虽有对散文现象的诠释，但不乏作惊人之语的秀场，所以，应者寥寥，圈子里热闹。有人说，如今的散文，成了文学门类中最不安分的一个，不无道理。

其实说来，散文是没有标准、无边界的，文体的不确定性，非驴非马，难有明确共识。散文是什么？散文何时生成？言人人殊，莫衷一是。"江畔何人初见月，江月何年初照人？"说古已有之，直追《史记》，说是舶来品，源自英伦随笔。究竟是老古体，还是现代文，抑或是洋货？没成定说。人们说散文，多在与其他文学的比较中界定，比如，除了小说、戏剧、诗歌外，语言类文学，唯散文是也。更多时候，散文是大杂烩，有时随笔杂文一锅煮，有时小品漫笔一家亲，有时公文时评一筐收，等等。散文的不确定性，不专门性，似乎成了特点，没有统一标准，谁都可以弄出一个定义。所以，时下命名好事者众，所谓新散文、大散文、文化散文云云，概念爆炸，旗号挥舞，自娱自乐，应者寥寥。没有相应的作品支撑，口号标签是难以服众的。何况，标新立异，有意无意地否定或贬抑了前此的散文实绩。

我不守旧，对散文现状，没有冬烘到无视其新的存在、新的面貌的地步。取法乎上，成就于新。若无创新，不能代雄。这是老祖宗说的，也是文学的规律。但是，从梳理和检视一种文体的历史成就的角度，应看重她整体性，与社会历史的联系。往大处说，她对于时代、生活、生命的意义，有描绘、有担当。换言之，散文的人生情怀，生命体验，情感表达，是文学中最直接和充分的，曾带给我们无限的阅读兴奋。所以，看一个时期的文学实绩，我以为，反映时代生活的足迹，再现社会历史和人文脉向，展示一个阶段的审美趋势，散文功不可没。

这就说到了散文的社会性。文学是什么？功能何在？文学可以净化心灵，表达情感。文学者，大可以载道，家国情怀，小可以自娱，生命体验，"兴、观、群、怨"，见微知著，激扬文字，"笔端常带感情"……无一不可视为文学之道，也是散文创作之道。回望过往，不难看出，文学对于历史和时代的再现，对于社会生活的描绘，对于个体生命、人生情感的激励和浸润，历历在目，时时刻刻。当然，散文有多样写法，有不同的分类，较为一统的是，有叙事、说理和抒情"老三样"。这样的标准，虽难以细化和量化，但也可看出，散文之于社会人生，可写大事，也可抒私情，既有长篇，也有短制，厚实凝重与轻盈飘逸，铜琶铁板与小桥流水，相得益彰，相辅相成。

这也是为何散文有那么多读者，历久不衰，有那么多的作者，好为善为的缘由。

回望七十年散文，一个鲜明的特色是，与社会历史与个体人生的联系——再现了社会生活的变化，记录了人的思想情感。风雨七十年，共和国历程，注定了散文（也是文学）的艰难前行。莘莘大端者，芥豆之微者，无不在文学的殿堂里反映。散文也是共和国文学宏大建筑中的一个截面，较为快捷地反映了社会历史的发展变化。反过来看，风雨征程的社会历史，促生了文学的多彩多姿的面貌。

具体而言，散文在当代文学历程中，经历了几个阶段。

共和国初始，除旧布新，激浊扬清，社会角色的转变，思想教育的升华，诸多作家的笔下，记录新生活，感悟新时代，书写生活中的昂扬奋进，描绘共和国山川风物，记录新生活的特别事件。后一时期在"双百"方针的指引下，探索创新，思路活跃，有了随笔杂感式的新文字。可以说，中华人民共和国成立后第一个十年，是当代散文的发轫阶段，这一时期，多是从现代文学中走过来的名人大家们，担任文坛的重要角色，引领文学风尚，着眼于大视野，从新旧不同对比中，书写新时代感怀，记录新的人生历程。尔后，历经社会变动，上世纪五十年代末六十年代初，及至"文革"，小十年的文学整体沉寂，创作歉收，即使偶有作品，也多平淡应景之作。除了少有的几位思考者外，作品的成色和内蕴大打折扣，即使如前所提及的，六十年代初关于散文的讨论，影响较大，也有作品跟进，但那一时期创作，多为思想随笔，或者小品文类的杂文随感。这与当时由报纸发起讨论有关，而且，这之前，曾经的《三家村札记》、"马铁丁杂文"、《长短录》栏目，都是作为杂文随笔风行于世的。到了"文革"十年，散文阵地荒芜沉寂，因文废人，有的作家因为作品而蒙冤受屈，以致生命戕殁。

新时期的到来，是散文高光期。党的十一届三中全会，开启了新时期思想解放之路。文学禁锢打开，创作力勃发，散文强势而为，特别是不同身份的作者，如小说家、诗人、文化学者等加入，增加了思想文化含量，举凡有分量的小说家、诗人都有上乘之作。在思想解放浪潮中，域外文化的大量引入，现代派的风潮在诗歌和小说中率先兴起，散文受到极大影响，表现为题旨多样化，内涵的渐进丰富，形式突破传统模式，关注人本，描写心灵，题材几无禁区，风格的个人化、个性化，个体精神的关注，哲理意味的增强，散文由单一平面到驳杂丰富。这一形象，持续在上世纪八十年代。

再后，上世纪九十年代，流行文化的兴起，都市化的形成，时尚文化的走俏，特别是传统媒体周刊化、都市化进程，这一时期的散文多了个人专栏，适应现代化生活节奏，"小感觉""短平快""小女人式"的文字，在周末版上走红，各类散文的命名也从这一时期滥觞。不长时期，流行甜点的、鸡汤式的文字，随着都市化报刊的式微，渐为一些读者和作者们厌弃，葆有传统文学理念的作者，开辟了另一路径，就有了"美文"和"大散文"的登场，此举虽有"标新立异"之嫌，但不能不说是对轻浅的快餐式的散文之风的反拨。一些历史散文，以长篇气势开掘传统文化，以厚重和丰盈赢得报刊，主要是文学刊物的重视。这一时期约是九十年代中后期，文学整体面貌从一段时间的寻觅，到风正帆悬的向好趋势。摹写历史人物或文化事件，特别是文学人物，诸如苏轼、王安石、鲁迅等，以新的视角、新的面貌展示，壮大了散文思想内涵，形成了散文思想性和文化性的凸显，其余绪仍然影响继往。

当下，散文是在探索中前行，在争议中发展，无论是后来各类名号的出现，还是执着探索者的默默耕耘，对于散文的热闹，对于散文的持续发展，客观上都有助力。时下各路散文的样式仍争奇斗艳，长短兼制，各逞其好。而那些厚实而丰饶的东西，多为人们看重。自媒体时代阅读发生变异，轻浅的阅读已成趋势。从某种意义说，曾经的散文热，不复存在，但是在当代文学生态中，活跃而灵动的一支，仍然是散文。因为，散文关乎人的生活，可直指人之心灵，也关注民生。散文最是"顶天立地"的，上可仰望天空，追问自然宇宙，下可接地气，书写柴米油盐。不同的阅读和欣赏，都会有不同的便利所获。

从汗牛充栋的散文大海中，取精撷华，形成了近百篇的篇幅，从中，知晓散文七十年的面貌，也是当代文学的一份记录。风雨兼程的祖国历史的记录书写，散文之功，不可忽视。当然，首先是作家们的辛劳，再是各类编辑人士的付出。文学的编辑之功，不能忽略，致敬这些作家的同时，当为无名的编辑们献上敬意，悠悠七十年，散文之心如初。这份心意想来会得到作者和读者的认同。由此，要感谢北京十月社的老总韩敬群先生，没有他的创意设想，不可能有本书的问世。虽编选散文经年，阅读和喜爱是一己之力，难免失当，遗珠之憾难免。不妥之处，万望海涵。

是为序。时在己亥春月。

2019年夏

（此为北京十月文艺社《中华人民共和国成立70周年优秀文学作品精选·散文卷》序）

读写他们

起因

1992年冬或是1993年初，家乡人老简和老秦司职长江文艺出版社，来北京组稿，提及要搞一个什么选题，大家各方想法子。于是，就有了我和同样算是乡党，当时任职文艺报的潘凯雄的合作，就是后来也还算有点意思的一本《小说名家散文百题》的图书。那时，新时期文学历经八十年代红火，九十年代的稍嫌冷寂，而散文好像别有不同，热闹的小说家和不甘的小说家们，加入了这个阵营，成集团阵势。也可以说，自那之后小说家散文渐渐兴起，而且，有着十分看好的前景。在这本书后记中，我写了有关情况——

　　编小说家散文之类的选本和专集，也不是鲜见的
　　题目。好多这类的东西，问世后并不走俏。闲聊之余，
　　我们说及到让每位入选者写上五六百字的"散文感言"

或"散文观"之类文字，以纲带目，兴许能区别于同类选编而见出新意来。

想法归想法，付诸实施不是件容易的事。首先入选者名单，是很慎重的。书名冠之以小说名家，这"名"一定要严，要有标准。一是要活跃于新时期以来文坛的小说高手，同时又有为人称道的散文新作。

为使选本有权威性，葆其特色，我们请作家自荐作品。入选的五十多位名家之作，除个别老先生因年事已高不便做打扰外，余者均为作家们自荐。不少作家手头工作和创作任务繁忙，却十分热情不吝赐文，尤其是那精粹的短文"散文感言"。

记得把编书的信息告诉一些作家师友，都爽快支持。王蒙先生在出访国外前的空隙，第一个将"散文感言"写就。在海口，韩少功兄的文稿，放在摩托车后方被当作钱物遭窃，数日后又重新复印，并据记忆重写一篇"散文观"送给我们；还有汪曾祺老的手稿刚完即复印寄赐；刘庆邦兄自谦散文写得不好，专门为本书写一篇，都令我们感动。——众多的亦师亦友的作家们，寄来文章的同时，亲笔写来信件。

时光荏苒，但现在（2010年）想起来记忆如昨。当年，编选之事在拟定选题后，略微确定了一个名单。名为小说家百篇是个概数，以我们感受到的有特色的小说名家，以其小说在当下活跃走红为标准，当然，私心是以青壮年和我们熟悉的为主。于是，就地北天南，先后反复，最后选了55位。

从我保存的一份有点乱散的初定名单看，是以老者领衔，以地区比如北京、上海等划分，名单定好后再传到出版社，由他们打印一个约稿信件，盖上公章，再从北京寄发。一来二去，到了3月8日我和凯雄分头寄出约稿函。

十多年后，拣出这些信件，有五位作家已作古，他们是冰心、巴金、孙犁、陆文夫、高晓声，看他们的文字，不免唏嘘，也让我有赶快写下这些文字的念头。

在海口，韩少功丢文稿

没想到，这诸多来信中，最早的一封是来自遥远的海南的韩少功兄。

他写道：

必胜：近好。

回北京一路可顺利？寄来五百字以内的散文观，你看能不能用。

一回生，二回熟，这次认识你很高兴，对你木讷之下深藏着明敏和幽默有很深印象。还盼以后在什么

好玩的地方重聚。颂

　　顺适。

少功

93. 3. 6

　　另：你为贵报约写散文一类的事，我找了找，寄上一篇未曾公开发表的，不知是否合用。不用掷还，不必客气。

　　少功的字是用海南省作家协会的三百字稿纸写的。这在当时是很常见的单位公用稿纸。字写得秀气流利，还有点行书味。坦率地说，从书法角度看，不敢说很有特色，当然，这十多年后，他，包括这篇文章所涉及的诸位，可能潜心或不经意地成为书法高手，也未可知，在这里，仅以当年的书信文字解读和诠释。若有不妥或不恭，包涵了。

　　信写得很家常，看出他是个很细心的人。少功对我的几句评价，也没客套，令我感动。更主要的是，这寥寥百十字，却是这一组书信的开篇。

　　与韩少功兄相交，是在海南后的一个笔会上。那是1993年2月21日，当时从安徽到海南的作家潘军，在海口经商有了点实力后，以他们公司的名义举办了一个"蓝星笔会"，其阵营较为庞大，20多人，记得领衔的是汪曾祺老及他的夫人施老师，还有文坛上甚为活跃的诸才子们，以北京南京武汉广州方面的为多。那天我从上海飞到海口时，作家刘恒到机场去接我时穿一白衬衫，而我从北边来，一身厚实的皮夹克，极为反差，至今记忆如昨。有何志云，他和我同住一屋，这两位仁兄，在北京就熟悉，海口几日多有相处。还有南京的苏童、叶兆言、范小青、赵本夫、俞黑子、范小天、王干、傅晓红，北京除刘恒、何志云外，还有王朔、陈晓明，上海有格非，海南的有韩少功、蒋子丹等，广州有张欣、范汉生、田瑛等，武汉的方方前半程参加，后去了另一个会上提前离开，吉林的宗仁发，天津的闻树国，安徽的沈敏特，海口的除韩、蒋外，还有一些人。真正是天南海北，群贤毕至。为写这篇文字，想查找当时参加笔会的人名单，可没有原始的记录，只凭印象，大约还有几位。

那几天，作为东道主，潘军用他能够想到的办法，让这些来自各地的作家，坐镇海南谈文学，把这个"蓝星笔会"弄得像模像样。对这个会议，印象是面对市场经济的冲击，作家们感叹这变化之快，有点出乎意外，会上，就文化的商品性与市场化也多有涉及，记得开了两个半天的会，在一个圆桌似的会上，大家都认真，说三道四，有大言滔滔，有随意即兴的，对当时商品经济和市场化的社会现实，有着较为敏锐的感悟，会议好像没有太集中的主题，也没有形成什么统一的结论，有点神仙会的味道，其本意是主办者想借此活动，让大家聚会海南。无论怎样的初衷，这有点民间味道的笔会，在当时以较大的阵营和规模，形成了影响。日后几天到三亚发生的小插曲，更是让这次笔会增加了谈资，让人难忘。当然，也有通常的旅游采风。只是去了三亚，天涯海角边上沐浴椰风蕉雨，文学也变得可爱。汪曾祺老先生那时酒量很在状态，酒后多有妙语，他几次同范小青、张欣等女士比试酒量，虽有夫人在旁管束也无妨，常常是兴味盎然，酒意阑珊。最可记忆的是，在三亚一个好像叫唐朝，还是唐都的酒店，凌晨时分，在睡意沉醉之时，同住一屋的叶兆言、格非，突然被闯进的蒙面者喷了迷药，眼睁睁地看着被抢走了两块手表，所幸人没有什么伤害。这样一个正规酒店却被人拧开门锁盗窃，闻所未闻，虽然获赔了，但凌晨惊魂，让笔会结尾时有了高潮。

在这次笔会上，也是地主的韩少功，几天的会都参加，记得还邀请大家去他家做客。那时候，他从湖南到海口，住在海南师院。可能以前在什么会上，我们见过，却没有深入交往。但在海口一见如故，在他家我向他索稿。他答应要挑出文章在我回程时带走。过后，在宾馆的会上，他说好拿来文章的复印件，可是，不小心放在摩托车后面弄丢了，他说是在上楼的一会儿工夫，被小偷当宝贝顺走。

这样，本来当面给我的文章，被小偷拦劫后，改由他邮寄，就有了这封信件。因祸得福是也。让我感动的是，他重新把那感言文字回忆下来（按当时我们的统一要求，每个作家提供六百字的散文观），随信寄来了三百字的"散文观"。可惜的是，当时排版印刷都是手工，一些原稿送到车间拣字后了无踪影了。

少功写的"感言"，还有个题目《不敢随便动笔》。文字不长，照录如下：

散文是最自由的文体，是最迫近日常生活和最不讲究法则的文体，也就是说，是技术帮不上多少忙的文体。散文是心灵的裸露和袒示。一个心灵贫乏和狭隘的作家，有时候能借助技术把自己矫饰成小说、电视剧、诗歌、戏曲等等，但这一写散文就深深发怵，一写散文就常常露馅。如同某些姿色不够的优伶，只愿意上妆后登台。靠油彩博得爱慕，而不愿意卸妆后在乱糟糟的后台会客。

造作的散文，无非就是下台以后仍不卸妆，仍在装腔作势，把剧中角色的优雅或怪诞一直演到后台甚至演到亲朋戚友的家中。

这样看来，散文最平常也最不容易写好。成败与否完全取决于心灵本身是否具有魅力。

我本庸才，因此从来都不敢随便动笔写散文。

韩少功提供了两篇作品：《作揖的好处》《然后》。这两篇散文风格各异，前者以说理为主，从五个方面来论及作揖这个当时被热议的一种礼仪的"好处"，行文犀利明快，简捷思辨。后一篇是怀念莫应丰的文字。"然后"，是他的同事作家莫应丰在弥留之际"冒出的一句疑问"。而这个"然后"的疑问，包含了什么，对此，少功追问："然后什么？逝者如川，然而有后，万物皆有盈虚，唯时间永无穷尽……岁月茫茫，众多然后哪堪清理，他在搜寻什么？在疑问什么？"从莫应丰与命运的抗争，到他不幸染上重病，到最后的归去，他感叹："命运也是如此仁慈，竟在他生命的最后的一程，仍赐给他勇气和纯真的理想，给了他男子汉的证明。使他一生的句点，不是风烛残年，不是脑满肠肥和耳聩目昏，而是起跑线上的雄姿英发，爆出最后的辉煌。"少功对莫应丰的"然后"，进行了解读，也是亡友的怀念与纪念。逝者已去，生者怀念，有深深的纠结和诘问。对莫的怀念，虽是人生的几个片断，一个耿直而纯真的小说家，跃然而出。这就是少功散文的力道。

散文可说是韩少功的副业，他认真，"不随便动笔"，却成绩卓然，仅列举篇名就可知他的收获，计有：《面对神秘而空阔的世界》（浙江文艺出版社1986年）；《夜行者梦语》（知识出版社1993年）；《心想》（天津人民出版社1996年）；《灵魂的声音》（吉林人民出版社1996年）；《世界》（湖南文艺出版社1996年）；《韩少功散文》（两卷集）（中国广播电视出版社1997年）；《完美的假定》（昆仑出版社2003年）；《阅读的年轮》（九州出版社2004年）等。

少功的散文作品，我以为，当年的《灵魂的声音》《完美的假定》以及晚近的《山南水北》几部，较突出地反映其散文特色。他多是以思想性见长，从日常生活、平常故事写人生，有人文精神的贯注，信手拈来却含英蕴华。他的语言讲究，精致而不干涩，典雅而不浮华，有张力，多智性，重文气。不太引经据典，也不掉书袋。可以说，韩式散文已有某种特定的范式，换言之，大众情怀，人文视角，理性思辨，构成了其散文底色。

散文于今，乱花迷眼之中，多有诟病，无论如何，期待散文的知性和理性，识见和文气，是当下散文界的共识。而这恰恰在少功的作品中相当充分。这多年来，如果将小说家散文排行，他的创作，不仅是蔚为大观，也是名列前位的。

之后，与少功兄也是在某个会议上打照面，见面很少，但他这些年每有动静，还是很关注的。他小说创作中继续着先锋的锐气与寻根的厚实，两条路数并立而行，常有佳作，并时不时有较大声浪。九十年代初他较早翻译的米兰·昆德拉，成为一时话题；日后的长篇小说《马桥词典》，更是有争鸣与争议，以及他到湖南汨罗乡下有如梭罗式的田园耕读生活，都曾在我的视野中捕捉。近十年来，每年我们都编一套年度优秀散文随笔，他的作品也常在选中，偶或与他打个招呼，或者也先斩后奏，以为是熟人就没多介意，自作主张他也不计较，默默中感受到他的美意。

只是这年头电脑挤对了笔，人也懒了，好多美好，只是在回味和怀想中重复。

"随意说"的方方

第二封信是武汉的方方。时间是三月十六日。

方方算是以小说《大篷车上》登上文坛的。上世纪八十年代初，文学激情澎湃，风光无限。小说有读者，也有电影人青睐。方方的这篇小说也借电影走红。她还写有《十八岁进行曲》

等小说，大概是号准了那一时期社会奋进的心态，抒写了青年一代进取心理，很有读者和观众。尔后，方方多篇写实小说问世，及至八十年代末，《风景》《祖父在父亲心中》等小说，奠定了她写实小说家的地位。卓尔不群，锐利峻切的风格，沉重的历史情怀和对人情感的穿透力，她的小说成为新写实的佼佼者，她并不特别拘泥于某种地域文化，却有强烈的精神力度。方方散文也有一种刚性和率真，在柔软中显示坚硬，直抒胸臆的快畅淋漓，如行云流水。

关于散文的感受，方方写道：

我非常喜欢"随意"这两个字。我觉得无论是作文还是做人，这都是一种境界。我作文章素来主张随意，尤其是散文，心到意到笔到，这是起码的。那种刻意作文，每文必想文眼所在，思想意义所在，以及上升到什么高度等等，一定是很累的。写的人累，读的人亦累……人们现在已经越来越广义地去理解和认识散文了，不再只是读到华丽的词字和句子才说那是。这正是散文越来越随意的结果。随意便展示出了个性，而个性的作品总是容易受人青睐的……

很久前有人问我你在什么状态下写小说，我说："怎么舒服怎么写"。这就是一种随意，对写散文，我仍得这么说。

方方自荐的散文以"都市闲笔"为总题，有"跳舞""看电影""看病""刍言""书病"五章。这组随笔中，她写平常生活事相，以明快并略带幽默的语言，对都市的现代生活现象，从自我的感觉和参与中，进行言说。跳舞曾为当时的全民运动，如何呢？尽管有种种好处，但她却并不坚持，从有兴趣到愿意为看客，因为，与其大汗淋淋，不如安静地一旁欣赏别人。同样，在电影场上的秩序乱，再好的影片也是一种作践；看病与生病，买书与读书，这诸多矛盾的统一体，其中况味，她是步步解读，并让"闲笔"关乎心情，性格，人生的态度，当然，也有人间烟火味，闲而不枯。

　　方方的散文不多，但精致，她多是随笔类，在谈天说地中描绘生活世相，在关注现代人的生活状态同时，注重人的精神需求。

　　如同方方"随意说"，她在给我的信中也随意地写上：

　　　　王必胜，你好。海南一别，不觉又去了半个多月，（所托告诉池莉寄散文事已对池莉讲过），听说你们在海南玩得很开心，惊险事不断出现，显示了资本主义笔会的诡谲。我们这边的"社会主义"笔会，实在是详和，安定，形势一派大好，可见"资"和"社"的分野随处可见也。一笑。

　　　　寄上散文一组。约七千字。创作谈谈得随意，其实，随意最好，有话则说，无话则不说这当是写散文的最佳境界。（我这里是胡扯了）。

附作品。祝好。篇幅若长了可拿下《看电影》一文

方方

三月十六日

　　信中，方方说的托池莉散文事，也是请她代约池莉自荐散文稿子。她是个认真的人，我顺便一说她还很当个事。她说的惊险事不断，就是叶兆言、格非俩在酒店里被不明不白地迷醉后遭劫之事。那个奇怪的惊魂之晨，一时传向四方，而方方前半节参加了在海口的笔会，好像她去贵阳还是一个什么地方参加另外会议，提前离开，她没有亲历那个惊险场面，所以，她在信中不忘逗一下我们。那一时候，思想界有所谓的"姓社""姓资"的讨论，关乎大节，可于她只是随意一用，恰当而幽默，可见放松随意，不拘形迹的顽真，这是方方的性格。

　　与方方多有接触，是因为湖北老乡又是武汉大学校友，最早好像是1983年前后，在武汉参加一个作协的创作会议，就认识了。因湖北的好多朋友，像於可训、秦文仲，还有作协的一帮人，都与方方合得来。1994年秋，武汉举办了全国的书市，她那时已主政《今日名流》杂志，也是热火朝天的时期。书市上，她们为宣传展示杂志的成绩和期待更多的读者，拉起了大展位，她事无巨细，跑前忙后。在当时办刊物，并没有什么经济效益，不像后来"办杂志向钱看"是各类杂志的目标。但她把杂志办得风生水起，影响一时。争睹名流，抓住了人们的心理，一时报摊上争购脱销，成为那时特有的文化风景。作家办

杂志，说来最早也始于海南的韩少功，他同蒋子丹办的《海南纪实》，打人文选题牌、新闻政治类的延伸旗号，常有不少的文章引起轰动，杂志声誉不胫而走。或许从人物纪实的角度，方方看到了潜在空间，接手并改版了这份刊物。在武汉这个中部地带，办活一份人物杂志，并没有多大的人文优势，也不是"真空"的地带。后来，种种原因，杂志无疾而终。但方方主编和她的杂志，其思路和创意，让人敬服，在出版界和文坛也留下了佳话。

为此，她在另一信中说：

王必胜：你好！许久没联系，近来可忙？

我近年在办杂志，忙得什么也没写，现在总算告一段落，想继续我的"写作生涯"。办杂志一年，也还有趣，尤其见到杂志出来，众人称道，心里也十分高兴，辛苦一场，其实也就为这份高兴。并忍不住让诸朋友共分享之。特地寄上二册给你，请多提意见的同时，亦帮出点点子。北京地势高，视野辽远些，比之武汉，新思想新见识要多得多。

另外，若能介绍几个贵报笔头厉害的记者给我刊，那不是帮我们大忙了。就档次来说，在我刊发作品是不会辱没贵报记者的。一笑。祝春安。

方方

3. 12

我猜想这信是在1995年左右写的。几年里，她无不集中精力，尽可能利用各方的信息。那时杂志发行量不断上升，而且，与《海南纪实》一南一北，互为竞争，有的一拼。杂志事务渐渐走向正常。作为主编，她向朋友们传递了这份喜悦。她也希望扩大作者面，以为我的同事中有这类写手和高人，可惜的是，我没能帮上什么，当时忘记了有没有向她推荐了谁，后来也没有再过问，直至杂志停办承蒙她仍惠寄，却一点也没有帮上什么，总有点不安。

方方的信，写来也是率性随意的，亲切还不时幽默一下。她的字，笔力硬朗劲道，不讲究，很率性。字如其人，文见性情，然也。

以后与方方也是断断续续联系，好像她不太参加文学的活动，哪怕是武汉或湖北的文学事情，很少见到她，不知是杂志之事，耽搁了她想补回所谓的"写作生涯"，也不知是否她的习性如此。有几年的全国作代会，似乎都看不到她。或者，她在这些会议上多是低调行事。

大概是四五年前，北京有个中外文学论坛之类的，好像是东亚诸国韩日什么女作家论坛吧，那天，得知有外地朋友来，大家说聚聚，在我们单位附近的一个小餐馆午餐，一拨文友，方方她们来了，起先也不知谁能来，放弃高级宴请，就吃点廉价的川菜，一杯薄酒，还跑这远的路，或许是为了友情，这味道我想是最醇绵的。

以后与她间或有电子邮件联系，出任湖北省作协主席后，方方并没成为文坛的忙人，去年她还在德国写作两个多月。在多年的隐伏之后，她以作品来说话，《水在时间之下》《万箭穿心》等等，她的作品数量和锐气并没有减少，尤其是那根深蒂固的书卷气。最近与她相见是2009年秋天，她从德国回来，在《北京文学》颁她的一个授奖会上，匆匆交谈，还是那样子，不像有的人几年没见面无论是形体外貌还是做派，都沧桑许多，变味许多。方方好像没有。当时，我开了个玩笑说，你还是那样的没有见长大呀。不知她是否乐意我这个随意一说。我以为她是那个老样子，纯真而豁达，没有多少客套。可能是写作让一个人永远有自己的状态。但，那也是要有修炼的。

朱苏进：南京不曾忘你

必胜文兄：信悉。彬彬老弟也谈到了你们海南行的佳趣，并带来了你的旨意。

我恰在编选自己的散文集（天知道何时才能出来），抽出两篇自以为可读之文，寄上呈阅。"散文感言"也可用篇末的"自语"代替，兄以为可否？

前嘱为副刊撰稿事，不敢有忘，待忙过了这几日，调整心绪，再用心写来。

南京不曾忘你，盼你也别忘了南京各位兄弟，闲时下来走走，大家欢聚。

　　握手。

苏进

3. 17

　　这是南京军区的小说家朱苏进的信，在应邀作家的回信中，他是第三位。当时，我和潘凯雄分头联系，也各自收到作家们的回复。

　　苏进兄也是洒脱得就用一张白纸写来，他的字坦率地说，不太恭维，想来，多少名家高手写小说如风如火，可字嘛也并不经意了。如果往好里说，他这有点朴拙的字，稍显男性雄劲却没有太多的体式。也就百十来字，他却写满两大张，着力于把这种潇洒的感觉抒发而出，率性而为，重气势，有如武士列阵，其气象可见一斑。

　　与苏进也算是早认识，部队的小说家好像与地方有着天然友情，一是因为部队的刊物、出版社，间或有一些文学会议，再是军区有创作室也常活动，所以，与部队活跃的作家们，多在这样的场合有联系。苏进的小说《凝眸》《炮群》《射天狼》《醉太平》等等，他长枪短炮的，在文坛上动静很大，那时候，说军旅小说，说军人作家，他怎是了得。

　　于是，一些重要的文学活动有他。记得1988年，我们部门在苏州开一个文学笔会。与会人员有北京南京上海武汉四川的老中青各方，人数达三四十。北京小说家有王蒙先生，他好像还担任文化部长，是以作家身份与会，有李国文、从维熙、张洁、谌容、苏晓康诸先生，江苏的陆文夫、石言、朱苏进等等，评论家有高尔泰、吴泰昌、陈美兰、雷达、陈思和、王晓明，我们部门有蓝翎、范荣康、缪俊杰等。会议上大家相当放松，话题广泛。那一时期，说文学，人们多敞开着谈，也有的说。那时的会，也多是目标单一纯粹，尽管是在开放发达的苏南，也没有专门的采风，记得只是文夫先生带我们去了一次虎丘而已。会议很纯粹，也不请官员，没有什么仪式的。

会议时值中秋，吃了苏州的风味餐，去了陆文夫先生小巷深处的家，其他记得下来的也不多。会中，我们在苏州的商场上闲逛，难得有这样的雅兴。苏州的毛衣当时是领时装之风气的，特别是四平针毛衣。当时，男人的时髦可能就是这样子打扮。几位同行的都在为自己采购，可是，朱苏进却是在女装那边挑选，他买了一件我至今记得是天蓝色的女外套上装，让男人们都把欣赏投给他。想不到朱军人，还有这等细心，真是为他这样好丈夫的角色佩服，记得我也学他做了一回好样子。不久后我们见面，还说及当时一同购物的事。他笔下多是描绘军人的英武和场面的粗犷，而那份心细真像一个新好男人。其实与他谈话他表达慢条斯理，行事文雅，与他多年的军旅生涯，与他军人家庭出身有关。

后来，好像是1994年左右吧，在北京南口镇一个坦克基地，解放军文艺社的一个文学活动中，我们晚上打扑克，多是特熟悉的一帮人，打一种那时流行的拱猪，追逐逼赶，可粗野可狂放，打法灵活，一对众，或众对一，或分为两派。记得我们是六人二组，胜负输赢还有点小惩罚，而老被动挨打，脸面是挂不住的。牌风沉稳、精于计算的他，每有不俗表现。只是，我那次也手气不差，几番下来，有的人顶不住了，不免认真起来，而苏进兄好像总是文气和气的，总是那样子的笑笑，也不忘夸奖一下我等。

他在散文感言中写道：

　　散文确是于随心所欲中最见个性的文体，你有多大的心眼，必有多大的散文，把你所写的散文撂到一块，就会看到一个浸在某种气浪中的自己。有时不免吃惊，原来我也曾精彩过。

　　散文写的全是自己，以及自己的意识迸到外界反弹回来的自己，所以写散文的时候，感到自己在胀开了，感到自己比预料到的要丰富得多，多得不得不散失掉一些，就像依靠一声吟哦散失掉一些心气儿。

　　当一个人默然独立时，他已经是一个散文化的人了，掏出他此刻心境意念，块块皆散文。这对于别人也许不重要，也许不堪观诵，但对于他自己而言，正是由于这些东西才将自己与他人区别开来了。我相信，一个人如果长年没有黯然独立的机会，肯定会把自己搞丢的。一个作家如果不时常有些散文式的笔墨，那也会冷漠掉自己，苦忙于营造。散文是自语的，用自己的口说给自己的耳听的。所幸者，是万千人儿都爱听到别人的自语。我想，自语者可别失误于此，而将自语打扮得不是自语了，为诱惑众多的耳朵而说话。或者，还没说呢，先想着锲刻在石头上。

　　朱苏进认为："一个作家如果不时常有些散文式的笔墨，那也会冷漠掉自己。"可见他把散文当作作家警醒的创作。也说"散文是自语，用自己的口说给自己的耳听的"。他自荐的散文，一是《我就是酒》，一是《天圆地方》。他从酒和围棋中体会人生，多以谈论杂感式。"掏出他此刻心境意念，块块皆散文。"他这样说而行动也于此。

　　他信中说及的彬彬老弟，是指当时从博士毕业后到他麾下——军区创作室搞评论的王彬彬，他文字犀利快捷，也好论辩，后来他一直在南京大学任教。在海口会上，托他带话给朱苏进要散文。信中苏进特别说到"南京不曾忘你"，令人心生暖热，在这半是工作半是私人的信件中（如他信中说，我约他为我所负责的版面写文章，算是公事），他的这句客气话也算暖心之言。不曾忘记，抑或相忘于江湖，友情虽是君子之交，却超越时空，重于金钱功利的，因为我们有过虽不多却堪可回忆的聚会。

　　这之后，苏进的小说写得不多，散文创作也少了，后来，他索性在小说之外寻找了新天地。这些年，他创作了《鸦片战争》《康熙王朝》《朱元璋》等诸多主流大片和《我的兄弟叫顺溜》畅销电视剧，成果斐然，为小说家"弄电"的佼佼者。也许小说家们，尤其是功底深厚，独秉风格的小说家加盟，提升了影视文化的品位，而朱苏进的劳绩公认是数得上的。我祝愿他。

较真的何士光

何士光远在贵州，也算是较早的回信者。他的手书工整干净，如同文章的誊抄稿，一丝不苟，令人敬服他对文字的尊重。即便有两处笔误，他也改正如初，规范得好像当年手工拣字时送到排字车间发稿，必须要"齐、清、定"一样，这样清爽，洁净，秀气，现在恐怕得绝版了。这是他的个性还是行文习惯使然？他在信中写道：

必胜先生：惠书收到。遵嘱寄上你们要的材料。近年来写了一些散文，但大抵都很长。像《收获》上的《黔灵留梦记》和《钟山》上的《夏天的途程》，都万字左右，太长了。《日子续篇》本是散文，连同《日子》，也都是散文。但发表出来的时候，被当作小说了。两篇都为新华文摘和小说月报等转载。最近我编何士光散文集时，又才改回来。寄上的这一篇有六千多字，所以就选这一篇吧，是最短的，供参考好了。

问凯雄好。

春祺。

何士光

三月十七

其实说来，同他，是这数十来位小说家中，除了几位老者外，最不熟悉的。但他的散文却很有味道，为我们所关注。如他所荐的《日子》，我是把它当作散文来读的。他的小说名头大，是新时期早期写农村的几位高手之一。《乡场上》评为全国短篇小说奖，一时洛阳纸贵。他的小说虽不多，却精致，有味。他尝试着在小说与散文之间的联系，让散文的节奏进入小说，有散文化的小说实验。在这次信中，他说自己的散文发表时被当成小说，而初衷却是当散文写的。这样的被认同，或者说被误读，当时也不乏其例。记得是《上海文学》吧，曾也有类似的"拉郎配"，好像是朱苏进的，还是散文家周涛的什么散文，也当作小说发过，发表后被有些书当散文收入。所以，有所谓散文化生活流的小说，其实就是在散淡的生活场景和闲雅的文字书写中，人物事件并不集中，情感和笔调都浓郁黏稠，或因强烈的主观抒情气息，被认定为散文，也是未可知的。在《日子续篇》中，何士光的感情表达就是这样子的，氤氲着一股淡淡的情致，写他的母亲、家人、故乡、亲情、人伦，于社会人生的变化与不变中，承续而聚合。包括前此的有名的散文《日子》，发表时就成了小说，而作者在给我的信中提到对此是有所不愿的，这一点深得我意。于是，就以散文收入。

关于散文，他写道：

> 《金刚经》里说，世界非世界。这是说，世界是不停地变动着的，没有一刻停息；对于不断变动着的事物，你怎么能够描绘它呢？所以这个世界是无法描绘的；于是你描绘的世界又不是这个世界，仅仅是你描绘的世界而已。经里又继续说，众生无自性。这是说，你的存在，不过是一个不断变动着的身躯的存在。和着一串不断变动着的念头存在，这之中，哪一个又是你呢？我们通常所说的自我，又会在哪里呢？所以不难看出来，在这种情况下要来写我的散文观其实是靠不住的。

他在阐发写作者面对客体和主体的重要性时，好像说得玄虚，好像以辩证的角度说世事人生，说万物变动不居的道理。是的，人不能两次踏入同一条之河。万物恒定，以心为是。也其实是站在什么角度来做什么样表述的问题，这可能与他潜心于修道问庄，近黄老之术有关。那种净心静气地去深入，悟出人生与人世的种种得失，都有可能。重要的是，何士光的《日子》以及续篇，是在不动声色的感怀中，感悟世道人心，如禅如佛，坐看云起时，一花一世界。

以后没有见到老何有如当年《乡场上》的磅礴之声，传来说，他在研究宗教佛学什么，只是那种精神上的苦修，是一种执着一种定力。九十年代中后，再很少读到何士光的小说，甚至散文，或许是我的孤陋寡闻，前几年，偶见他写的一篇贵阳旅游胜景的散文，看过后，仍觉有当年闲散文字的余韵。

不知老何爱不爱练习书法，可能，修道者也善修书，他如果像多数写家似的，练习这些，定有体式，或者，他这多年后已成气候，也说不定。

率真的刘兆林

必胜兄：遵嘱寄上散文两篇：《祝君欢笑》《感谢跳舞》。前者太短，后者又长了点，无奈是两种写法和笔调，一并寄上难为你吧。

我已转业，到辽宁省作协任专职副主席，地址电话如名片。

我的散文观附后。

新到地方工作不如部队熟悉，望多支持我。有机会再聚，匆此，握手。

兆林

3月20日

刘兆林的字是属于流畅、好看一类，以我之体会，他早年练过字的，或者常是手不离笔画画写写，有点心得，也就光鲜而流利。看得出，他是个对文字包括书写都很有感悟的人，所以，书法于他我觉得是可以有所成就的，不知他以后有没有坚持这个路子，从这十多年前的字体看，他有这个趋势，即便这样子，在作家中他的字当算不错的。

信，他写得简单，我也记不清他之前有没有信件于我。他是在军队中我们较早熟悉的朋友，我还为他那本有影响的长篇小说《绿色青春期》写过小文。我们也有两三次的近距离的接触，这多年没间断，每隔些时还有见面的，对他我可以说，神交早，也算熟的。

二十多年了，1987年五一吧，我们一行在张家界盘桓三四天，先是从岳阳坐船在洞庭湖上一夜水路，小小的游船，就我们一行二十多人，又逢枯水时节，走走停停，好像还搁浅过，到得常德上岸，已是两天之后了。可就是这漫长的行旅，一帮人玩闹，有了亲近。那次多是军旅人士，小说家有叶楠、王中才，散文家有周涛，评论家有韩瑞亭、黄国柱、叶鹏等，另有非军界的人民日报海外版的解波大姐，中青年报的董月玲，中国文化报的王晋军，天津作协的王菲等等。兆林的文名当时正值上升期，他的《雪国热闹镇》《啊，索伦河谷的枪声》什么的，两获全国中篇小说奖，开始有了"粉丝"，在那次船家小妹就把他当知心大哥和师长，据说悄悄地拿出私房日记求教于他，可见他的魅力。弄得一行人中，有十分嫉妒者，还与他争当辅导。一路上的兆林，情绪很好，说笑唱跳，都很有精力。这以后，他创作了长篇小说《绿色青春期》，九十年代初还在东北牡丹江某部队开了作品讨论会。那时候，他在沈阳军区专业创作。许是1991年夏天吧，我们单位在辽宁的兴城海边主办一个副刊写作学习班。我请他去讲课。我们同住一房，听他讲了自己好多的故事，包括那次船上的辅导等等。他是个性情中人，那夜，在夏虫鸣声中，听闻海风海味，他兴致也好，讲了好多敞心掏肝的话，虽在那时还是军人的身份，但他率直，也有委婉，不只是行武人士的干脆，也有文人的倾情激昂，当然还有一种表达和倾诉的快意。我是佩服的，作为一个文学家，有了敢爱敢恨，也经历过许多如意和坎坷的人生，有过底层拼搏的经历，才会创造出那些有血肉有气味的人物，写出那么多真性情的文字。

比之其小说多是以军旅生涯和军人形象为主，他的散文多了人生的亲情表达和人情世故的摹写。关于散文，兆林以《散文贵在真》为题写道：

散文的最大优点在散，因散才不拘小节放浪形骸自由自在，成为最随心所欲任意潇洒的文体。世间万物，人生百味皆能入其内。其长可似黄河滔滔一泻千里，洋洋数万言，短可如小溪，清流婉转百米许，言简意赅，天马行空，嬉笑怒骂，直抒胸臆，委婉含蓄，轻吟低唱，风花雪月；生死离别，大风飞扬，吃喝玩乐，指点江山，拼搏奋斗——皆成文章。

散文贵在真，叙真情，写真事，每篇表达一片诚情实意。一个真字，就将那满篇无拘无束的散凝聚住了，即所谓形散神不散。这个真字很重要。我主张，不仅情真，所叙人和事都是真的才更为散文特点，这样才更显出与小说的真情之不同来。

　　散文人人可为。一封书信，一篇日记，一则广告写得真真意切鲜活生动时皆为散文。散文最随和，所以朋友最多……

　　散文是兆林小说创作之余的收获，从九十年代起他的散文开始丰收。他先后有《临窗听雪》等数部问世。他散文较突出的为两类：一是亲情的，写父辈，写家人，怀念与感恩；一是行旅散文，写见闻，客观为风物，主观写人物。曾读到一篇写他们一次西藏行的散文，单调的行程中，他自荐主持娱乐大家，调动众人的兴致，有了行程中的美好记忆。这类题材在散文中几近泛滥，流水账式的记录破坏了人们阅读的胃口，而挖掘情感，再现人物，以情趣串起，这样纪游文字，兆林懂得如何趋利避害，追求"利益最大值"。这对于一个细心爱琢磨的兆林，得心应手。

　　他自荐的两篇，《祝君欢笑》《感谢跳舞》，有如他自说的贵在真，真实场景，真情写来，让人读后忍俊不禁。跳舞加深了夫妻关系，跳舞中见出夫妻的性格，这种文章，他是否给了夫人一个信号，或者送上一个定心丸式的礼物。因那是二十年前的文章，这种读解不一定在理。无论何种初衷，一个性情中的舞者，一个性情的作家，至少在散文中，跃然而出。

也许这种纯真的感性思路，或者，他要自然而真实地表达，他前年创作的长篇小说《不悔录》与此思路有关，也成了有意义的话题。他把文化机关许多的美丽与丑陋、善良与不良等等，较为自然地描绘了，有些情节，甚至地名人名，与他所处的现实相疑似。从当下知识者的各种行状、做派，描绘这个群体的是是非非。关键是他还是描写场景中的一员，不能不想到他的初衷。就切入写实，真实地表现，抒写他心中的诸多"不悔"这一点上，他也许达到了。只是他不避真假，不分虚实轻重，和盘托出，他获得了一些效果，可是，也有一定的风险。因为，生活的真实与艺术的真实，谁人也无法厘清，有时候，近距离容易成为难点，或者是盲点。或者说，作为一个性情率真又激情充溢的写作者，他有这样的表达的夙愿，其他就不一定在乎了。成也性情，损也性情，这可能就是艺术与生活的悖论。这话有点远了，但作为朋友，想到了就说，但愿他姑妄听之。

池莉：希望稿费不太低

王必胜：你好！你的信到武汉时，我在北京，我是最近回武汉的。

你要散文我当然应该给你，问题是寄你还是寄长江文艺出版社某人？另外我的散文不多，给你的同时也另外地方出书，你认为还需要吧？方便来个电话。

祝好！

池莉

93. 3. 25

两天后，她在另一信中说：

怪我的草率，没细读信，现在明白你让我将散文
寄你。

选两篇《钱这个东西》《最怕一种人》给你。另写
一页《我的散文观》，没600字，我说不了那么长的关
于散文的话，望谅。

希望书能早日出来。

希望稿费不太低。

祝好！

池莉

1993. 3. 27

短短两天，池莉来了两封信，她办事认真。

与她是在1988年全国小说评奖时认识的，那次评奖也是
个巧合，名为全国小说评奖，是由《小说选刊》杂志和我们文
艺部举办。此前几届由中国作协主办，后来不知何故没有坚
持，以前承办者都是小说选刊杂志社，当时主编李国文与我们

头儿商量，就定了下来。出于什么愿望，哪来的经费，这多年后记不太准了，只记得，我们先后外出找贵州、河南的两家企业支援，也很容易就搞定了。后来获奖名单出来后，是一年之后了，世事突变，那年头空气也紧张，这个要管那个要看的，好烦人，有点自讨苦吃，不过，把这件事坚持了下来，还得到了认可，也算做了个善事。现在小说评奖排序，好像那次的评奖还是算数的。那次也推出了一些作家，现在多是文坛中坚。

池莉的小说《烦恼人生》获中篇奖。之前，何镇邦先生将她在《上海文学》发的这篇小说写了一篇评论，在1987年12月由我们发表了。可能也算较早注意她创作的文章之一。至少在这部小说是这样的。镇邦老兄是个热情如火的人，尤其是他认为值得的作品和人，他那劲头比当事人还冲。那次池莉来领奖，在北京和平饭店发奖会上见她。当时，她还算是新人，至少在获奖方面，会上她多受关注。她人未到，就有不少人在期待。之后，她在文坛上迅速闻名，《不谈爱情》《小姐你早》《生活秀》《来来往往》等小说影响甚广，媒体评论说她的小说，"关注最广大人群的生存本相和生活状态，颇受喜爱"。

也是在1994年的武汉，全国的书市上，长江文艺出版社把几位作家的书，和我所编的这本《小说家散文百题》，弄了一个台面，与池莉还有舒婷、斯妤、张洁的"女作家爱心系列丛书"一起，签名售书。她们的书是珠海出版社出的，出版社的老总成平女士也曾是武汉军区的小说家，她也到场。而我纯粹是一个陪衬，当时与长江社熟悉，可能觉得这本散文选本的创意也可，发行也还过得去，就借书市也借我回武汉之机，拿出来热闹一下，与池莉她们散文丛书一同搞活动。记得，活动本身无论是主办者还是作家本人，也没有当回事，我，好像还有舒婷、斯妤一起，由池莉带着从汉口到武昌，也就做点样子，轻松开心玩玩。这事虽说几不搭界，可作为散文的交谊，是从那次开始的。

池莉在散文观中写道：

> 我现在最喜欢是孩子，爱一切幼小的东西。
>
> 小东西们由于懂道理天真未泯而无比可爱。
>
> 散文就是应该是这么一个可爱的小东西。它自由，真实，活泼，散漫，甚至固执，偏激，刻薄，哭笑随意，喜怒随意，只要心里有脸上也就有。
>
> 在我们面前，大大小小的名著已经够多了。名著固然好，但成熟深刻得令人生疑。
>
> 上帝在创造人类始祖亚当的时候，在他完美的身躯上留下了一个缺点：肚脐眼，假如没有这个缺点，亚当是神不是人。散文便作肚脐眼如何？

这段话写得俏皮，生动，池莉把散文当作可爱的小孩子，是从"小"和"纯"来要求散文艺术的。她自荐的"散文二题"，一是说钱，一是说人。她能够认同的人，不虚假，通达，可爱。她以为，"钱带给人的不仅仅是物质享受，精神享受更重要"，"金银的本质不过是一种金属"；人呢，她说最怕的是一种"不通之人"，这类人也许是生意人，也许是读了点书的半拉子文人，也许是常见的那种自负而爱聒噪的人。她生动描绘了这类人种种做派，令人捧腹。这种"不通之人"，在文学中的形象，也许不为多见，可她却专文刺之，是小说家识人的功力。在以后的散文创作中，她也是着力于人的精神状态的开掘，一如她的汉味小说，平实，烟火味，或者，关注的是普通人生存状态。后来，她出版有长篇散文《熬成滴水成珠》，以"如是我闻"和"我闻如是"两部分，分别记录生活和阅读、写作感受。有痛苦、沉吟、欢欣、从容，也及焦虑、寻觅等等，写得透彻而明丽，生活的历练，人生的沉浮，如同水已然结晶为露珠，她用"熬"字来表述，是一种智性的表白和沉实的总结。作为一位女性作家，敏锐而炽烈的情感文字，是至为重要的。

有意思的是，拣出池莉在一年半后给我的另一信中，她谈到当时流行的一本书：

必胜：

你好。早想给你写几句，因为去上海有事做便放下了。

你让何启治给我的书《廊桥遗梦》早已收到并于收到当晚连夜读完，非常难为情地告诉你，我那晚眼泪流得满世界，眼睛肿了，一周不敢见人，许多年许多年没有因为读小说而流泪了，也许这种感觉太可笑太幼稚太初级阶段，但我仍然衷心地感谢你让我有了这本书。

是的，我因此而想到我们从生活到文学创作，将人局限在多么狭窄的空间啊，事实上人与人之间的关系，情感，交往与想念是非常宽广乃至拥有无限的空间的。好了，谈到书与人，话总刹不住，可谁有时间看长信呢？日后见面再聊。

我想哪天给你写一个也是读《廊桥遗梦》的小文，可以吗？期待再推荐好书。

池莉

94. 11. 18

信中说到的是人民文学出版社新书《廊桥遗梦》，小说仅数万字，描写的是美国地理杂志摄影家罗伯特·金凯偶遇农场主妇后的情感纠葛，最早翻译国内后，引起了极大反响，后来这个故事改编为电影也在国内热播过。当时，忘记了是因为我在《南方周末》上写一小文，还是在电话中说及这热销的书，她没有读到此书，正好就请我的学长、该社副老总何启治寄了一本给她。没想到，她有那种激动，激发了关于"从生活到文学"的感受，并说"人与人之间的关系，情感，交往与想念是非常宽广乃至拥有无限的空间"的。一位中国小说名家，为一本翻译小说流泪，有同行知音，如果大洋彼岸作者有知，该是多么有意义的一段文坛佳话！信中说的读后感，没有见她以后写来，也不知她写没写了在别处发表。

"谁有时间看长信呢?"是的,物欲滔滔,低俗流行,有多少人静心于文学,又倾心真挚地交流?

池莉的手书,我以为她用笔连贯浑成,也挺规正。其笔法如毛笔字中的断笔没有笔锋。那一时期,不少作家爱用蘸水笔。像刘恒,八十年他写东西就用蘸水笔。非电脑时代的作家们,书写工具是多么的丰富而有情调啊。

池莉行事为人细腻热情。她自认为喜爱独行,在接受采访时她说:"我天生就喜欢写作,本来就是要当作家,至于其他职务和名声,都是身外之物。严格地说,我觉得自己从来都是江湖之外的江湖人。最初我是独往独来,现在还是独往独来。"

她是爱开玩笑的,于是,在那个年月,商品经济打开人的眼界,她借机不忘调侃,希望稿费不太低,明知收进这个选本没有多少银两可言,但她也得戏言一下,如此这般,这就是池莉,熟悉了就会玩笑一下。

周大新:不愧对"文学姑娘"

必胜兄:近好。南方之行顺利吧?今遵嘱寄上两篇散文,你从中挑一篇,若都不宜用,也不要为难,扔掉作罢,都是复印件。问全家好。

有信请仍寄南阳那边，我不久即回去。

顺颂

文安！

大新

3. 25

　　周大新当时还在济南军区创作室，他笔法清秀，直接说事，因与他相当熟悉，也常有书信往来，他在信中只是说了我索要文章的事。那些时日，他常回南阳，因家中的事情所累，常住那边。他有些小说也是在这期间写的。记得我有事就把信寄给他夫人小杨的单位南阳地区人事局。

　　周大新的小说创作始于上世纪七十年代中期，1987年左右引起文坛注意，小说《汉家女》获得全国短篇奖，小说《香魂塘畔的香油坊》为导演谢飞改编成电影《香魂女》，得过柏林的一个奖。我与他相识于济南他的作品讨论会。那次是冯牧先生领衔，后来，他早年的小说集《走廊》出版，我还写了个序言。他前期小说主要写家乡南阳盆地的故事，写部队的基层军人，兵味和乡土气息浓郁，以及对女性特别是女军人的刻画细腻，引起关注。他写得扎实而用力，是文坛的苦吟派，一步一步写来，年年都上台阶，最终长篇小说《湖光山色》获得新一届的茅盾文学奖。

　　散文于他时有收获，先后出版了多部集子。最新一部是《历览多少事与人》，从题名中也知其着眼于人世代谢、往来古今，思考深入。他为人谦和，也是敏感的，小说家的敏感，散文家的博取细腻，成全了他散文的亲和与精细。对散文，他说要"给人一点实在"——

散文有许多种，但不管哪种散文，都给人一点实实在在的东西。你要抒情，就抒一点也能令别人心动的真情，别假情硬抒，让人看了心里别扭甚至恶心。

你要讲哲理，就讲一点新鲜的，让人看了豁然顿悟，受点启发，别重复他人已经讲过的或大家已经明了的东西。

你写的是一篇游记，就要给人介绍一点别人眼睛在同一景点很难发现的东西，别变成旅游指南，导游是导游小姐们的事情。

你发表的是一封信，就让人看看写信人究竟是一个什么性情的人，别藏藏掖掖只露出正人君子的模样。

你介绍一个人，就介绍这个人身上独特的不同于他人的地方，让咱们确实开开眼界。

你就一件事发表看法，那就出你的真心话，别让人一看就是违心话和套话，让人替你难受。

散文是我们记述所见所闻所思所想的最随意最方便的一种样式，什么时候写什么怎样写都行，如果在这种情况下我们仍然要来假的空的东西，那真真是有点愧对这位最随和的文学姑娘了。

周大新自荐的散文二篇：《最后一季豌豆》《平衡》。前者描绘从童年往事的追忆、怀想，到人的纯真和朴实。后一篇是说人生世事的"平衡规律"无时无处不在，连老百姓都懂的道理，在每天"有喜剧、悲剧交替上演"，人生有福祸相生相克的。不以物喜，也不以己悲，千百年来，这样一个简单的思想，现代人往往并不能正常善待。不切实际的要求和拼杀，是福是祸，很难说清。周大新的散文随感，把这样的题旨，纳入他的思考。在对散文的解读中，他也以平实和真实，作为生命。

也许，他能够以平常心去对待生活的曲折，应对难事甚至不幸。这些年，他经历了家庭的坎坷，却能在创作中保持状态，且屡有出彩。在我认识他的二十四年里，他工作和创作是顺利的，从军区到总部，从外地到北京，各类作品先后得奖，还有立功嘉奖，然而，生活中多有不如意，甚至打击，但他都顽强地挺过，坚韧地走过。平常的心态，执着的文心，是他创作的基石和支撑。每每看到我书柜里他那二十多本文集，长短小说、散文等，我叹服他的勤奋和定力。

想起了当年，也是八九十年代之交，长江文艺社还在办的《当代作家》文学双月刊，托我约周大新的小说，他很快就写了两个短篇《干涸》等，讲述农村现代化后土地被征，土地流失，泉水干枯，生态无序，农民们的心态与生活的变化，他深思现代化在农村发展中的代价。时在九十年代初，他是较早以文学的感受来触摸现代化与农村的关系，以及传统的变异与现代文明的悖论。作为农民的儿子，他的文学基因来源于大地和底层。关注土地，倾情于大地，则使他的文学有了基石，日后的《湖光山色》获得茅盾文学奖并不偶然。

这种文学的经世观，在他说散文，以一句别愧对文学姑娘的提醒，让人难忘。这个滋润人心灵，给人精神上的提升和慰藉的文学，也是一个有生命的物体。在散文家周大新的心中，真实，实在，是其生命力。因此，他反复告示：别"假情硬抒"，别"藏藏掖掖"，别说"违心话和套话"。这不是每个人都能做到的。面对如今的文学，尤其是纪实的怀人的散文，这种反省是多么的需要！

可又有多少人能听得进去？

没入列的徐怀中

徐怀中的小说八十年代如雷贯耳，无论是《西线轶事》，还是更早创作（1954年）日后开禁的《我们播种爱情》，以及一些军旅小说，他在军事文学中的地位无可忽视。特别是他主政的军艺文学系，培养了不少青年作家。我们编小说散文集当然得有他的。不料，他在信中，十分客气地陈述了没有像样的散文：

必胜同志：来信收悉。我最近心电图有点问题，政协会议没开完就来三〇一医院住下来了，作作检查，想无大问题。谢谢你邀我参加散文百题行列。我没有写过什么像样的散文，近十年连小说也没有写了，就不能勉强充数了，甚觉惭愧，只有请你原谅。想你一定会把这本选集组织得很好，我等待读到这本书。一切顺利。

徐怀中

三月二十八日

他的字就是在一张没有天头地尾的白纸上写的，信手拈来，像一张复印纸，是出于节约，还是素来如此习惯？当时，他是否还在位上，没有查证，但他信中说了是在开政协会，肯定还没有完全退下来，而节省到用这无头无题的纸，亲自寄来，这样子纯文人的做法，看出老先生的自律。一个有点头脸的名人，一个有着高位的（他是总政文化部长，少将）领导，他不光是谦虚地说及自己的作品，也很自律地用这种简单方式，当时来看，我以为较正常的，可如今，看多了附庸风雅的官员文字，为求发表，动辄加密送达，弄权济私，其实，也纯系个人文字，早点晚点又何妨？这未必是当事人之意，好多吹喇叭、抬轿子者也是惹事者。这徐老先生的为人为文之道，高古之风，何能为继？呜呼，如今，这文坛报界陈腐之气，媚上之风，官场陋习，何以能除？

话说远了。再看徐怀中的信件。他自谦没有像样的散文，对我们"组织"的这本书很有兴趣，其实，我们邀请他加盟，是因为他的小说影响力。他的小说在描绘人性，有着刻骨铭心的真实和深邃，他写散文也是注重韵味和情致。只是，身体原因，他多年没有创作，他自说有十多年连小说也没有写，一代小说名家困扰于病魔，当时，很为他身体担忧，还向一些部队的朋友打听。

而他的字，写得少见清朗，如行云流水，一气呵成，也很见力度。即使是硬笔书写也是见出章法的，还是在一张没有格子的纸上。细细端详，如列兵出阵，整饬如仪，倘若用毛笔写在宣纸上，他的字会是很有格式、功夫的书法作品。这是我见到作家的字中，相当有书法味道的信件。

多年后，也曾在某个活动中见到怀中先生，他那端庄的军人风度，仍然一如既往，是那些晚辈军人文友们所学不来的。今年年初，凌行正先生的长篇小说《九号干休所》在北京座谈，有幸再见到他。听他讲话，还是文质彬彬，思路清晰，精神不错。年过八旬的他，那天冒冬寒，在不太宽的会场上一直坐有三小时，不容易。每每这样的场合，记者或号称事忙的人，都会提前离开，而他却安坐如山，仔细听会上发言，直到会议结束。无论是身子还是态度，让人佩服。因他的谦虚和坚辞，没有入列的徐怀中先生，更让我们尊重。

"活趣说"的蒋子龙

必胜兄：近安，遵嘱写一散文观和散文两篇，随兄处理。

匆此，好

蒋子龙

93．4．6

蒋子龙的来信更是简单的了，简单是因为熟悉，与他相熟追溯到二十年前，那时，沈阳的林建法在他耕耘《当代作家评论》之余，有很多的构想，比如，较早地成立杂志董事会，搞一些大的文化经济联姻类专题研讨。蒋子龙写过工业题材，且名头大，一篇《乔厂长上任记》，只要是说到早期的改革文学都会提及，于是，老蒋兄就在这样的场合出场领衔。九十年代初，几次大连的采风或者笔会，或者与企业家联谊，多次是老蒋兄出马，说文学谈经济说地方财政等，他都在行，也会引起会议的兴奋点。记得也是在大连有一次活动，建法兄命名为东北亚文化考察，名头有点吓人，当时，挂着建法煞有介事地配制的那个出席证，出入于这里那里，我和老蒋都窃笑，建法真会宏大思维。因老蒋是团长，还到市里参加了一个会见，也热闹了一番。还有数次，因为他的时间安排，活动也为之改期，所以，他当为这类活动的高僧大法，直到前年辽宁作协的一个工业题材的会议，被当作老工业基地上的一次文学呼唤，自然不能少他，那也是建法在帮助张罗的。就像一个宴会上，有主菜大菜的，老蒋每每是这样角色。

我们部门在1993年初，与广东省作协文学基金会在肇庆开了企业文化的研讨会，我也效法建法，把蒋子龙等请去，一大帮热心于改革题材和企业文化的作家座谈了两天，还搞了个纪要见报。后来，在北京有几次简陋的会议上，他当天从天津赶个来回，拨冗参加，有时候，很感激他的理解，也会体味他的辛苦和无奈，没有办法，有了名就可能是尊神，也由不得自己了。这样，也免不了受朋友所托，代为请约。子龙兄也会给个面子，也有找个借口推掉，都很正常的。不要说太久远，就是这两年内，沈阳、长春、广东、河北，也不下五六次与他同行，还有北京的个别会议，也有聚晤，当为再熟悉不过的老朋友了。

半年前一个深秋，在沧州他老家一个古老的枣园里，还看他在枣树下临风把笔，写下"老树成神"几个大字。他的沧桑与闲定，也有成神如佛的修道。

所以，因为熟识，每有我向他问学，要文章，他会支持的。就在那次约稿前，他的另一信中写道：

> 必胜兄：春节好。实在对不起，这篇小稿拖欠得太久了。真要坐下来想给贵报写稿，不知为什么就正襟危坐，灵气全无，太笨了。只好硬挤出这么个东西，

出于守诺还情不得不寄出。兄倘不满意再扔回来就是了。我另想点子，一定要还朋友的账。问夫人好，并祝阖安！

蒋子龙

93．2．8

记不得是哪篇文章，他如此地用力，费神。可能那种感觉是那一时期众多作家朋友们的共性，真不好意思，难为他们了。在关于散文的感言中，他说：

当心里萌生出一种对自己的激情，对自己有了一种感觉，是写虚构小说或其他文体所无法表达的一种情感，便写散文。

如同一个人自斟自饮，读者则欣赏作者的那份自然，那份真挚，那份狂放。

因此散文必须要有真情，真心，真思，真感，最忌假、玩、空。

……

散文以真诚给人们的精神投以阳光，所以在假货充斥的现代社会，格外受欢迎。

唯真诚才是心灵的卫士，是散文的生命。

散文凭借真诚感知生命的诗意，让自己的艺术的情弦充满智慧和饱满的感情。

散文的美是融合了心灵的真实和生活的真实而创造出来的，不能指望一个虚伪的灵魂，一个没有真情的人会创造出真实的美，写出感人的散文。

散文是作者心灵的告白，可直接表露自己的思想感情，表达个人的感受，表达个人独有的感受，因而也是值得珍视的。看散文如同欣赏一个人的精神收藏品。

有了真情，再把它提升到文学的层面，表达得美，这美就是活的，充满生命力。否则，只有美，没有真，再精致也只是艺术品，没有活趣。

正是这份真情，使散文虽很少大红大紫，却也从未被冷漠过，香若幽兰。

真实，鲜活，或者说要有"活趣"，蒋子龙把散文看作一个充满活力的鲜美事物，有香如兰。他自荐的散文是《天都情》和《中国的狗热》两篇短文，可见出其情趣，也是合他这种思路的。在向黄山天都峰的路上，他跨过了自然的绝妙与人情的极致。在这里，他信步百尺云梯，上天都峰，看到了无数恋人的连心锁高悬绝壁之上，感叹了人的情感表达绝妙神奇。而中国"养狗热"引出的问题，已成为一种社会公德拷问。他在一贬一褒中，完成对当下旅游和休闲习俗的一种描绘。这是子龙的散文特色：一、注重人的情感的挖掘，看山看水而得乎情；二、从日常事理观察出普遍意义，小事中寻大理，以小见大；三、注重当下，特别搜集时下的诸多资料，旁征博引，娓娓而谈。

也是在小说家散文刚红火的那一时期，八十年代中后期吧，沈阳出版社的一套作家自选的丛书，名家荟萃，就有蒋子龙的散文集。之后，散文随笔他多高产。他的说理，叙事，注重事例，触类旁通，举一反三，小事情大道理，也多关乎世道人心，特别是国计民生。这可能是他的散文随笔为众多的新闻报刊所喜欢的原因，有段时间他可是各类报纸上的文学明星。

那么子龙兄的字呢，也属自成有体的那类，有纵浪大化、凭虚御风的飘逸。他的信，或是在一张信纸上，也就十数个字，占满天地，神完气足，或者用正规的宣纸书写，还是竖写的，看出其在书法研习上的努力。前说那次沧州采风，偌大的枣林下，主办者准备了笔墨，他似乎早有腹稿，一挥而就，"老树成神"几个大字，翩然在阳光绿树下，再反复几张，一时游龙走凤飘逸不羁，树丛中掌声笑声一片。我端详几许，只想说，与这十多年前给我的钢笔字法相比是有了气势啊。

很愿意与他同行，无论是会议，还是会议外的休闲，听他说东说西也是享受，他发言讲话时，爱用二指禅表达，左右手食指中指伸出合拢，特有的习惯动作，引你入胜。更重要的是，即使是闲谈中，他以一股特有的神情，专注于你的回应和表述，其实，你也就知道，他是在琢磨什么，说不定下次的散文或者随笔，就有了你所熟悉的某一个细节。

十多年来，老蒋兄的散文之余，也完成了多年构想，一个名为《农民帝国》的大部头长篇小说，前年问世，一如他以往近时段的人物和近距离的生活，他注定固守着这强烈的为人生的艺术。

无论如何，他的书，他这人，即便是字，诚如他言，是有活趣的。

可爱的汪老头

收到汪曾祺先生的信，是我们从海口笔会回来不久。一个多月前，在海口我向他约大作收入"小说家散文"中，他说回去找找，汪夫人施松卿老师还邀我有时间去家里取。后来，因事急就去了个电话，还另给他寄上出版社的邀请信，汪老回复说：

王必胜：信悉。小说家散文选，我拟报选两篇。一，城隍·土地·灶王爷；二，花。第一篇刊在《中国文化》（刘梦溪主编）1991年8月第4期上。希望你能找到这期刊物，复印一下（我这里只有一本，还准备作其他选本之用）。第二篇尚未发表，稿在《收获》，将用在今年的第4期。大概8月才能出来。你如等不到8月，请来信，我将复印一份寄上（我这里还有一份底稿），或打电话7623874。

"感言"寄上，恰600字。

即问安适。

汪曾祺

4月7日

我写此文也是迟到的悼文，他过世已多年。最近，他八十诞辰纪念，搞得十分热闹，足见他好人缘。那年他的追悼会，恰好我出差了，沈阳的林建法兄专来参加，我只好托请致意。想起来，海南笔会上每天与他处，但人多事杂，要不会议上，要不宴席中，或者行程匆忙，没有多聊，但长者之风山高水长，虽匆匆数日，却亲聆謦欬，也算有幸。后来回京后一直想找时间去汪老家拜访。

　　1994年12月中旬，林建法从沈阳来住在作家许谋清那儿，说一起去看汪曾祺老。到了南城的一个旧楼里，出电梯七拐八弯的，汪老家里几乎是被书和杂物占据，许谋清带来一大包老北京下酒菜，不一会儿，还有老作家林斤澜带来温州的散文家程绍国，大家就随意地开席了。晚餐，施老师准备了一个火锅，一起涮捞，很是热闹。建法和谋清与汪、林二老早就熟悉，许谋清也爱说点笑话，还有林斤澜先生也是爱开玩笑的，而建法的思维也跳跃，大家以话下酒，好像汪老说得不太多。饭后，汪老在午休前，翻了翻杂物堆，不知从哪找出新出散文集签名分送我们。一年后的夏天，他搬了家，也是建法来北京，相约去看汪老新家，那是虎坊桥一带单位宿舍，汪老的书和杂物少了，而较乱的是画好的和没完成的书法绘画。铺在地上桌上，我们可以随意地挑看，未料汪老也没有说什么，想起有人说过在他家，从纸篓里都能找到一张好画的，确也如此。画作多是花鸟山水，有葡萄，有海棠，有紫荆种种。我看中一幅，梨花压枝的，建法说，汪老题个字吧，于是他就手题了"满宫明月梨花白"并加上我的名字。同去的还有潘凯雄，他俩要了什么字画不记得了，好像有一幅是紫葡萄吧。如今我的"汪梨花"，画面上大朵绽放的洁白梨花，舒展奔放，也清纯如许，常年开放在陋室过道上，每每睹之，无不感怀，哲人已去，丹青有情，呜呼。

汪老很细心，在信中把我所请托的事，交代得清清楚楚。现在看来，我是多么的大大咧咧，也许，我是把一封普通的公式化的信函发给他。他却不厌其烦地告诉我文章出处、刊期，还说，如不可将如何解决。在我担心《收获》杂志当期到后有些晚了时，他又在4月26日回信寄来《花》的复印稿，再次告诉了他家电话号码，"有事请联系"，客气得好像他是在找我办事一样。

汪老是一位贤明通达的人，多个时候，看他的头有可能是偏着，或叼着烟，或者紧盯着你，默然无语，但是，他心里总有数，要不，在海南他以近七十高龄并不成为酒和烟的奴隶。他话不多，即便你是刚认识的，都不问及你的来处，你的出身，你的周遭，甚至你的喜好。好像，你既然相信了他或者你既然是他的朋友的朋友，那你也就是可信赖的了。我不知林建法这位"文坛大侠"（我们相熟悉多年，少说是二十七八年的朋友），如何与汪老这么熟悉的，按说他在北京朋友关系的轨迹我是略知一二，可是，他如此亲炙于汪老，如此地执礼于他，让我在感动之余也不太明白。林建法是一个义气、仗义的人，也是一个挑剔的人，他在北京的朋友多了去了，但只要每次来京，必定首选去汪家，或者，汪老那里有点事，他都可能从沈阳来，从外地赶来。而言语中，多是汪老如何如何，什么什么正事闲事，他都清楚。真不明何因，当然，汪夫人是建法他们福建老乡，这又算得什么呢！唯一最可能的答案是，这是一个文坛的可爱老头，一个让你不断有新的可爱之处的老头。

还是看汪老关于散文的一席话吧，他说：

近几年（也就是两三年吧），散文忽然悄悄兴起。散文有读者。在商品经济的冲击下，在流行歌曲通俗小说电视连续剧泛滥的时候，也还有一些人愿意一个人坐下来，泡一杯茶，看两篇散文，这是为什么？原因可能是：一，生活颠簸，心情浮躁，人们需要一点安静，一点有较高文化意味的休息；在粗俗文化的扰攘之中，想寻找一种比较精美的艺术享受，散文可以提供这样的享受，包括对语言的享受。这些年，把语言看成艺术，并从中得到愉快的人逐渐多起来，这是我们这个民族文化素养正在提高的征兆。

散文天地中有一个现象值得玩味，即散文写得较多，也较好的是两种人：一是女作家，一是老头子。女作家的感情、感觉比较细，这是她们写散文的优势。有人说散文是老人的文体，有一定道理。老年人，感慨深远，老人读的书也较多，文章有较高的文化气息，多数老人的散文可归入"学者散文"，老年人文笔也都比较干净，不卖弄，少做作。但是往往比较枯瘦，不

> 滋润，少才华，这是老人文章一病。
>
> 小说家的散文有什么特点？我看没有什么特点。一定要说，是有人物。小说是写人的，小说家在写散文的时候，也总是想到人。即使是写游记，写习俗，乃至草木虫鱼，也都是此中有人，呼之欲出。

他分析了散文兴起的原因，说小说家的散文"没有什么特点"，写散文的时候，"有人物""想到人"，仅此而已。这或许因为是在我们的要求下才完成了这所谓"感言"吧。实在难为他，一个散文大手笔，让他写这些，类似小说大家钱钟书先生名言，吃了鸡蛋未必就得要问鸡是如何下蛋的。

汪老的字画，一时为圈内的抢手货。他被当作当代文人画的代表之一。一是他的文名影响。他以《大淖记事》《受戒》等小说，在新时期文学初期，别开了题材的新生面，对人物心理隐秘的进入，对人性的多方的开掘，有别样风景。他的散文，回忆往事，记述人物，注重情致和性灵，也简洁精短，有如明清的小品。再是他的书画，别有情趣，画面简约，留白疏朗，写意着墨不求技法铺陈，情意活脱而出。他的字，清丽、圆润，随意中见法度，不夸饰雕琢，也不张狂。在给我的书信中，一张白纸上，没有涂抹，清爽如许。

有人说，他是当代文坛最后一个士大夫，一个张扬人道主义的作家。斯言诚也。

"另类"叶楠

> 必胜：我寄给你三篇散文。是我去年今年写的我认为最好看。篇名为：
>
> 《酿造欢乐的酒浆》《神鸟敛合了翅膀》《生与死浇铸的雕像》。另遵嘱写了一篇所谓散文观，篇名：晶莹的露珠。请选用。敬礼。
>
> 叶楠
>
> 22.03.1993

这是我收到的仅有的两位用电脑打的信件之一（另一位是陈建功），这之前也曾收到叶楠先生的信，刚开始看他用电脑写信，有点怪怪的，那时，是1993年初还是1992年底，电脑写作属凤毛麟角，我等年轻点的用得也不多，他就这样子的超前，时间顺序是按西式先日再月再年的。佩服之余，好像不大习惯。心想，这种格式化的写法，有点批发的味道，除了名字外，都是硬邦邦的电脑字，难道这么几句都不愿意手写？是为了节约还是有意的炫技？想不明白。这两个疑问，在叶楠老，好像都不可，那么，又做何解呢？只是想到一个兴趣广泛或者好奇心强烈的人，才有如此之举吧，"苟日新，日日新"是也。或者，他本来就是为了这刚学步的技术操作练习，才会这样子的，或者什么都不为，就是为了看起来整齐而清楚，也方便。无论为什么，他算较早用电脑写作的老作家之一。那么早，电脑创作，电脑写信，一个完全的现代科技拥趸，比年轻人还年轻人，他老先生可是花甲之年的人啊！

话说他也与汪曾祺老一样，叶老先生已过世有年。记得，2003年春，他重病住在海军医院，我去探望，他一头的管子，双眼紧闭，人没有了一点意识，当时，正好见到作家杨匡满也在，我们心痛，只有默默地祝福。不料三天后，他终于没有能挺过来，令人悲痛。想起了这位和善可亲的老先生，他常常是打个电话来，有事没事，交流一下，说点故事，再寒暄，问问他所关心或可能我所知道的事，他把我当成合得来的朋友。

与他多次一道外出，最长的时间是在北京南苑机场评全军文艺奖，一住五六天，最早的也是1987年的张家界之行。叶楠是海军创作室主任，也因为他的电影《甲午风云》《巴山夜雨》等等的影响，在几次活动中，他被推在前台，可他却不习惯这样子，一句口头话是，那样子的不行。他的和气可爱，厚道得甚至有点如佛如僧的淡定，不是装的，不像有些人老说我的脑子有点老年痴呆症啊，我的学问不好，书读得不多啊云云，故作低调，迹近噱头，恰恰让人侧目。平时，他话不太多，有点酒量，有点烟瘾，也有点小脾性。他也是个故事和笑话的能手。特别是当下文人圈的什么，他讲来很风趣，也很善意，往往是在大家不经意间，他最后说一些大家共同熟悉的人和事，掌故逸事皆成趣谈，活跃一下气氛。他常常一身合体装束，是少有的注重形象的老先生。作为军人，我们相交这么久，从未看他穿过一次军装。更多时候，他是牛仔装，俨然不像是一个上了点年纪的老军人。

他给我的电脑文稿，打在一个长条两边带孔眼的专用打字纸上，二三千字都有长长的半米多，有时他的信也用这样的针孔纸，白纸面洇有浅蓝色的底字，并不清楚，却是那时的一道风景。

其实，他的字写得很是有笔有型的，现从他的签名两字看，有艺术字体的潇洒。柔软的飘逸，有如他散文风格。在散文"感言"中，他以"晶莹的露珠"比喻：

春天的清晨，高山流水，草甸的柔嫩小草的叶片上，挂着颗颗露珠，它们的透明，玲珑，晶莹，世上最好的珍珠也无法与之比美……

露珠是那么小，只可以用细碎来形容它们，然而，在它们小小的球体里，含有蓝天，白云，朝霞，皑皑雪巅，莽莽丛林，高高飞翔的鹰……乃至整个宇宙。

它们吸溶世界上所有色彩和光，又折射向这个世界，那折射出的色彩和光，要更加明丽动人。

即使是它们被微风或者晨鸟的翅膀，拂碎了，那散碎的更小的水珠，也还奇妙地保持无丝毫误差的正球体，也还向这个世界闪射着它们的光辉。

它不是刻意制造的，像盆景，哪怕是最精美的盆景。它是得之于自然，它虽幼小，形体是完整的，容量是配套的，色彩是丰富的。

这就是文学体裁中的散文。

他以诗的语言，为散文画像。

自然，丰富，完整，这是他心中的散文境界。他对散文情有所钟，有多部散文出版，《浪花集》《苍老的蓝》虽写海军生活的为数不少，但不少篇写大自然的风物，彰显生命的哲理，写天地自然中弱小事物的坚韧，有柔美细腻之风。"晶莹的露珠"，是他对散文的定义，对事物的观察，叶楠不嫌其细小，有别于男人、军人的豪放，唯此，细腻的语感，优美的文和情致，在军队散文家中别见风采。

"武夫"邓刚

必胜兄：您好！遵旨将散文和600字的散文观寄你，不知合格否？

我的信址是大连转山小区（以下门牌及电话省略——引者）有事请写这个地址。切切！祝你好并代问凯雄兄好！

邓刚匆匆上

1993. 4. 6

收到邓刚的信是4月了，这位以《迷人的海》闻名的小说家，其塑造的"海碰子"形象，丰富了新时期文学人物画廊。他的字龙飞凤舞，不拘法度，形象有点粗憨，却也试图有些形体。那时候，听说他到大连公安局挂职，还说他能徒手抓坏人，也曾到俄罗斯闯荡搞边贸，这一个武行道深的人，潜伏文坛，居然了得，但他也是个很细致的人，信中不忘详细地告诉你联系方式，也很周到，不忘了代问与我的合作者潘凯雄。

与邓刚见面是在大连的金石滩。那是在九十年代初吧，那边开发得热热闹闹，海边采风也吸引四面八方。一日，在大连作家徐铎的领地——金石滩午餐，好像有几拨人马，坐在一起，就有了与邓刚相会，那次他也是陪朋友来采风的，饭桌上，因大家都有点熟，没有太多拘束，他就有发挥，话虽不太多，爱逗点嘴。他是快嘴大哥，特别是与女同志交锋，妙语连珠，好像有定论。再有印象就只听他说，在公安那边干活，而绝口不说自己写作的事。好像当桌上有好多的海味上餐，也有人就问了他写海的事，他眯缝着眼，一笑而过。这以后，他的文字，也就幽默加逗嘴，也有些小说笔法来臧否日常人物，于是，邓氏幽默文字，一纸风行。记得，我的同事刘梦岚女士，还专门约他加盟个专栏，谈天说地，抢着侃的。只是后来，这边原因没有坚持了下来。他从小说而散文随笔，从生活而文学再生活的，有段时间，他得心应手，文思泉涌，有了不少的非散文非小品非随笔的东西。忽然，有一日，我收到他的邮件，是他的一本新书。可能是在这本《小说名家散文百题》出版后，他从样书的前言，那是我们以编者身份写的序言，提及了散文随笔于小说家的意义，或者，是在某个场合看到了我论及小说家散文随笔热的文章（好像是在沈阳《当代作家评论》杂志上发的），他视为同好，竟然有了一信，说得兴奋，喜形于言：

> 必胜先生：由于常出门，联系断断续续，望原谅。近来出一本书，正是你说的随笔热，很好看，特别是中学生踊跃，在大学、中学校签名售书，竟出手一万册。大喜！在一家刊物发了个消息，邮购平均一天10本，可见书写得有意思有意味，还是大有读者。现送几家小书摊上准备与庸俗书一战！
>
> 祝夏安！
>
> 邓刚
>
> 94. 6. 18

好一段见情见性的文字，一如他的说话风格。他为自己的一本书有销量有反响而大喜，以此为例，认为"书写得有意思有意味，还是大有读者"。他的书，具体名字我记不准了，抱歉的是，因搬迁一时也找不到了。当时在快餐化、娱乐化的流行文化影响下，文学图书萎靡，他的一本书有此利好，无疑是个可与朋友分享的大喜之事。且还有他那誓与庸俗书一战的行动，好一个东方堂·吉诃德同志的形象。

赤膊而战的邓刚兄，没有什么太多曲里拐弯，皮里阳秋的，这是个率性的硬汉子，不能不让人喜爱。去年秋天，人民文学杂志组织大家在河南汤阴。多年后的见面，看他那身紧绷的仔裤夹克衫，一句老兄还好，好像是断了的线又接上了头，颇为高兴。可能是他人高马大、鹤立鸡群的，有意脱离会儿大家，独自参观什么的，言语虽少却一旦与雷抒雁、徐坤等人说闹一下，也是很好玩的。这一路两三天，他一身夹克仔裤，不管紧瘦与否，却也衬出了人高马大威武状。兴许是沾了岳将军之故吧。在岳王庙里，武穆精忠持守，其书法词章也精到，文武之功，日月同辉，世人敬仰。邓刚也是一个人独赏，但当见到岳飞庙门楣上写有"乃文乃武"匾额，写有"人生自古谁无死，第一功名不爱钱"的对联时，似乎有点感觉，就让我以此为背景给他照相。这也罢了，我当时也给他看了数码照片的效果，没承想，我们9月5日分手，回去也就两天，他就来了邮件，急要他的相片，有点故意套我的意思："必胜小兄如面：分手后才知相见的时光是多么的难得，但愿以后还有见面的机会，多说些话。还有一事，别忘了给我发照片呀，切切！祝秋爽！邓刚9.7。"四天后，他又发伊妹儿催我："必胜小兄：至今没见到有照片发过来，看起来国家级报刊实在是太忙了，但我还是希望你在百忙中能将照片发过来，能有你亲自拍摄的照片，我会珍视的。切切！9.11。"几番来去，他叫我大兄小兄的，还找话激将，实在是可爱至极。我想，也就短短两三天，他这样子在意，不全是因为我的拍照。那岳将军"乃文乃武"之美誉，让他感佩，生怕这张沾光的照片而不得。当然，还有他看似一介武夫，粗粗拉拉的，却是很细心的人。率真而细心，好像朋友们也有这样的评价。

这种率直，也在关于散文的感言中：

　　散文比小说的年龄大，比一切其他式样的文学资格老。它所以受到那样多的敬重和冷落。几起几伏，散文从不景气，升腾到被垂青的高峰，我认为这是散文的表现手法变革所致。

　　……

　　由于人们的生活节奏加快，由于科学技术越来越高超，电视摄像等手段已使人们视野开阔，几乎整个世界的景物历历在目。所以现代读者决不耐烦看过去那些静止描写景物的文字。坦率地说，一代代一本本教科书上始终牢牢地印着朱自清的荷塘月色，使我感到惊讶。那古董一样古气沉沉的文章，在当代鲜活的生命面前奉为范本，我个人不太以为然，当然，我绝不敢否定朱自清的艺术价值。可是一个时代有一个时代的艺术特色和审美要求。一个时代的艺术巅峰与另人一个朝代的艺术巅峰不可相论优劣，过多地借鉴并不是件科学的事。

　　散文涌起了新势头是散文小说化所致。散文融进人物意识，故事意识和更多情绪意识，符合当代读者的口味。小说家散文是散文形式变革的无意之中的功臣，我这样认为。

这寥寥数语，是从散文的形式变革与读者口味的吻合，来看散文热的。文章合为时而著，他以为当下散文需要三大意识："人物、故事、情绪"，也是一家之说，最直接的是，他对《荷塘月色》一类古气悠然的文字，长期占据教科书不以为然。生猛的海味，是邓刚生活的营养，而在行文、交友等诸多方面，这等做派，不失为一种让人记怀的滋味，于写作于人生，也会有所补益。

"技工"陈建功

必胜兄：

您好！

惠书收悉，蒙兄不弃，有意收编小文入"散文选"，弟至为铭感。现寄呈《从实招来》一册，其中划圈者，为可选作品，兄可拨冗一读，有喜欢的，劳烦复印选入可也。兄所要之"感言"，一并寄上，请收。

匆匆颂春安。

建功谨呈

1993. 4. 8我家地址……

陈建功的信是由电脑代笔。他以一种既定格式，打完了内容，再手写名字，以示庄重。当电脑刚兴，我收到这类信件时，新鲜之余不免有疑问，为何不全用电脑打得了，还要弄个名字手写的干吗？后来猜想可能为了庄重礼貌起见，或者以免假冒吧！不过，现如今，如若信件往来，不知还有何人这样打字署名的，不知建功兄他们这些先行者，是否还会这等坚持？

我以为，建功兄也许还会这样子的。有几次看他在会议上，即使是坐主席台主持会，也是电脑办会，发言稿从电脑调出，颇为潇洒。大概是 2002 年秋，时在广东中山市古镇，我们参观了当地的一个新大建筑，同行的有邵燕祥、缪俊杰、周明等，看到那些电光影高科技炫彩之后，大家说到电脑说到手机电子之类，有人玩得利索，有人却颇为不屑，也有顽固的抵触者。对此，建功兄用了一个很古典也很暧昧的词："奇巧淫技"，还很痛快地一笑说，当年慈禧就这样子的冬烘顽固。作为一个技术的迷恋者，建功在作家中是最早驾驶汽车的，依他那时年龄，有这样的心态技术，玩技巧，是很酷的。据说当年他曾做过矿工下过井，我猜想，他不会是干纯粹的力气活，搬弄个技术，修理什么，他会在行的。

再看他这信，如印刷品一样规正，抬头和过行都规范地印在一张单位的便笺上。我奇怪的是，他把字打印在这小的信笺，如此格式规范，行距间距整齐，没两下子是不能的。

我曾想，依建功的性子和能力，是属于会玩爱玩一类，别看他平时斯文谦和，其实，隐藏有爆发的力量，是学什么会什么，干什么就能什么的。比如，吃喝玩乐的，都会有个样的。他是有情趣的人，一个有"奇巧"却不"淫技"的人。

他的信写得随意，不失夫子气，文雅，文气，也是一种风格。当年的文人们谦谦之风，尚有存乎，这是一种心境，一种续承，更要有一定的学养。

他签名"建功"二字，写得稍显散淡，看不出他字的味道和师承。他属于在书写方面，不太讲究的人。或者电脑高科技之后，他就省于书写，像众多的名家一样，写得流畅自如，保持自己的风格。

建功送我的书名为《从实招来》，是一本小开本的丛书之一本，收入了他的一些散文。我按他所画，挑选了《涮庐闲话》《老饕絮语》两篇。他以幽默的语调，描绘了一个美食家的感受，在北方的涮菜习俗中，在宴席中大快朵颐之后，既有物质的满足，也有精神的快意，享受过程十分美丽。建功用一种自我调侃和文白夹杂的语句，把散文的一种情趣性做足了，也写吃饭点菜的细节，主要是北方的涮锅文化，见情见性。那一时期，他的散文口语化，日常生活景象，与时下的现代化生活驳杂万象相交融，令人称道。他曾在晚报开有专栏，写平凡人物、平民百姓、都市万象、家长里短，迹近开创报纸精短散文之先河。他散文不求宏大，不考究主题，不高头讲章状，也不拿腔作势，却有烟火气，市井味，读来活色生香。所以，他对散文也是用语直率：

　　写散文要比写小说舒坦得多。写小说你得找出张三李四王二麻子，让他们出来替你重新铸造一个世界。写散文你不必劳这份神，提起笔，你就撒了欢儿地写吧。你怎么活的就怎么写。你怎么想的就怎么写。你就是一个世界。

正因为这，写散文也难。

你能保证你的世界就那么招人？于是，不知哪位发明了一种叫风格的说法，熬得散文家个个开始跟他们的文章较劲儿。也是，不较这劲儿，你就平庸，谁甘于平庸，谁？

于是，个个把那千把两千个汉字掂量来掂量去，僧推月下门僧敲月下门，个个把那谋篇布局琢磨来琢磨去，起承转合此呼彼应删繁就简领异标新。

就不怕较劲较大了，反倒矫情？矫情多了，不做下了毛病。

谁也不说你做下了毛病。谁都说这是你的风格。

你的名气越大，就越不是毛病，而是风格。

于是，风格就成了许多人的"皇帝的新衣"。

为了不闹笑话，我想，我最好还是离这害人精远点儿。好好地，只想着痛痛快快地把自己那一嗓子吼出来就成了。

真的，甭惦记她。她不是该着咱惦记的。

（1993. 4. 6）

建功似乎真是被风格这种虚套的东西弄得有点不快："撒了欢儿地去写吧。你怎么活的就怎么写……痛痛快快地把自己那一嗓子吼出来就成了。"建功的一番感受，或许是夫子自况，或许小说家言，这个有点激烈的评说，对散文这个言人人殊的文体，自是一种诠释，也是过来人的彻悟。

"变法"的李存葆

必胜兄：

近好。遵嘱将稿子寄上，请审。

我写画家这两篇东西，文白相杂，专业术语颇多，时常出错，《十月》刊《琐记》时，印错了七、八个字，有时一字之错，很惹人见笑。三校样时，望兄能仔细给把一下关，看一遍，拜托了。

匆匆，不赘。

即颂

编安李存葆

1993. 5. 8

收到存葆兄的大札，当时是何感想，记不得了，如今再读，颇有意外。他真是认真的人。或者，他被那些不细致的事弄得有点紧张、警惕了。为写此文，我重读了收入的李存葆散文，好像也还有错字的，真是不好意思，当时的文稿交去后，也没有再回校，我们也同作者一样看的是成书，大概出版社以为这是一本综合集子，作者们不能一一再校，也许他们过于自信了。这引起的错失，只能是迟到致歉，包括向入选的各位作家朋友。

李存葆的文名，起于中篇小说《高山下的花环》，同名电影出来后影响广大，他享受着铺天盖地的美誉。他后来也有多篇散文问世。而收入的两篇，开始了他日后写这类书画家，写艺术人物的创作。大概是六七年前，他出版了散文集《大河遗梦》，我当时写有一篇文章，论述他是"从历史的视角和文化层面，探究人自身发展进程中的重大问题。诸如环境保护与生存发展，爱的迷失与情感危机等"。我说道："李存葆的情感取向是古典浪漫式的，在一些作品中，他对远逝的古典人文精神的一种缅怀，一种追寻。他的几篇文章的题目，直接用'殇''遗梦''绝唱'等命名，体现了他对逝去的追思和缅怀。"

存葆兄当时也是在济南军区专业创作。后来到北京解放军艺术学院任职。与他交往最头疼的是他一口山东话，因为他的话，我错把山东方言当作全国之最，没有什么方言比这还不好懂的。他这话，如果一点也听不明白，索性也罢了，就像外语，问题是还有那么一些也可猜测的。有时候，真不知他说的是什么，就好奇他讲哪里方言，后来明白了他是山东五莲人，也因他这口方言，我等才知有这个县名。有意思的是，我的一位前同事也是此地人氏，却一口普通话，很流畅，真不知这李老兄，还走南闯北，有部队里的语言熏陶，这等顽冥的如何是了。

虽然与他还算有些接触，他后来进京后又当上作协副主席，见他的时候多看他在台上。但是，同属烟民有嗜共焉，有时候，同好之下有较多轻松的机会——抽烟。他的烟瘾大，但还能克制的，有时难耐之际，叼着烟也过过干瘾，一副小顽皮的模样。这时就看出李大将军的可爱之点。烟卷，他好像对自己的家乡产品，如坚守方言式的顽固，早先是"将军牌"的，近年是"八喜牌"的，这可能有口味适宜之故，但何尝不是一种执拗？他大概从九十年代后，就少有小说问世，在八十年代辉煌的小说家群体中，他可能是少数没有新作的。可是，他执着于长篇散文，一时称之为文化类散文，也有骄人的实绩。我有时惊异于他，这种长而大的散文有些式微了，可他却逆势而上，并不为时风所左右，是如今为数不多的写这类文字的大员。当然，他的长篇散文，虽也关乎宏大题旨，关乎历史人文，有事件有背景，但往往广收活化史料，注重史迹的寻考，读来不枯燥，不冗赘。我在那篇文章中说："他更多的是从自己的亲历考索中，运用一些田野考察笔记来求证他的发现，他的论题。他对一些历史的兴趣，无异于史学家和考古专业的缜密和严整。只不过，他让故事和史实活起来，这就有别于其他类的文化大散文，读来更为亲切，更体现出特有的人文特色来。"像《祖槐》数万余字考完了华夏文化祖始自山西一脉衍生绵延的历史；像《沂蒙匪事》这样的题材，这样的采访等，见出其选题的重大。当然，其史实和文献的意义不可忽视。

从虚构的小说到纪实的散文，史料文献的收集活化，存葆兄在担当一项艰难的事。八十年代后期，报告文学热潮兴起，他曾写过《沂蒙九章》，开始了他在散文纪实方面的尝试，日后重点是散文，所谓前说的大散文。当然，写这类散文，文化味、史实性，以及文献性，还有书卷气，都是一个艰难的挑战，而他，却在我们可能疑虑和期待中，完成得有效也合格。或者说，他的这类考据，辨析，质证，综合，有创意也用心良苦，这些对作家的知识储备和观察力等，是一个有风险的考验，而行伍出身，写小说出道的他，却给了我们较多的惊喜。有时，觉得他散文的笔力强劲，尤其是对中国传统人文精神的承继上，他表现了相当的自觉。有些语言的表现力，是他过去小说的一种新变。所以，有人说李存葆的散文，展示了一个勤奋者所能达到的高度，也改变了他的叙述语言平面单向的不足。

对散文，李存葆以"散文的随意与法度"为题说：

感谢充满灵性的祖宗创造了散文这种文体，让代代骚人墨客有了一方任思绪恣意飞驰的空间。但是，不要认为喜了怒了恨了惆怅了都可以在散文中宣泄而不用担心被散文拒之门外。我从未感到散文是在灯下放一支轻曲，煮一杯咖啡之后，就可随意去做的事。

……

散文的随意不是信笔涂鸦，大匠运斤，大巧若拙的随意只有那些天赋很高、艺术功力很厚的散文大家才能获得，这种随意无技巧之技巧，是一种朴素到极处也美到了极处的境界。

散文姓散是指它题材的广阔性和表现手法的多样

性。愈是散，愈有奥妙无穷的法度。有了法度才会有艺术个性的自由……

散文是含情量很高，易写难工的文体，因此，许多大家在熬白了双鬓后又去专作散文了。

不能随意而为之，不是在灯下的一支轻曲，散中有法度，如此这般，是在千帆看尽，曾经沧海后的一种彻悟，这样，才有存葆对文化艺术的大家们的书写，才有他对历史的探究和考察，才有那洋洋大端的文字。

性情梁晓声

必胜兄：遵嘱寄上散文三则，请任选一篇，或皆录之也请便。

另，我和李国文共荐中国海洋石油总公司副总经理陈秉骞同志一二篇，也请考虑一下，陈是五十年代大学生，近在各报刊发散文颇多，我读过，还评过，实在是挺好的。

另，身任副部级干部，工作之余仍能习文，且文章华好，可谓不易矣。应予推崇之也……

晓声匆匆

4.6忙草

必胜兄：遵嘱寄上散文断想。

我在忙着改电视剧，不多叙。

祝好。

晓声

4. 14

梁晓声先后两封信，信中顺便推荐了他和国文老共同的朋友的散文，看出他的热心，也看出他没有搞清我们约稿信的内容。这也难怪，他是个忙人，或许他沉浸在朋友文字的美好阅读中。在我收到的信中，少有他这样子不管不顾的。

我后来去信，一定又报告了我们编书的范围，他会理解的。他随和、细腻且有情分，是处事简单没多客套的人。

那是在1996年5月上海之行吧，时间我之所以肯定，是因为我们在机场见面时，他仅穿着一件衬衫，拎着个纸袋子，晃来晃去的，一看那里面没有什么内容，简单得不能再简单了。我们住上海西藏路附近的宾馆，参加海军作者的一个电影脚本讨论会，与他住一屋，那时这样的安排也多见，也自然。我吃惊他这点行头，就能出差，就算是夏天衣着简单，不是还有两天，还是到大上海啊！一个印有单位字样的纸袋，装书还是采买也罢，他却当作行李袋子，这样简陋而随便，恐难在文化人圈里另有他人，何况他还是一位走红的作家。晚上睡觉时，他拿出一个套圈套在脖子上，说是颈椎不好，无可救药，如此这般，可能缓解。那一夜，在有点闷热的气候下，梁兄也是这样子的一头套圈，直面于枕，看他那样真有毅力。其实，我也多年因腰椎而颈椎，弄得脚麻手麻的，也有病友介绍这法那方，都嫌麻烦，可能也没有他那样严重，就没有这大手笔式的举动。早餐上还是在会上，他老兄也是戴着的，真佩服他的认真和淡然。想想这样子一个脖套子，我等之人也总有点不习惯，也不雅吧，而名人梁晓声则不然，他回归本原回到本真，是率性为之。多年过去，不知他这个顽疾如何了。但那个纸袋子行头，那个颈椎套圈中的梁兄，可爱的印象实在难忘。

那些时，有机会与他相见，有几次是由李国文老师牵线，有外地的作家来京聚会，还有几次是一个什么小会，总见到他，还有叶楠，感觉到他们三人常在一起出现。记得，叶楠老说到有什么事，爱说去问晓声，一口鼻音很重的河南普通话，慢条斯理的却是坚决的，叫起晓声来，很亲切，在他的心中，梁晓声什么都知道的，都会想办法的。

不知晓声是否如叶楠老说的那样什么都有办法，但是在文学创作上他是多面手。他的小说自八十年代初、新时期开始，以众多知青小说而文名远播，他在电影、电视，以及纪实文学创作中，也是多面出击，他的散文虽写过往生活，有亲情的如父爱母爱，以现实性和思想性见长。他的随笔杂感，直面现实触及时弊，有时对体制上的弊端，人文精神的缺失，都给以坚决针砭，而且，也为一些民生问题呐喊，为底层人的状态鼓呼。他对文人的虚假，沉湎自我自恋，有严厉而坚执的批评。

为此，他的直率，也让有些人不快。他在《人生真相》《中国社会各阶层分析》和《梁晓声语录》等中，论及思想、爱情、友谊，对生活中假恶丑，以及人性的偏失，进行发言。有时不顾情面，好像一个文学愤青的激昂，而自己大快胸臆，活脱出一个坦率不做作的梁晓声。我想，他从《今夜有暴风雪》《那是一片神奇的土地》，到《泯灭》，再到散文、随笔，他的文学轨迹由青春的祭奠，到现实的呼唤，再对于民生的关注，时有呼啸奋进。他是一个激情的理想主义者，一个激昂不失赤诚、本真的人。

不知是否因为他多在沉思和思考之故，晓声是一个不太爱说笑的人，有时不苟言笑，矜持得有点木讷，这或可为保持着对社会人世一种有利的观察方式吧。

让我惊异的是，他两三年前，还不用手机，也不用电脑。在现代化技术汹汹之势下，他有老僧入定的淡然，葆有原始状态的写作和交往，在文人中，特别是中青年小说家中不多见。可是，他却开了博客，我不知他是如何把文字传上博客的。即使我等用电脑多年，也不习惯这博客方式。以这样一个现代信息的平台，与社会交往，这不是作家们都能做到的，无疑，可看到了他的另一面。

他的手书，是较为规范的那种。新时期以来出道的小说家们，虽也有书写较为劲道有样的，但不客气地说，多半是没太多手书练习而急速成名后，在写字方面先天不足，尤其是年轻一点的。当然，时间也许会助他们成功。梁晓声不是这样，他的字是有格有体的，硬朗而流利也练达，自成体格，一张那个时期商店常见的信纸上，他写来是好看有样的。十多年前，文人们雅集，还不太时兴会前会后写字画画，可是，那么多的作家朋友，书法上也算精进有为，像梁兄这样子的，直接可以在书法上独当一面的，我想，经过这多少年的研习，其书艺会更为可观。

关于散文，梁晓声认为：

文如其人——于小说未必，于散文定然。散文是最近性情的一种文体。散文最是一面镜子，最能映出为文者的形状……于狭义言之，散文常能代表文学的一种"质"，于广义而言，散文常能代表文化的一种"魂"——一个时期刊发着怎样的散文，印证一个时代的糜朴之痕……

我个人喜魂清质朴的散文……可惜这样的散文如今不多……散文尤其需要为文者有文人的性情，心智和灵魂——目前，中国之文人普遍缺的是这个。结果我们在散文的海中却难觅散文了……

性情、心智和灵魂，这是个高标格的要求，梁兄言简意赅，直点穴位。

"三刘"（刘恒、刘震云、刘庆邦）再说

"三刘"，是三位刘姓小说家，即刘恒、刘震云、刘庆邦是也。

"三刘"之说，是16年前我在一篇文章《"三刘"小说》（发表于《作家》1993年）中，对当时正走红的他们以此名之。"小说"者，稍稍说说之谓，或理解为说三人的小说。他们三位同在北京，在写实一路，小说风格有些相近，其出道时间也大致相同，我就此打包捆绑，好像还得到了认可。

其实，散文方面，"三刘"好像不着意经营，或者说不太突出。"三刘"的散文，一如他们的小说，在文气文风上，各不相同。刘恒的锐利，震云的俏皮，庆邦的温润。收入本书中的分别是，刘恒的《立誓做个严父》《火炕》；刘震云的《轮船》《童年读书》；刘庆邦的《儿子是什么》。

他们散文有相同的题旨，描写的是亲情和家事，也有过往的经历和记忆。这是散文的传统路子。不同的是，刘恒的语言实沉而锐利，有板有眼的，不乏小幽默；刘震云的简洁叙述，刘庆邦的温婉表达。他们不约而同地展示了亲情，尤其是对儿子的描述。有意思的是，刘恒的散文《火炕》开篇，说到约他作文的就是刘震云，他在任职的《农民日报》开了专栏，约请各个名家写稿。

我在当年的《"三刘"小说》中，已谈及了与他们的交往。

几乎也是差不多的时间，也是在他们即将走红的当儿，与三人渐渐熟识起来。遗憾的是，当年"三刘"为编散文选给我的信，仅存刘震云的一封。

为了统一，我从刘恒和刘庆邦其他的信件中，找出两信，展示三位小说家的字迹书法，也说及他们的文学或文学的往事。

刘恒的信是在1991年2月写的，早于这批作家的书信，这是一封控诉而愤怒的文字，起因是副刊转载某报一篇文章，不点名批判他的电影《菊豆》，获得国际提名奖，说"那里面有通奸，有谋害，有少年儿童的精神分裂，有中国形形色色的愚昧与落后，有放在任何年代都可以存在的时空……床上动作，谋夫通奸，把诸如女人小脚之类视为家珍，奉献到国际上任人玩味与品评，是对中华民族的丑化与污蔑……"虽未指明，也可看出是说刘恒由小说《伏羲》改编、张艺谋导演的《菊豆》。大帽子，上纲上线，这架势，刘恒兄如何承当得了。他当时就住在我们单位大院宿舍，常到我那儿，不由分说，刘兄激愤难平，写有三大张纸，连同剪报，趁我不在，留我办公室："请向有关人士口头表达《伏羲》作者之不满，并同时表达他作为一个顺民的无奈。"刘恒说。当然，毕竟那是文艺高压期，阴云如磐，毕竟他也无能为力，"我也不想与该作者论短长，因我有更有意义的事需要做"。他也自嘲，"你我就当此事是个玩笑吧"。还在信尾"摘录影片俗语"—— 一句外国电影尽人知晓的口号，说是"与君同乐"，气愤之余也相当无奈。

实话说，多次看他这封信，我犹豫再三，这里还是隐其内容，不是为他讳，如今这位文坛大腕，贵为中国作协副主席的名家，这信的内容，极有保存意义，那就留着以后再找合适方式披露吧！

具有讽刺意味的是，那些"狗血淋头"（刘恒信中的语句）的批判，随着政治清明，已成为荒唐的过往，而如今的他，成为好多主流电影，如《张思德》《云水谣》《集结号》《铁人》等，还有话剧歌剧的原创者，好评如潮，在主流评奖中屡有斩获。如果说，那个批判风波，对于他有什么影响的话，只是激励了他，也有如司马大师的隐忍韧性，十年生聚，终有所获，是他自谓的"更有意义的事"的成就。

后来，我们见面也偶有提及，但却没有影响他的创作。两年后，他应我之约自荐了两文，于5月29日专写有千五百余字的《难见辣笔》一文，感叹散文的境遇，也是对文学现状的思考，这里摘录如下，可窥其刘氏风味之一斑：

> ……
>
> 不出老例，一样东西万一时髦，便勾得众人纷纷凑过去。几年来的文坛，先是虚构的文字发虚，让看客们读着倍感虚妄，索性弃之不顾。随后是纪实的文字不实，无论甜言蜜语，更无论慷慨陈词，都散发着可疑的铜臭气……曾经浩浩荡荡的文坛，遭了时代和大众的白眼，几乎溃不成军，横竖是打不起精神来了，

文学的冬天除了冷，还是冷，却独独热了散文……

米饭上来先不吃，先要数米粒，研究它是怎么来的，哪儿来的，不弄得大家饿着肚子吵起来，决不罢休！所谓散文，是摆定了的东西，因而也是熟透了的东西，吃就是了。一个人坐下来写散文且自我感觉不错的人，没有读过散文，我不信。既然知道自己在干什么，喋喋不休地说些"形散神不散"之类的话，有什么用！真能救命的，只有笔，只有笔力，还有便是天数了——这是一切文章和一切文人永难逃脱的宿命。

散文热起来，是因为真切，能测出一星半点深藏腹底的念头，昏话和淡话听多了也说多了，谁都乏味……此外，这文体适合锻炼文字，使文人们易于彼此较量……

散文少见辣笔，常想是为什么？想不出。有人恨不见屈原，恨不见鲁迅以此归咎于当代文人无骨。殊不知，他们并非无骨，他们只是太好面子……

有意思的是，五六年前吧，他的《张思德》影片走红，我们单位的政工部门力邀主创人员来大院为职工放映，开映前请他上台讲了话，陪他去会场的我，看他那镇定的目光，却不免心里琢磨：回到了这个熟悉的地方，他不会不记起那十多年前的一件刻骨铭心的往事，听他讲话看他电影的人中，有几人会知道眼前的这位作家，曾经被当作"罪人"遭到讨伐？世事如棋，今是昨非。我欣然，也惑然。

再看他的书写。刘恒是我见过的作家中，以最原始的工具写作的，一是他当年用的是人们不太用的蘸水笔，写一下，再点一下墨，这恐怕已绝迹的东西，是他当年的最爱；二是在一个普通的大32开的日记本上，简陋的书写工具，他驰骋纵横，笔走龙蛇，成为一代小说或影视的高手。多年后，他还是不用电脑。用这类墨水笔，他的字粗大圆实，多是没有笔锋断尾的笔，这不经意间也形成了风格。

现存的刘震云来信，是1993年5月4日的，他写道：

> 必胜兄：遵嘱将三篇散文和一篇谈散文的文字寄上，不知合您的要求否，如不符，请扔掉就是。即祝安好。
>
> 震云
>
> 5. 4

与刘恒不同，刘震云的字写得较大众化，当然还算是流畅俊逸的。他早就以电脑写作，电脑用得十分熟练，算是"唯新派"。他是较早有车的作家，汽车档次与时俱进，先吉普又轿车。那时，他好像还是开富康车，我们同去开一个会还是有个什么活动，他说顺路来接我，自愿当回司机。在我附近一个商店对面，他以惯用的客气来迎接你，真像是一个司机似的让你不知自己是何身份。这就是刘震云，会调动气氛，让谦恭变成客气。你反而觉得就这样子也好。他也是个"复古派"，爱好看起来像是唐装又不像是唐装的衣服，在我少见的几次见面中，他这身打扮也有点俏皮的。最近一次是2006年，全国作家代表大会在人民大会堂开幕，快开始前，大厅里见到铁凝和他先后走来，我抓拍了几张他们的合影，与刚当主席的铁凝优雅而鲜亮的衣着不同，他的一身黑衣，而且是老年对襟式的，活像一个五四青年装束，配上一头长发，稍土点却也很酷。这是我们最近的一次会面。想起来，他已经少有散文随笔的文字问世，在影视方面，他不时地会调动影视迷们的情绪，而文学的事，好像倒成了他的副业。所以，他多年前的这篇关于散文的感言《我对散文有点发怵》，就很珍贵的了。他说：

> 我不会写散文。我对散文有些发怵。因为相对其他文字来讲，散文与人最直接，人与散文最坦白，最真诚，要心甘情愿地给它献上一束红玫瑰。而这对于东方人，恰恰是最困难的。我也见过许多束玫瑰，这些玫瑰的枝叶大部分枯萎变形、养分不足，且下边一般不带泥土和滋养它的粪便。玫瑰与捧着玫瑰的人，都像影子，而不是实实在在可以触摸的东西。别人是这样，我想当我面对粪便和玫瑰时，我肯定不会比别人好到哪里去。所以，我对它敬而远之。

"三刘"中的刘庆邦，年岁稍长些，而字迹却秀气，清丽，年轻人的笔体。倒也是应了字如其人之说。他的温和派的书写，有如他的为人，不急火，不张狂。与他交往，包括读他小说的感受，我在那篇《"三刘"小说》一文中写有。这么多年，与他还时有见面，一个深刻的印象是，刘庆邦温和中有坚毅，委婉中有执拗、坚持。每见他，无论是什么会上，即便是在庄重的北京人民大会堂里，还是出差到外地，发达的南方东莞，老工业地带的沈阳，他从来就是一个军用挎包走天下，随身跟，在大会上有人可能是电脑一摆，而他却多是绿军包上肩，很见个性的。大概从我认识二十多年始，这习惯依然，真不知他老兄这个坚持，是什么理由。有时我想，真是难为他啊。且不说，这个包现在还从哪里能找到，也不说这也装不了多少东西，还有长年如此，洗涤什么，多不容易。即使有好多条理由说它好用好带什么，但按常理常情，似乎不可思议。如此的不弃不离，像对待恋人，也就是他刘庆邦。有时看他这一细节，真想约他写一篇文章，那将是很有意思的。

他的性格是柔软的坚硬，比如，玩扑克，有两次会议后他召集大家，我不太爱这些，天性愚钝，被拉上架，可后来愚钝竟能小赢，他却很当真，虽不是输不起，也不是要面子，是他的执着和对一件事的认真。这样子的性格，是没有什么可以让他改变自己的。

有了这韧性，他的创作日益精进成熟，九十年代以来，成为短篇小说的高手，似有共识。当年，我们约他的散文时，他说没有像样的，出于友情，出于他对文学的态度，专门赶写了两篇。这在书的后记中我有提及。对散文，他认为，是作者交出的心灵，所以，他说《逃不过的散文》：

> 作者写小说，可以写得云山雾罩，扑朔迷离。人们看完一篇小说，可能连作者的影子也抓不到。散文就不同了，作者交出一篇散文，同时把作者心灵的缰绳也交了出去。人们看罢一篇散文，等于顺便把作者也牵出来遛了一遭。换个比方，作者是一只兔子，各种文体是一道道网，兔子逃过了小说，逃过了报告文学，逃过了……可一到散文这道网前，就逃不脱了。
> ……
> 我不大写散文，是因为对散文这种文体太看重。不得不写一篇，也写得诚惶诚恐，生怕对这种重大的文体有半点不恭。

周到的铁凝

写下这小题，有点拿不准，现在，已任职近四年的中国作协主席铁凝，我这样定义她的信函，合适吗？如不妥也算聊备一说吧！

周到，是周全而到位。从铁凝给我的信中，看出她的这种礼数。她在收到我的约稿信后，也算较早，半个多月就回信了，一笔流利而见棱见角的字，排列得齐整，尤其是她的签名，有点艺术讲究的。她写道：

王必胜同志：

　　春天好！几封来信均收到。前些时赵立山从北京回来，他转达了你的问候和约稿之事。

　　遵嘱，寄上两篇散文，《我的散文观》我选用了散文集的一篇自序，因为这自序实际谈的也就是我的散文观。三篇东西一并寄你，请收。

　　欢迎有机会来石家庄作客。

　　祝愉快

铁凝

93. 3. 26

　　其实，我的这篇记忆文字，以时间为序，按当年来信早晚排列。而铁凝是个例外，我这里拿铁主席殿后，纯粹是一个写作技巧。

　　说她的周到，从信的抬头就可以看出，称我全名并同志，这称谓在这批写信的年轻人中，再无他人。像何士光先生也是不太熟没交往过的，他也以常见的先生之称。而铁凝有一两次的见面，为礼数起见，以此称谓，表示了必要的客气和尊重，甚至有点严肃的。在文坛圈内，作家们即使是贤士淑女，也多性情中人，这样客气和讲究，多是在不太熟悉的朋友间。而铁

101

凝的注重礼数周全严谨，约略可见。

她在信中，提到的赵立山也是小说家，当时在《河北文学》当编辑，他们同事也较熟，常来北京公干。立山是个热情张扬的人，每到北京，抽空就来我这里，为了这本书，我请他几次带口信给铁凝，约稿问候。

铁凝自荐了散文《你在大雾里得意忘形》《沉淀的艺术和我的沉淀》。前一篇散文中，她描绘了一个人置身于大雾的感受。触景生情，灵感突发，放松心情，展示本我："只有在大雾之中你才能够在看不见一切的同时，清晰无比地看见你的本身。"雾里人生感受，自是一番滋味，最为难得。这是文章的支点，也见出构思的奇妙，她的语言委婉清丽，一如她小说的文风。

铁凝的散文最早结集的是《草戒指》《女人的白夜》。她以温婉的笔触，写世事人生，尤以女人的人生片断，最见光彩。代表作有《河之女》。一个关于河中的石头的故事，写得曲尽其妙，也以出人意表的感悟，诗化了大自然中的情怀。河水，石头，人物，风习民俗交织相映，景象物象与情思相得益彰。所以，她在散文的感言中，以"心灵的牧场"来表述：

　　……

　　世上的各种文体，同植物和动物之间、陆生动物和水生动物之间一样，都存在着交叉状态，但这种交叉的状态并不意味着彼此可以相互替代。比如小说和诗，是可以使人的心灵不安的，是可以使人的精神亢奋的，是可以使人大哭大笑或啼笑皆非的，是可以使人要死或者要活的。散文则不然，散文实在是对人类情感一种安然的滋润。

散文是心灵的一片牧场，心灵就是这牧场上的牛羊。当牛羊走上牧场的时候，才可能出现因辽阔、丰沃和芳香而生的自在。

散文需要自在……

安然自在，心灵牧场，散文的精神性为其主要，这是文学的归宿。以此为旨归的文学，是具有滋润人心的力量。

我说她的周到，还因为另一件事，在她一年后给我的信中，她写道：

王必胜：

你好！

寄来的新闻出版报收到，多谢你对《无雨之城》的褒奖。

遵嘱，给长江文艺出版社写了几个字，不知会用否，请转交。有事随时联系。

祝

夏天好。

铁凝

94．7．4

信中所说的新闻出版报的文章，是我评论她的长篇小说《无雨之城》的小文。我是从通俗化和严肃性的角度来论及的。那段时间，受大连日报的读书版之邀，为他们开有"京华书影"的专栏，每半月荐一书。我写了这部小说的评介，后也给新闻出版报的朋友发表了，这就是她信中说的，对《无雨之城》的褒奖的事。我以严肃与通俗的话题说到，小说有通俗文学的故事框架，严肃文学的内涵。"它是在二重人格的精神层面上，描绘当代人的政治仕途与情感隐私的尴尬和两难之状，直逼人生最为隐秘的情感之角，也在反思在物欲、媚俗的时弊中，健全的人格之于现代人的重要。"这部小说在铁凝作品中有着不同的意义，让我们看到一个纯情的严肃作家，通俗化的路子，或者加入了那一时期小说寻找新质文化的反思中。以后她写的另一部长篇《大浴女》，也可视为同一路数。

信中，她说的写字一事，是为武汉长江文艺出版社的题字。当年，我的学长秦文仲是一个编辑室的头儿，他多次托我，说社里好像是个什么纪念日，要请铁凝写个祝词或者随便一句话。我曾建议他们在北京找个书法家倒也省事，可铁凝在外地，怕不太方便，私心想还不如书法家写个字得了。可是他们坚持，非要铁凝的不可，至今，我也没有弄明白是何因。记得还很少有找作家，尤其是青年作家题词什么的。可见他们对铁凝的重视。我已忘记了是当面还是信件请托铁凝了。不料，她很快就写了，让我十分感动。抱歉的是已忘记了她所写的内容。也忘了收到后如何转交长江社的,有否给她回音?事过多年,这题词什么的也不知何在?真有点不敢想象。也没有多大的奢望。因为具体办事的秦兄,是个好人,他在单位里还有很多的关口,出版社的几经变化,书后来再版也没有与我们打个招呼,可见一斑。再说,十多年过去,物是人非,世事茫茫,觉得对不起写字的主人。但,铁凝的周全,让我在出版社那边,有了交代,在当时是很愉快的。

与铁凝的熟悉,是她的另一部长篇小说《玫瑰门》研讨会。那是在1989年2月,那次会议我写了一个较长的报道,以评述的方式说会议谈作品。当时是较早的关于这部小说的新闻述评文字,后来又约发了有关的评论文章。记得铁凝为此还来过电话说及,想是她办事很周到。

后来,间或是在北京还是石家庄的会上,偶有见面,几年前她的新作《棉花垛》出版后也在北京开过研讨会。那是她上任主席前的最后研讨。位置更高了,时间更紧张了,只有更为勤勉而严谨了。听到较多的是,艺术上她勤奋精进,摇曳多彩,变法创新,而为人上她是通达周到的。这也是一个作家而主席的必要修炼吧。

结语

写了这些,"遗憾"二字油然而生。是的,我没把收入书中的55位作家悉数写到,不是因为篇幅,是现存的信件中不少作家阙如，有几位老人，像冰心、巴金、孙犁老们，年事高不便直接打扰，还有的信件是寄往我的合作者潘凯雄那儿，也还有因保管不善没有找到，种种原因，就只留下一个遗憾了。那些没有写到的作家，如王蒙、王安忆、王中才、李国文、从维熙、史铁生、叶兆言、冯骥才、刘心武、贾平凹、莫言、苏童、余华、陆文夫、张贤亮、张承志、张炜、张抗抗、高晓声、格非、迟子建、陈世旭、苗长水、金河、赵玫、阿成等，或许以后有了机会再续下去。

之所以把他们关于散文的文字基本抄录，是觉得这些文字有相当的分量，也给研究者们留下一些资料。这长不过六百，短仅二三百的文字，就是一篇篇精短小文，集中了小说家们对散文的领悟。谈文体，说语言，论意境等等，或零星感受，或细微梳理，各不相同，甚或矛盾，却出自内心发于肺腑。随意为之，皆成文章。洋洋数十家，倾情于一种文体，甘苦寸心，见性见情，纵观文坛，历览散文花园，实为难得，恐也绝无仅有。

因而，读他们，兴味盎然；写他们，言不尽意。

"此情可待成追忆"，唯感佩而感谢。感谢散文，感谢小说家们的书信。

2010年4月完稿

散文中的生态美

　　生态文学已成为一道别样风景。尽管其确切定义有多解，比如，它始自何时？其内涵如何？是言人人殊的。生态与文学的关联何在？生态文学的基本要素是什么？这些都是有志于此的人们所关心的。

　　时下，生态文学是一个闪光点。当一个社会自觉地以自然为友，自然生态的发展变化直接影响社会的进程，特别是资源缺失、环境污染、生存危机等等，成为人们关注点的时候，生态自然的好坏，环境条件的优劣，诸如污染严重，气候变坏，灾祸危及人生，人们面临的是如何拉高生活质量，幸福指数如何与GDP同步发展，这种新的期待与新的诉求，困扰着人们奔向现代化进程，于是，文学自然而然地把生态发展水平，纳入自己的视野。文学为生态建设，为环境保护，为自然可持续发展，张开了想象的翅膀。纵观全球，生态文学渐进受到重视，已成为一个新的文学关注点。

　　生态文学，其实是大自然文学，是书写人们在生态建设和自然环境中的生活状态、心情感受。她包括两个内容：一是，生态环境成为书写的对象，山水田园，风花雪月，自然生灵，皆成文章，铸成大雅。"江南好，风景旧曾谙，日出江花红胜火，春来江水绿如蓝，能不忆江南？"是自然的吟唱，是生活的感怀，是风光的唯美颂歌。二是，忧思于自然世界的恶化对于人类生存的影响，所谓寻找"诗意地栖居"，所谓环境优化型的社会既要"金山银山"又要"青山绿水"，如何成为现实的一道难题。讴歌自然生灵，书写人们乐山乐水，忧思于大自然生态发展利用中，在诸多人为的因素下，风光不再，风华黯然。于是，就有了不少文人笔下，生态自然成为一时的主角，书写高山大漠，森林河流的治理保护也为一时之盛。社会呼唤文学的多样化，而生态文学的出现，更让文学的多样成为可能，有了一道亮丽风景。

正因为她的界定莫衷一是，她的历史状态和文本样式，也相应的难以归类，难定一尊。但是，对于优美的自然，倾情地讴歌，从中提炼出醇厚的诗味，纯美的文意，是一切类似的文学经典化的表达。如果宽泛地理解的话，生态文学可以说是"古已有之"。东晋时期的山水诗巨匠谢灵运的山水诗，其清新的韵致，其闲适的意境，其婉约的意象，给人一种心闲气自华，一种牧歌般的轻快情味，从中你能感受到大自然的恬淡，感受到人与自然的和谐与亲近，"池塘生春草，园柳变鸣禽"，成为千古绝句。大约相同时期的陶潜老先生，以采菊东篱的闲情逸致，唱出了自然与人生的高致情味，其意象与境界，是自然生态的优美写照。他们或许是中国古典生态文学的集大成者。而美国的梭罗，瓦尔登湖旁的轻唱微吟，远离尘嚣，以自然为伴，以沉静自修的禅心，把文学的功利与社会的负累置之脑后，人生的旷达与疏放，成为作品透视出来的精神光点。还有，俄罗斯的普里什文，是一个大自然的歌者。他的《林中水滴》《大自然的日历》《大自然的眼睛》，以观察的细腻描写了大自然世界中生命的平凡与灵动、坚韧与高洁。高尔基评价说："他的心灵与土地、森林、河流，结合得如此完美，在任何一个俄国作家的作品中，我从未见过。"帕乌斯托夫斯基评价道："普里什文仿佛就是俄罗斯大自然的一种器官"，大到一片森林，小到一颗水滴，他都有熟悉而生动的书写。

所谓生态文学，其实是一种大自然的生动而沉静的书写，是一种自在自为的精神舒缓的抒发，是一种充满了善待自然、敬畏生物的思想和情感的提纯。因此，作为生态文学的倡行者和实践者，我以为，主要是用一种亲和的态度，描绘出他心中的自然，以人性情怀书写他心中的自然风物。所谓"我见青山多妩媚，料青山见我应如是"；所谓"相看两不厌，唯有敬亭山"。人文化的自然，是生态文学之魂。如同陶氏的"采菊东篱下"，悠然自得的优雅，如同梭罗的心闲神定的自在，如同普里什文的笔下，那些自然生灵，有如亲人似的悠游于你的身边，牵手于你的衣袖，或者，你以"亲人般的关注"，将自然"艺术化的方式，打动人心"。当然，还有，真正的生态文学作家，也要像普里什文一样做生态和环保主义的捍卫者，贯穿在身体力行中。

生态文学不仅是一种纯美的文学，她的厚重在于，既书写这个自然世界的优美和谐，丰姿神韵，也抒发人类对于大自然保护的一种责任，可见风物，也见人文，表达对于消失的风物和失落的生态文明的忧虑。也许，后者是当年陶潜、普里什文、梭罗们所没有想到或做到的，而凸现人文精神，为我们所处的自然生态环境进行文学的书写，是生态文学行之高远的灵魂与精髓。

2012 年 1 月

写好你心中的"风景"

　　时序秋冬，一日晴朗无霾，难得晨练时光，就沿街头一不大不小的人工湖疾走。石子小路时有缤纷落英，倒影斑驳，菊花清雅，修竹萧萧，更有弦乐悠悠，白首红颜，舞姿拳路，一招一式，兀自陶然，好一派闹市尘嚣中的闲静。因刚编完散文随笔年选，翻读诸多佳作，遂使人有了散文之心结，如此良辰美景，油然与这散文作些勾连和穿越。那湖光树影，秋风摇曳，想到的是《北京的秋》或《故都的秋》同题的诸多名篇，是梁实秋《雅舍小品》中的文字。那闲静虽逼仄的水面与树丛交映，小鸟唧啾，柳树牵衣，是梭罗，是普里什文，也是周作人、老舍们笔下的景；还有，那些亮眼的花草姿态与秋阳曦露，想到的是东山魁夷的画，是列维坦的色彩。那份秋的雅致和古意，让人联想到陶潜的诗文和谢氏山水诗的韵味。一湖秋光，满眼生动，睹之，品之，不禁回想记忆中那生气淋漓的文字和艺术。触景而论文，这散文之道，也如观自然之景，见情见性，说白了，优美诗章或者散文篇什，就是你眼中的风景再现，是你心中的情感表达，也是你主观的情怀和心绪的抒发。爱你所爱，才写你所写。

不是吗？证之我们眼前的诸多散文，无论是写事写人写景写心，无不是钟情于你所要表达的对象，是你的心灵直感和思想的文字外化。其实，散文是文学中的不可言说或者不可捉摸的一个物件，如果要非去解读和定位，我以为她是一个精灵，让你折服于她，留恋于她，倾心于她，或者受制于她的折磨。前些时，我为一套散文丛书写序，就用了这样的一个题目，在此套用其名，也顺便抄录文章的几句：

> 尽管散文是一个没有确切定义的文体，尽管散文的历史是一个没有定论的悬案，尽管散文也曾不被某些作者所认可——有所谓雕虫小技、壮夫不为之说。然而，散文的生命是强盛而博大的，她是文坛一葳蕤的大树，是文学的一个精灵，无远弗届，无所不在，从古至今，林林总总，留下了众多精品，制造了许多经典。对于文化的传承，对于文学的发展，对于人生的精神引领，散文之功，善莫大焉。设若没有散文，中华典籍会留下多少空白和遗憾。自现当代文学实际看，散文成就了许多大家，也是各类高手们一试天地的园地。所以，散文这个文学精灵，游荡于文学的天空中，也裨益于社会人生，成为许多读者心中的所爱。
>
> 为什么，一个并没有明确的文本定义、杂糅了诸多文学样式之长的文体，一个亦古亦新的文本样式，

在如今文学分工越来明确、细化之时，仍葆有相当的人气，在创作和阅读两个端点上仍然相得益彰，为当下其他文学形式所鲜见？因为她有轻巧的文本样式，灵动的文学情志，雅致的文化情怀，摇曳的文体风格。

　　散文的题材是开阔而多彩的，散文的写作手法是开放而不拘泥的，散文的语言是多彩而个性独特的。我们可以从中体味散文文本别样情致，领悟不同的人生和社会内容。我们也可以从中读到，在文学王国里，那些亲情、友爱、恋情，这事关人生普通情感的诸多题旨，其丰厚的内涵和感人的情怀；也可从中体会到大千世界、浮世人生，所持守的人类基本情怀；我们还可以看到，这些人情世情，自然人文，如何在大家们的笔下，表达得如许精微、热烈、透彻。当然，那些高情大义、普世情怀，那些相濡以沫，危难与共，或者那些相忘于江湖，君子之交等等，不同的情与义，相同的人情与友爱等话题，在众多的作品中，有充分的展现和精彩的描绘，让读者产生共鸣。当然，作为时下丰富而轻捷地展示社会人生，书写时代精神与个人情怀的散文，在更广阔的视野上关注现实，展示民生，描写情怀。这些是散文这个精灵为人所喜爱的缘由。

以上是就散文的经典性要求而言的，是多年来散文的艺术要求。可是，如今信息发达，又有多媒体、自媒体时代之谓，让你从经典的殿堂里对文学有了更为广大和大众的认定，你会对散文的众多变化有认同而期待。比如，微博、微信的出现，更是把散文的味道和功能，发挥得迅疾而广远。如今，这"微"字怎可了得？其实不只是小而微，也是快与众的别名，成为当下人们沟通和表达时最便当最亲和的文字方式，于是，有微小说、微散文的说法。其实，这类文体很难归类，前几年的手机小说和时下的微小说基本是一样的东西，有故事人物也有情味，可以当作散文看待，而微信，无多画面和人物的面影，我以为就是一篇小小的微散文。积十年的既定习惯，我们的选本还是注重了文章的厚重，也许体量上的负重，影响了她的精灵般的灵动鲜活，对时下那些微信微博类的时髦文字没有顾及。但是，它们或他们，蔚然成气候，以微信为代表的这类新文体，其实就是一种新散文，许多是有味道，也见才气和性情的，表达的感悟有时也微言大义，见微知著。如若有出版家专事一本这些微字号的文学，说不准会大有市场。所以说，这个文学的精灵，其实已暗香浮动，潜隐于市，人们在微世界里找到了种种乐趣，得到了心理的倾诉，也让文学中有了新的身影。这里，仅就目光所及，顺手摘录署名"清扬"的微信二则，略见出这类微字号散文的新生面："遇见一座城，像遇见一个人一样，等时，造势，得天地成全，春风马蹄之下，满城怒放，江湖夜雨之时，相对无言。谈论一座城，就像谈论一个人一样，黯然，谨慎，三缄其口。那么，亲爱的再见，知音零落，故人白头，萧郎陌路，世间再无黄金城。""这座城市依旧妖气万丈，那些独睡过的人，抢眼的人，幸福的人，恸哭的人，一齐冲着夜晚拔出瓶塞，举起酒杯，妖怪们于是纷纷逃逸而出，在城市上空集结成云，如同虿吐出气息，它们开始吐出梦境。那么眼下只有一个问题，到底是睡着的我们梦见了城市，还是睡着的城市梦见了我们？”这是出自一个对城市的某些瞬间或某些人情方面有特别感悟的青年之手，语句自出机杼，虽还可严整，但随意轻快的文学表达，见出一个现代人的某种心境和感受。城市与人，是宏大的主题，也是当代人的情绪触点，从个人的认知角度，写来幽幽情致，一咏三叹，小资中见大端，会有很多的跟帖者。微散文，其文字要言不烦，信手拈来，以小见大，也有原生态的实感，加上即时性的传播，玩文学于掌中，这种新文体的辐射力和召唤力未可限量。或许在下一次当是我们关注的。至少，这些是散文这个精灵的又一表现形式吧。

2013 年 10 月

思想让文字更为亮丽

散文是文学丛林中烂漫的山花。

盘点文学年成，一个重要的现象是，散文是大户，至少在数量上如此。盖因为，其表现手法简洁灵便，随意直接，加之有"三多"，即发表的园地多，读者多，作者也多。

文无定法，散文尤甚。换句话说，散文是似有则无的文体，似与不似、定与不定之间，就成全了散文写作的随意，有了众多作者。此外，一个重要之点，也是她的特色——亲历性和真实性，这形成了与读者情感上直接对接，就有了较高的亲和力。

过去一年，散文基本延续了传统路数，无非是亲情人情和亲历闻见的种种，无非是过往的生活，历史的回思追忆，现实的经历感悟，也无非是世相的描摹、情感的展现。在"写什么"上，散文的优势仍然是与生活保持零距离，既无所不能，也无远弗届。当下生活面貌林林总总，现代社会世相的驳杂斑斓，较为深入地呈现在当下散文创作中。平实，沉静，水波不兴，或可看作是近年来散文面貌。如若寻找亮点，时下散文在思想层面上，有了新气象，思想让文字更为亮丽。或者说，随笔杂感式的文字，成为众多散文家的追求，即在"怎么写"上，有了更多人文精神的生发，有了思想情怀的提升，也有了理性之光的投射。轻灵随意之中，散文展示了思想的力量，理性的重量。

在社会历史的重要转折期，恰逢重大的纪念和节庆，热点式的追踪，深重的历史情怀，散文家责任担当，义无反顾，于是有了严正笔力和现实品格的作品，这突出表现在纪念抗战70周年的一些作品中。熊育群的《旧年的血泪》（《收获》），是对湘北一带战事的书写，王童的《腾冲的虹》（《联合报》）把视角放在边境上那场著名战事中，李鸣生的《记住，是为了纪念》（《中国作家》）较全面地分析了抗战留给人们的思考。题材的分量，见出了思想的成色。而散文的客观叙事与主体情怀的交融，纪念性的历史叙事，国难担当者的民族大义，追寻侵略者的暴行根源，对某些战事的场面和人物事件描绘中，一一呈现。突出的是，既有历史资料的重新梳理，也展现出作家面对当下政治风云的变化后冷峻而严厉的现实思考。

当下的经济大势和民生战略，在文学表现上，也许不必拘泥于某种政策的解读。可是，近距离地感受，投身于变革纵深发展的春江水暖中，热切地感知，迅速地反映，是文学的题中应有之义，尤其是轻快的散文随笔文字，不能缺席。于是，我们看到了一些作品对当下风起云涌的经济形势的关注。有的作品，也许只是一隅一地，却举一反三，映照出时代变动和社会发展的光影气象。阿来的《海与风的幅面》（《人民文学》）从宋代泉州开埠时的商船陈迹，说到如今的"海上丝绸之路"的提出，再到当今的"一带一路"思路下相关地区和族群，不同文化背景下的经济发展趋势，以及中华文明自古以来外向发展的历史过程，表明了一个新的经济生长点的背后是历史与文化的支撑。梅洁的《迁徙的故乡》（《黄河文学》）是对南水北调工程鄂西源头地搬迁户深明大义的付出与牺牲的书写，从故乡情怀与惠民工程，小家与大家，个体与整体，从事、理、情等等关系上，书写了国家重大工程的实施中，普通子民的义举和贡献，作家隐忍的情感抒发，既有对平民百姓无私精神的称许，也有对诸多世事人情特别的感怀和思索。

情怀是散文叙述的无形纽带，也是文字亲和力的最好酵母。近来，回望和怀想的散文依然旺盛，写史怀人，为某些珍贵的历史事件和人物着笔，古今勾连，风云际会，家事国情，从中记录时代光影与生活的脉象，即使一些怀念亲人、书写亲情，记录世相的作品，也给人以多方位的思索。陈忠实的《不能忘记的追忆》（《人民文学》）记录的是一件"文革"冤案，陕西户县农村读了师范的大队干部杨伟名，"文革"前就写文章主张分田责任制，"恢复单干"。"文革"中惨遭批斗，不改其志，夫妻双双受迫害自尽。也连累了从西安下来的大学生刘景华，因为对造反派迫害老干部的行为不满，又赞同杨伟名的文章，惨受迫害，隐姓埋名，30多年后，作者忆起两位当事人，寻访他们（杨的后人和刘景华），心有记挂和纠结。或许"文革"这人神共愤的灾难纪念日迫近，作家的一段经历书写，既是情感的偿还，也是为这类写史忆往的文字留下印痕。孙惠芬的《母亲弥留之际》（《解放日报》）怀念中有祭奠，关注亲人的心灵世界的隐秘，那是亲情和人伦不能代替的，也是我们最容易忽略的。陈建功的《我和父亲之间》（《上海文学》）、梁晓声的《父亲的荣与辱》（《北京文学》）、田瑛的《未来的祖先》（《羊城晚报》）等，在对老辈人的一些行为做派与往昔亲情孝道的展示中，书写人生情感的种种状态。当年的情感纠结，在后辈的回想和追忆中，五味杂陈。亲情文化是人生的精神支撑，也许在最为隐秘的地方，才能够把握到本原和内质。写亲情的文字，不只是仰视，细微之处有精神多维空间，有隐秘的心结表达。眼下，回忆和亲情的文字，近乎泛滥，唯有真切的思想光亮，才能展示迷人色彩。

社会大趋势，发展是主题，人人在言说幸福，自觉地感知幸福指数，关注生态自然，关心生存环境成为必然。这也为敏锐的散文家倾情关注。南帆是一位擅长于从身边事寻常物件开掘的作家。《泥土哪里去了》（《天涯》）是他对人与生态，人与环境和自然的发问，我们熟悉的大地、生灵，怎么变了，在钢铁丛林中生活，平常物事变得稀缺，自然与人类生存的关系，发生了变异。"生活在彻底改装"，蓝天，白云，泥土，接地气的生活正远离我们。远离了泥土，接不了地气，不能不是生活的缺失。"什么时候还能返回大地的正常节奏""返回心思简朴的日子"？泥土的缺失，实际是人与自然关系的失重，也是我们生活质量的失重。梁衡的《树殇、树香与树缘》（《人民日报》）在海南得知两棵被砍伐的腰果树的现场起笔，深入到人与自然关系，如何被重视而又被忽视，思考的是人与自然的相辅相成关系。大树无言，生态的萎靡其责任在人。他最近的"人文古树系列"，专注于自然生态中的人文情怀，关注自然生态与人类依存的关系。生态是文学时兴的主题，散文尤其有优势，为不少作者青睐。早年就多写此类题材的徐刚、林业系统的李青松，近来散文较多涉及于此。

　　亲情也好，自然也罢，与此相关的一个流行语是乡愁。现代化进程，对于传统文化中的农耕文明必然带来冲击和影响。留住乡愁，寄情乡土，回归田园，听起来美妙动人，但在有些人那里是语焉不详的。乡愁是什么？难道只是一种牧歌式的回念？如果说，生态文学看重的是生存环境，而乡愁既是一种精神的回望，更是心灵的依恋，对于大地、自然和故土，在精神源头上的认同。只是，这样的情感在有些作品中显得苍白，远离故土后都市人的闲适、焦躁，于是记起了儿时的炊烟，河沟里的鱼虾，老屋前的果林，所谓的怀念和回访，多是一种都市人矫情和虚妄的冲动，这种乡愁也多是一种文学的表达和点缀。杨文丰的《不可医治的乡愁》（《北京文学》）用一种判断句式，阐述了对家乡自然、田园大地的情感，也是对这类乡愁与故土之念想间接的回音。近年来，古村落保护为一些人士和机构不断提出，也打出留住乡愁，守住田园自然的乡愁文化的旗帜，散文也有所谓写"秘境""田园"的文字问世。乡愁，不应是文学标签。不只是乡村的，也有城市的、市井味的。王安忆的《建筑与乡愁》，从孩童时的住所在城市不断的发展中物是人非，那些建筑的名头和眼下的场景，发生了变化。辨识"记忆的地理，难免令人惆怅"。有人说，乡愁，体现出现代人思想与情感脆弱。无论对与否，对于游子，乡愁是折磨情感的一个信物。文学的乡愁，延伸和开拓了散文的主题，是足可欣慰的。

注重思想表达，为一些专题散文勠力地追求。地域文化的增强，经年有时，一大批作品形成了专题文化散文的阵势。近期有孙郁写民国人物，祝勇写故宫文化，以及浙江赵柏田的明代江南文士系列，四川谷运龙关于羌族文化的作品，马步升的甘肃文化散文。同时，作家们潜心探索，令人刮目。周晓枫的《恶念丛生》（《长江文艺》），一如她的坚持，用密集的语言和丰沛的意象，讲述亲历的人生故事，生发出现代人显见却又是陌生的道理。她剖析自我，不断变换视角，人心、人性在善良与恶念的对立状态下，伴随人生成长。她似乎是探索人性的成长史。任林举的《斐波那契数列》（《人民文学》），是探讨数理逻辑的一个奇特文本，洋洋洒洒，冰冷的逻辑与性情的温度，这个数列之意何在，并不十分重要。而数列的神秘与奇瑰，人们认知运算和求解过程的情感经历，是作品所关注的。一个学生时代的数理之题，纠缠多年，形诸笔墨，玄妙中见情味，不啻为散文打开了又一扇窗口。

当然，散文的常规写作仍然是一些精短散文，作家主观情感的注入，扩大了其精神内涵，增加了作品的文气和意境。说文学是"人的文学"，散文并不一定非得写人，但散文的气韵意境，都有一种拟人化的营造，境界和意味得以展现。像云南汤世杰的滇中文化笔记，上海的潘向黎谈古诗词系列，精粹的篇幅中，时时见出人文情感，雅致的文笔，开拓了精短散文的精神气象。

最后，不得不指出，相对创作来说，散文的批评滞后，几乎阙如。少有对作家作品的评论，也没有现象性、问题性的论述，更没有理论上的探讨和直率的批评指谬。散文批评多年不为。缘由多多，我以为，没有相应的组织措施，比如，散文的研究多是单枪匹马，只重视评功摆好，重视评奖排位，如此，对不住这红火的散文。

2015 年 10 月

编书苦乐说散文

　　没有哪件事经历了如此时长，22年，人生一大时间节点，是一个婴儿长成青春小伙的时光。我说的是编散文年选。自新世纪千禧年始，悠悠二十余载，编了"太阳鸟文学年选——中国最佳散文"（近两年易名为"散文精选"）。前不久，为寄发样书稿酬事宜，还与搭档潘凯雄说及，这长年月，是不是也累了该歇息了？

　　是的，一事经年，甘苦自知。如今生活快节奏，文化快餐化、碎片化，编书著书，慢工细活，"知我者谓我心忧"。坊间这类年选也多有七八家，南北各地，仅北京就有多种。花开各枝，无多区别，也难出彩。况且，力争好中选优，避免人情，不选自己，还找话题作序，又与作者签约，要地址卡号，一应琐细繁冗，不足以与外人道。看着书架上各20本（2001—2021）的散文和随笔，不知如何坚持下来的。如再续下去，惯性运作，混同于市面大同小异者，无多新意，鸡肋之嫌，于自己也是个不大不小的心结。恰好，出版方想有变化，说是"改头换面"，再起炉灶，不及我等奉告，就有了计划，算是不谋而合，善哉。

那天得知，即与潘兄说及，暗自高兴一番。

的确，文学之事体大，编书之事，认真起来，也关乎责任，传承、能力，最不济，以你的名号行事，往大里说，得有担当，对得起白纸黑字，不致招读者指摘。让那些认可自己作品入选的作家朋友信任你，认同你们的编纂标准，更不可马虎。再说，史上有风范，"典型在夙昔"。古有《昭明文选》《古文观止》，后有赵家璧主编，有胡适、鲁迅等人编选的十大本《中国新文学大系》。上世纪五十年代始至"文革"前，仅散文报告文学，人民文学出版社就有多卷年选，成为书架上保留图书。这一众选本的范式，文化积累之功，影响深远，为后学者殷鉴，如是，岂能怠慢。

记不起什么缘由，沈阳《当代作家评论》主编林建法与辽宁人民社熟悉，顺应上世纪九十年代以来散文小说等兴起，应邀主编"太阳鸟文学年选"，我和潘凯雄接下了随笔散文。或许好朋友好说话，或是我与潘兄1993年就在长江文艺出版社编过《当代小说名家的散文》，当代活跃的小说名家五十余人的最新散文和散文观，悉数收入，是当下小说名家散文最早的集大成者。建法吩咐时不容分说的口吻，历历在目。这位文坛大侠、文评刊物大佬，晚近重病不治，一月前不幸离世，我有句挽悼：识荆忽忽三六载，刚胆柔肠获人心。生来披执文武剑，归去涅槃缪斯魂。奔走南北为刊累，穷研中外著述勤。西行或解沉疴苦，文坛一角轰然倾。呜呼，好人命夭，故友凋零，睹物伤怀，就此作罢，或可为自己心灵得以平静。

林建法是丛书分主编，挂名领衔的是王蒙。他与王蒙老熟悉，那时王蒙还住在东城南小街的四合院，建法几次来北京，约我和凯雄去拜访。不记得，与王蒙老何时说及编这皇皇系列的年选事，丛书十五周年时，出版方借北京全国书市纪念，老先生笑谈，搞选本是吃力不讨好得罪人的事。好了，并不有好评，不满意的可以吹毛求疵，你认为是最佳，也有人说，我为什么不是最佳，见仁见智，自找麻烦。他也知道，主编多是摆设，神仙角色，也因为与几位小字辈的交情，我们拉为大旗，其实，有些名号也是出版方营销策略，最佳与否，无法量化，那时好像有几个版本都用了这名头。当然，内容上，总主编们宽容，多是选编者自以为是罢了。

之所以应承此事，也与散文发展状态有关。散文随笔虽不是文学宠儿，也为大众所青睐，与社会文化相向，与时代文学同步，经历着兴废起落。自上世纪九十年代始，都市文化和周末文化兴起，在都市报章杂志的推促下，大行其道，有悖于新时期八十年代深挚的人文传统，软糯甜腻，小家气象，之后，有余秋雨、韩少功、周涛、高尔泰、南帆等人，新学人散文行世，有《美文》杂志倡导的"大散文"等，在《散文选刊》《散文海外版》等杂志的加持下，一时间，人文散文和文化散文热闹，文史传统，乡土伦理，自然生态，人情世态等，散文的气势和状貌，得以提振，渐为硬朗深阔，时有新变，出现了新散文家，像周晓枫、刘亮程、张锐锋、祝勇等人，陆续登场。躬逢其盛，年选其事，以厚重的人文情怀和涵泳及物的人间烟火味，为遴选标准。责编陶然女士是资深大编，我们按约定俗成，将散文随笔一分为二，写人情，有故事，以描写为主，就当散文，而思想性强，杂感辩驳，论述说理为主，权当随笔。换言之，前者描写情感，直抒胸襟，绘万物情状，写人生百态，接地气，而后者直面人文世相，有理性锋芒，生发人生问题，激浊扬清，以气势见长，又不同于当年洪迈和鲁迅们对随笔界定为轻短文字，"随即记录"（洪迈《容斋随笔·序》）。散文着重于情，而随笔着眼于理，所以，对时下文化现象有较深入的剖析和介入，篇幅长短与否，有别于前辈定义了。同时期为百花洲文艺社编辑了五年"年度思想随笔排行"，也循此理。

回看最初年选，不无感慨。选文不难，各自分头收集，好在那时各地重要文学刊物都有馈赠，先从主要刊物和重点报纸上找，以原始的剪刀糨糊法操作，再互换甄别，逐一敲定。每每秋冬之际，陶然温情地提醒，一直到她退休，我等也青丝变华发，这个"最佳"情结，联结了与出版社交谊。每有序言，找合适角度，"唯陈言之务去"，谨慎下笔，以免有损名家们珠玑文字，常自嘲"为赋新词强说愁"。前两期，轮流执笔，之后各自为文，各有侧重，张扬个性。近20期的年选序，林林总总，散文重要话题几乎打捞一遍——有归类扫描，有问题追问，有关键词生发，有现象综述，有类型化的归纳。欣慰的是，多篇承蒙人民（包括海外版）、光明、文汇、文学报、散文选刊等报刊发表。有人戏言，年年序言二十载，真难为了两位啊。

虽苦也乐，首本年选编讫，听各方反映，慢慢找感觉。前三期封面或中国画装饰效果，或印章古雅有书卷味，一期一变，形成抢眼厚重风格。文字不甘示弱，打名人牌，以怀念性主题整合人文话题，一册在手，尽览年度优秀，感知社会世相，思想人文，自然物事，是年度社会人生的文学表达，重要的是要有史的意识，经得起赏读。前几期，友情与人生是主题，文化老人，史实故事，相得益彰。巴金写郑振铎，季羡林写胡适，铁凝写孙犁，有写茅盾、丁玲，记胡乔木、冯雪峰，年轻的作者有周晓枫、刘亮程，风趣幽默的刘齐，老艺术家黄永玉文字俏皮亮眼。2003年选本，有蒋子龙的《六十真好》，是文学为老年化的现实人生的共情之作，多年之后，仍为人乐道。年选编成二十多本，几乎穷尽了当下最优秀的散文家，年度优秀文章，或可为某一时段的文学史乘。当选家，最忌自选自，散文园地山花烂漫，不缺你那一朵，权力走私，瓜田李下，何必授人以柄。

一段时间后，轻车熟路，内容扎实，发行量也看好，竟有了盗版本。有人找到了一本以迟子建的《落红萧萧为哪般》为题的盗版书，堂而皇之的是原书名原主编，塞进了不伦不类的"私货"促销。与责编商议，也自嘲，没法向迟子建交代。那时盗版书猖獗，打不胜打。多年后年选不再风光，正版书发行也萎缩，倒也留下了一段谈资。

编年选是个得罪人的苦差，所选的文章，虽多熟人名文，有时来不及告诉，也没成太大麻烦，于今仍心有歉意。有的因通信不畅，没及时寄样书稿酬。也小有麻烦，一位关系不错的女名家，不知何因就是不让选入，也有因文成友，留下佳话。将军诗人、散文家朱增泉先生，一介儒将，上过战场，获过奖（诗集《地球是一只眼睛》获第二届鲁迅文学奖），他的《战争史笔记》洋洋百十万言五大本，奠定了其散文家位置。年选收入他写苏德战争人物的长篇散文。忽一日，责编转来一信，是朱将军的问责，他的《朱可夫雕像》散文收入年选本人不知，更不该将写朱可夫的文字缺失一页，文气不接。将军一何怒，问责之书投向出版方。究竟在哪个环节出问题？因多手工粘贴，不好确定，之后，作为选编者自责沟通，缘于以前会上的交集，年选一小错，竟让我们成为忘年交。之后，他创作勤奋，晚年在书法和红学诗词研究上，投注热情，颇有收获。编书结识，我们笑言，不打不成交。

时下的散文，我以为，貌似热闹，多有隐忧。最尴尬的是，文体的不确定性，被说成是，无所不可，集众家之长，无边界的文字。然而，也就失去了个性，被当作几大文体中唯一不确定的。抒性灵，写情怀，纪实写真等等，散文有别于其他近亲，如小品特写随笔等，有其自在自足的风格特色。散文的情感生发，无可厚非，但为了生动，强调诗化，细节情节过度渲染，搞穿越、粘贴与嫁接，渲染而做作，在当下的作品并不少见。散文是主情文字，有"我"的文字，是节奏感强烈的文字，也是有节制的文字，不能一味地洋洋洒洒，把纪实类报告特写当作散文。散文的轻盈精简，是人们喜爱的主因。虽有大散文的文化长调之说，举凡史上的优秀篇章，优秀作家，比如近当代，鲁迅、周作人、梁实秋，以及近人汪曾祺、史铁生、原野等人，都不是以长著称。宏大叙事，高头讲章，容易空泛，不应为散文品性。当下散文出现新变，有生态散文、新乡土散文、伦理散文等等，这些多走纪实报告类之路，在文体渐为分化细化、较确定的当下，散文的生命，是轻快而灵动，是实在而可信，凝练内敛，是诚实的艺术，是合逻辑，经得起验证的文学叙事。有些类型化的文字，纪实性文字，长长篇幅，虚化的人物，渲染的细节，以及飘忽的思想，让散文有了负面名声。如今散文产量大精品少，功利主义消解了文学的质地。我以为，首要是遵循鲁迅当年告诫：有真意，去粉饰，少做作，勿卖弄。在散文乱象中，年选的甄别，好中选优，淘劣去伪，多么不易。

2022 年 7 月

读屏时代的文学何为

——答《贵州日报》副刊问

时代造就了人们感知生活的方式，阅读从来没有像今天这么方便和快捷。在手机、电脑、阅读器等各种电子屏幕上，"碎片化"的阅读充斥着人们的感官世界；网络文学看似无序混乱，却同时让写作成为了一种大众文化现象；相形之下，传统文学的电子化、网络化发展，却存在着些许问题。然而，无论是传统文学还是网络文学，面对读屏时代，文学该如何构筑自己世界，适应时代文化发展，成为了一个值得深思的话题。

问1：作为读屏时代的全新精神产品，网络文学的甫一出现似乎有些口碑不佳，却打破了发表、出版的传统壁垒，使得每个家庭拥有"作家"的可能性变得更大，也使得文学与普通人走得更近。请问，网络文学的出现，是否成为当代中国文学的一个"拐点"，并重组了中国当代文学的格局？

答：网络文学，首先，这个词语，我不太习惯，意思不准确。网络上发表的文字，叫作网络文学吗？如果，真是文学，那改变或者影响当代文学，答案是肯定的。只是，如今这还是

130

在起步，看不出前景，更多地看到在资本和市场两只大手的操纵下，网络的文学越来越没有成色，只是重复和怪异的文字游戏。不是看不上此类的东西，它在刚兴起时，有亮色，较为严谨，还有点与文学相类，而现在，恐怕走了与资本联姻的路子，文学的东西就大打折扣。文学不是在于阅读量多少，更不是点击量，点击本身是一种游戏心理的浅阅读。它在即时性、广泛性、低门槛、快捷传播等方面，有一些优势，而真正的文学是诉诸情感，触动人心，点亮精神，让人回味的。所以，说它有没有拐点，目前还看不到。只是传播方式和写作的手段上有了一些变化，而这是适应了眼下快节奏、碎片化、浅阅读之类的需求。先期，是对文学版图的扩大，对科技工具的一种利用，而现在，多受文学之外的影响，比如，金钱、利润等，变得与文学有些距离。因此，我以为它不太会影响文学的既有格局。记得曾经有网站，搞过传统作家同题长篇小说接龙赛，据说还是各省作家协会的主席副主席。也是搞了没有什么多大影响，也就收场了。所以，如果说有影响，恐怕会对传统写作某些作家的自我心态有一些变化，毕竟资本和利润的诱惑太大了。最主要的是，作为一种文学现象，要有相应的有影响的作品，而这是网络文学所缺乏的。

问2：在网络上，文学作品始终不是一个成品，而如同一股涡流，把作者和读者卷入一种动态的互动关系中，网上阅读提供给人们的，不仅是作品本身，还有一种特殊的氛围——作为写作者发表作品并不使用实名，从而与读者产生了一种蒙面的心灵交流。请问这种更为开放的写作体验，与传统文学强调个体感受和书写相比，更容易产生什么样的文学作品？这类文学作品对于今天人们的生活提供了哪些精神价值？

答：这个问题有点考人，首先，要明确什么是传统文学。经、史、子、集中几大类，或者，诗经、楚辞，或者，经典小说什么的。如果这样，与传统文学相比，永远只是两个对立的平行线。因为，评价体系不同。好像网络上的作品，永远不会交汇为传统文学那种，可以阅读、咀嚼、回味、代代相传，常读常新。要说它的价值，只是在描绘这个时代多元的文化下，不同的精神需要中的生活现状和人生追求。如果认定为精神价值，那就适应了年青一代的人生体验和精神追求的某些方面。比如：自我、叛逆、寻找，不一而足，虽然，这些在传统文学中也多有，只是它更为集中，更为突出，也更为随意。至于说对当下文学读者提供了什么，我以为，就是把文学或者文字的故事性一类东西，变成了好玩，戏谑，搞笑，满足读者想象的欲望，把文学或者文字，当成游戏，当成消遣，读者不需要思考的阅读。因此，说精神价值，我以为在于它提供了一个对文学或文字，在敬畏之外，还有游戏的东西，正剧之外也有喜剧，恶作剧。

问3：在娱乐多元化的当下，文学在被愈来愈边缘化的同时，文学是不是也需要微信这样前卫的传播力量？而与职业作家的经典文本的写作方式相比，人人都有麦克风，人人都可以发表作品的网络写作，与传统文学正儿八经叙事、抒情的神貌不同，常常以轻松、嘲讽的气氛取胜。请问对于这种颠覆，您是否存在一些隐忧？为什么？

答：基于以上的一些看法，我以为在眼下是没有忧虑的，也不会有什么颠覆之说。文学有游戏，不是游戏所能打倒的，这有点言重了。网络文学如果存在的话，只是一种文学的形式，或者只是时下受某些观者受众所欢迎的一种形式，可是，因为它本身的局限，比如，经典性和精神性的缺失，写作浅表化，重复性，受制于读者的功利主义等等，网络上的文学虽然会形成相当量的读者围观，但是，传统的文学不会轻易退出，井水河水，阅读的方式不同，受众的群体也不一样。至少，眼下如此。

问4：如果说文学不仅要表现民族与时代的精神高度，需要独立品格、扎根人民、扎根生活、深度思考，同时还要和世界上其他文明进行横向联系。请问您觉得读屏时代的文学作品应该如何与世界进行连接？

答：横向联系，进行连接，就是走向世界，其实这是一个有点作茧自缚的事。从内涵上说，那句名言，越是民族的越是世界的，是一个标准，而从技术上说，有了网络，互联共生，就可能让一些东西有了更多的机会，有了新的推助器。时下的文学与世界进行对话，有可能，但进行连接，不是容易的，除了认知标准有别外，文化环境不一样，网络文学可能会起到一些作用。但是，与世界连接其实是国人一厢情愿的事。

问5：对于刚刚踏上写作之路的文学爱好者来说，在网络上的耕耘、播种，给相当一批人带来了生活的乐趣和追求的方向，也给一批人带来了超越现实和自我愿望的一种发泄和表达。在您看来，这种快乐和满足为文学的向前发展带来了什么？

答：这种低门槛的写作，快捷式的发表，为传统写作带来冲击，带来活力，带来思考和引领，文学还有无限开发的可能，但也会为之带来一些负面的影响。率尔操觚，少有深度的思考，培养着一些浅表性阅读，以满足感官刺激，因为它的影响之广，可能成为一些读者的错觉，以为文学或文字，只是这种东西。这不是虚言。

问6：面对信息的洪流，读者必须迅速、频繁地对信息进行"过滤"，否则就会被淹没在这碎片而无效的信息洪流中。请说说您是如何过滤信息？如何在电子屏上选择好的读物？以及您最近喜欢的电子读物。

答：我少读或基本不看网络写作的东西，一是电子阅读没有读纸质作品的阅读感觉，再是，那些新奇怪异的内容，不是我欣赏的，也就无从说到喜欢的东西。还有，因为这类阅读对视力和身体的影响大，这一点，我也觉得，它只是年轻人喜爱的读物。

2016年1月

小说家的散文

——关于《小说名家散文百题》

　　在眼下，小说家越来越多地涉足于散文和随笔的创作，好像形成了一个新的文学景观。像王蒙、汪曾祺、刘心武、蒋子龙、张洁、李国文、从维熙、叶楠、谌容、张抗抗、肖复兴、梁晓声、贾平凹、张炜、陆文夫、张贤亮、史铁生、铁凝、方方、王安忆、韩少功、张承志、朱苏进、陈建功、高晓声、宗璞等，在不断推出小说新作的同时，又有散文随笔的高产。这些可以称为小说界重量级的实力派人物，在散文随笔创作中，颇领风骚，推动了散文随笔创作的繁荣和发展。从文学发展的历程来看，小说家的散文创作虽不曾间断过，也时有佳作，但就整体成绩而言，同当前实绩相比，没有形成如此强大的阵势，没有成为如此壮观的阵营。不过，出版界对此好像还没有做出充分的反应，对于小说家散文的实绩，我们多是从作家单个的作品集或者一些综合选集中领略，然而，这种散落的珍珠总令人缺乏整体感受，编纂"纵向"的个人作品集和"横向"多人作品集，都是研究当前文学现象不可缺少的。

　　正是基于这种考虑，笔者和潘凯雄先生共同主编了一本

《小说名家散文百题》（长江文艺出版社1993年出版）。作为编者，我们阅读了55位百十篇名家散文之后，对于小说家散文创作有了更深入的了解和体会。在此自卖自夸地为这个选本说上几句，如能引起研究当代文学特别是小说家散文创作的同好一些兴趣，则是有幸。这个选本，除了上面提到的小说家之外，还有新近创作十分活跃的小说家，如余华、格非、刘恒、刘震云、刘庆邦、苏童、叶兆言、莫言、周大新、苗长水、迟子建、陈村、李存葆、赵玫、叶文玲、何立伟、陈世旭、刘兆林、何士光、王中才、金河等人。

就文学样式来说，没有作者成分的区别，即是说，作为一个文学品类，散文就是散文，不必要再分为小说家的或是散文家的或是其他什么身份的作者之类，文学作品作为一种完整的艺术，它是以其所达到的思想水平和艺术成就行之于世，流传于世的。作者的身份，作者的职业等并不作为艺术成就的标志，也不成为艺术门类划分的依据。可是，作者这些显见的外在条件，大多能体现出作者的文化素养，反映在作品中就打上了烙印，可能成为艺术成就显在的条件。比如，小说家创作散文，诗人写小说，学者教授的散文等，也许某一个案并不能见出这种职业区分的特色来，而作为一个群体行为，一种艺术的"类"的凸现，就有了它值得研究的规律。比如小说家的散文，也许有人并不一定赞同这样的划分，但在文学的实践中，它丰富了散文创作走向，为文学在新的文化背景下，获得应有的荣誉，做出了努力。

小说家的散文，其特色在于作品的文化品位的自觉和强化。散文一般当作自由随意的文体，如行云流水，天马行空，无拘无束，但是其文化精魂内核，却又被一个"散"字所放逐，平庸的粗浅的被叫作散文的东西招摇过市，思想的贫乏和艺术的苍白，流于通讯报道式的直露，缺乏艺术感染力，每每败坏着散文的声誉。真正的散文是作者情感和心智的表露，是生命体验和人生感悟，是艺术和美学的激情投射，是时代文化精神的燃烧和捕捉。散文不追求崇高和大气，但散文不是平面粗糙的摆设，不是个人琐事的记账本和履历表，也不是表扬信和广告词，可以想象，在经典稀少，大雅久不作，高雅被冷落的情况下，散文随时有作践之虞。不同于那些仅靠平庸多产而证明自己的存在的散文家，小说作家的散文令人有耳目一新的满足。在这个选本中，我们看到作者们如何从喧嚣的时代文化中，捕捉艺术的精灵和魂魄，比如，面对沧桑人世，面对历史的和文化的厚重沉淀，面对世纪之交的新文化秩序建立，面对个人情感生活的变化和新的人文精神的重建和再生等等，小说家散文的主题都从这个时代的文化精神切入，我们走进小说家们营造的艺术氛围中，一并领略了这个时代的文化状貌。像韩少功的《夜行者梦语》、朱苏进的《天圆地方》、方方的《都市闲笔》、王蒙的《搬家》、张宇的《不会团结女同志》等。即使写个人情感生活的，作者情感投射到文化内涵上，作品的品位油然而生。限于篇幅恕不列举。

　　小说家因写人绘事的所长，在经营散文艺术的时候，注重氛围、情致、意境，更注重人事的渲染，如同汪曾祺先生所言，小说家的散文注重写人。由于对虚构艺术的擅长，他们在下笔的时候，艺术氛围的营造是一种自觉的行为。而这种氛围并不是依凭一种外在的结构和操作方式来体现，她浇熔在艺术品的精神内蕴之中，也可能是一种艺术的气韵，也可能是一种情调，而文化则是其萦绕再三的内核。对此一些小说家在附上的对散文的感言中有所涉及。这里特别要提到的是，为了突出选本的特点，也为了读者对小说家散文创作有更好的理解，特请每位作家就散文创作的想法写一短文，多则千言，少则百十字，附在作家的作品后面。作家们或庄或谐，或审己，或评人，归纳起来有：关于散文的界说，散文的真实、自由，散文同别种艺术门类的区别，散文的现状等等。对于理解和研究小说家们的散文创作是可贵的资料。这一想法，是编者用心良苦，当然更主要的是感谢小说家们的支持。一册在手，既有作品精选，又能读到小说家创作散文的夫子自况，岂不划算？

1994 年 7 月

守护散文的真实

　　散文是什么？散文是散文，又不是散文。这绕口令如痴人呓语。其实，关于散文的定义、界说、走向，散文的"真善美"，散文的价值判断等等，议者蜂起，多是论者的一厢情愿。言者滔滔，听者寥寥。就有人说了这极端的话，是散文又不是散文。

　　散文是一个无边的文体，用时兴的话，是多元化、跨文体，用一句戏谑的说法是，不三不四、非古非今的玩意。其实，散文作为文学作品之一种，其成就和影响并不因为她是什么或者认定她的什么身份，才引人关注的，往往，山花烂漫的散文大势，如山阴道上，目不暇接，又有几个关注她的身份属性？散文是文学春江夜之"月"，"江畔何人初见月，江月何年初照人"，这"散文"者，也不知何年何人以此名之，或可预示了她以后莫衷一是的评说。

　　关于散文，论者多，而散文名家也曾热衷。现代文学史上大家高手，如鲁迅、周作人、林语堂、朱自清们，无不留下耳熟能详的经典之论。遥想26年前，笔者编有一本《小说名家散文百题》（长江文艺出版社）的散文集，举凡五十多位当红的小说家，每人或二三文，且都附有一篇五六百字的散文感悟，或是夫子自况吧，是较早的小说名家关于散文的发言。名家名言，言人人殊，十分精彩，都说及了散文的灵活、自由和精致的特色，而最多的是说散文的意蕴和情怀。其实，散文在我看来，是飘忽不定的文体，是没有边界的文字，是不可规范和定性，有如精灵般洒脱的东西。由此，以一个"散"字名之，庶几相近。如果非要有个界说，我以为，从高的标准说，散文是自由的文体，格式不定，内容随意，文意精粹和意旨远阔。

这也许与其历史的不确定有关，散文的发轫众说纷纭，说古已有之的，域外舶来的，现代兴盛的，当下转型的，不一而足。我以为，当下性确定了其特色：并非定于一尊，没有多大的传统和形式的包袱。"文变染乎世情"，随势而变，应时而作，就有了这当下意义上的散文。她是在文学分类细化后的一种较轻快的文体，说她其来有自，是有史传传统，是说从司马迁到鲁迅，都有深重的人文情怀，但历史并非包袱，在当代的文体转型中，她无所拘泥，不受制于文学教程，无须听从教义法规。她是轻盈的，有如精灵般的文字，她是自由的，更多的是作家自我的率真表达，所谓我手写我心，主观性突出，注重情感和情怀的酿造。

散文与其他文学比如小说和诗歌的区分是明确的。小说的史诗性与人物的公众认同感，诗歌的句式和语言意象，以及韵律节奏等等，都显而易见。散文的近邻，是杂文随笔，是报道纪实，是小品之类。然，散文的不同在于，她没有杂文随笔题旨的高深，或论辩的高蹈，直抒胸臆的凌厉之气，掉书袋似的经纶充塞；她不同于报导纪实的是，没有那臧否天下、纵横捭阖的故事和人物，她的情节和人物多是截面的片断的，注重的是情感与意蕴；她有别于小品文的是，她的空灵、隽永是附丽于生活情节之上，有生活情景、民生情怀和世俗情味，构成了轻盈不清浅，灵动不空泛的沉实风格。所以，从文体的差异性看，散文负载的是情怀，不以情节为主，但求意味隽永。可以说，散文是作者主观悟性的文学体现，最能考验作者文学情商的，没有相当的文学悟性，是难有绝妙好文的。也可以说，散文表达的多是某种可以言说又可以意会的一种情景，一个场景，一段情怀。如果以天地物事来指代，她是一株意象茂盛的植物，不枝不蔓，清朗，明丽，雅致，独立苍穹，向天绽放。

这就说到了散文的真实性。真实是艺术的圭臬，真实性不只是广义的标准。散文的真实，既是文学的，也是散文的。文学的真实，在于她表达的一种共有的情怀，是生活可以印证的，而散文的真实，她杜绝虚伪和夸饰，是还原事实，切近事实。真实性在小说一类的虚构样式中，是强调了她反映现实的可能，而散文的真实要求更为严正，不做作矫揉，表达的内容要事实切近本原，遵从敬畏本原。或可这样认为，小说等虚构文学的真实性是"能指"，散文的真实性是"所指"。虽然不必拘泥于细节和场景的还原再现，但不能为了艺术性而丧失人物和情节的真实，即便情感抒发也是"有真意，去粉饰，少做作，勿卖弄"（鲁迅语）。时下，诸多写亲情，纪念家人，特别是长辈的文字，几成泛滥，为亲者贤者讳，加工编排，小说笔法，并不鲜见。一些爱写结交名人政要的文字，塞进不少的生硬私货，借名人炫耀，有的几近鲜耻，散文的真实性在这类文字中，既是事实的失真也是心理情感的失范。对于散文这个大众文体，真实性要求应成为一个铁门槛。

所以，我不赞同为了艺术放宽真实性的原则，所谓文学的真实，对散文而言，更是高标准。也不同意所谓合理性加工。虽然文学的真实性，见仁见智，散文的真实性没有天马行空的构思，并不等于就可网开一面，甚至于虚构、合理化的构思等等，是没有量化标准的，容易为一些没有真实信誉度的作者的口实。近来，纪实性是散文一大特色，对过往历史和人物的专题书写，对记忆的开掘等，但上乘之作寥寥，多是一些表扬性的纪实报道，失实、失真、注水，烂为不良。散文要真实，主要是与虚构与想象划清界限，史实的失真，情感心理上的失据，不能说是合理的加工论所致，但放开了散文的真实坚守，是散文的歧路。

还是回应前面的话，散文是发展的文体，早先的散文实际上是中华文化的原典，宽泛地看，《史记》是散文，诸子百家是，《兰亭集序》是，《古文观止》是，《世说新语》是，《浮生六记》是……往事越千年，现代的《野草》是，《雅舍小品》是，《背影》是，《松树的风格》是，《红军路上》是，《丙辰清明纪事》中的诸篇也是，《山居笔记》是，等等。从这一角度看，散文在当下的状态是，紧跟时代，追踪现实，抒写心灵，而求真求实，远离虚构，切近生活，不一定是唯一的散文之路，或许是散文兴盛之路。

守住真实，才能凸显特色，得到读者青睐。因为，与生俱来的史传传统，成就了她艺术的源远流长。

2017年5月

散文经典：恒定与流动

——《中国百年散文典藏书系》序

　　尽管散文是一个没有确切定义的文体，尽管散文的历史也是一个没有定论的悬案，尽管散文也曾不被某些作者所认可——有所谓雕虫小技、壮夫不为的戏言，然而，散文的实际状况是她的生命是强盛而博大的。她是文坛的一株大树，她是文学的一个精灵，无远弗届、无所不在，从古至今，林林总总，留下了众多的精品，制造了许多的经典。对于文化的传承，对于文学的发展，对于人生的精神引领，散文之功，善莫大焉。或者，可以说，泱泱华夏文坛，散文成为一个飘浮于人生和社会之上的文学精灵，对社会和文坛的影响，不可忽略。设若没有散文，多少中华典籍会留下遗憾和空白。即便是自现当代文学实际看，散文成就了许多文学大家，也是各类文学高手们一试天地的园地。所以，散文这个文学精灵，游荡于文学的天空中，也裨益于社会人生。当我们面对诸多散文经典时，不能不以一种敬畏虔诚的心，享受着散文大家给予的精神滋养，也享受着散文佳作带给我们的阅读愉悦。

　　这就是，为什么当下文学并不太为读者所青睐，而散文或可一枝独秀，仍有不少读者追捧，仍有众多的集子和年度选本行销于世。在美丽的文学天空，散文的灿烂光影，灵动而优雅的姿态，装点出无边的景色。

为什么，一个并没有明确的文本定义、杂糅了诸多文学样式之长的文体，一个亦古亦新的文本样式，在如今文学分工越来明确、细化之时，仍有相当的人气，在创作和阅读两个端点上仍然相得益彰，为当下其他文学形式所鲜见？究其原因，除了她轻巧的文本样式，灵动的文学情志，雅致的文化情怀，摇曳的文体风格等等之外，我以为，这个文学宝库中，屹立着若许的文学精品，众多的文本经典，成就了这一文学形式有如高山大原般的风景。这些出自不同时期、有着不同风格的佳作，如同厚实的基石，构成了散文文本的经典性，妆成了散文世界的斑斓景观，也形成了散文这株文学常青树，其生命葳蕤、枝繁叶茂的一个原因。

于是，在浩繁而几近泛滥的散文选本中，人民日报出版社郑重地推出一套《中国百年散文典藏书系》，以七个不同的专题，收纳了三百余篇、二百余位作家的佳作，让我们从气势和规模上，感受到泱泱中华散文王国里，草长莺飞，洋洋大观；这条文学的山阴道上，目迷五色，气象万千。散文的选题，是开阔而多彩的，散文的写作手法，是开放而不拘泥的，散文的语言，是多彩而个性独特的，于是，我们可以从这数百篇文学名篇佳作中，体味到散文文本的经典气象，领悟到不同的人生和社会内容，其包罗万象，妖娆多姿，其情怀悠悠，风致卓然，让散文成为文学对社会人生最优雅和真实的表现。我们也可以从这个选本中读到，在文学王国里，那些亲情、友爱、恋情，这事关人生普通情感的诸多题旨，其丰厚的内涵和感人的情怀；也可从中体会到大千世界、浮世人生，所持守的人类基本情感和人生的原初情怀；我们还可以看到，这些人情世情，自然人文，如何在大家们的笔下，有如许的精微，如许的热烈，也有如许的透彻。当然，那些高情大义、普世情怀，那些相濡以沫、危难与共，或者那些相忘于江湖、君子之交等等，不同的情与义，相同的人情与友爱等话题，在众多的作品中，有充分的展现和精彩的描绘，让阅读产生共鸣应和。当然，作为时下丰富地快捷地展示社会人生，书写时代精神与个人情怀的散文，在更广阔的视野上关注现实，展示民生，描写精神，丛书选题也相应地以城市、乡村、自然、哲理等不同部分划分，有的甚至是相同的题旨下选同题文章，更有一种特别的意义。

自近代以降，散文大家英雄辈出，几代人在不同的时空中，共同书写相同的题旨内容，它们被纳入其中，这虽是编辑的巧妇之作，却权当一次穿越性的文学同题竞技，其意义也独特，让读者诸君从这些同题目或同题材的展示中，更为深透地理解散文对于人生情感和自然人文别有情致的书写。同时，也可以体现出不同作家们的功力与魅力。无论是老者，那些上世纪初年驰骋文坛的泰斗宿将，还是后来者，那些晚出几十年后才活跃文场的新进后生，他们对于社会人生的感受，人各有异，着眼点不一，却能够在不同的背景上展示出自我，展现一个人独有的文学世界、一个人特殊的心路情怀。这种老与新、传统与现代，互为交集的文学景象，是很有意义的。作家们倾力倾情地写出心中的自然，写出变化的城市与乡村，写出现代文明下的精神求索，包括种种认同与抗拒，寻找和皈依，等等，无论是正面的书写，还是质询与期待，出于人生的一种大爱，出于对社会人文、自然生态等等，敬畏与尊重，在多姿多彩的散文世界里，其实就是打造了一个集合型的文学的人文精神，书写出一个整体性的人生世界。

对散文的经典性认定，没有明确的标尺，但读文相类于识人，大体是雅致、清丽，有品位有情味，方可为大雅之作。如是，这套书放在你面前，你可从容地品评，或许，你从这众多佳作中，看到了编辑们的心血，或者，你读它们，有了一次关于散文的有意味的文学之旅，那就够了。对于散文来说，丰富了我们的生活，增加了人生的某种见识，得到了文学的快乐，甚至也引发出阅读后的感悟，找到了自己的某些共鸣。这就可以了，编者也会万幸。文学也是有幸。

文学的经典，可以是恒定的，有时也是一个活的流动体，或者，它是在不断的开掘和发现中阐释其特殊的意义的。

是为序。

2012 年 12 月 10 日

散文的潇洒

　　如果不是苛求的话，当今文坛上最为活跃最见潇洒的文体，以为非散文莫属了。综观近些年文学的发展情状，散文创作虽没有小说、报告文学乃至诗歌、杂文，或大起大落，或多有褒贬之义的"轰动效应"，但作者们辛勤耕耘，编者和评论家大力推助，散文创作仍悄然地发展着，如同山野上烂漫妩媚的蒲公英，任凭雨雪晴晦，默然自在地生长着。

　　一个有趣的现象是，小说、杂文、报告文学等文学样式，作者圈子的辐射面不大，或者说有影响的作品，多出自名家之手，而散文创作则不然，作者队伍既有基本力量，生力军，又有后备役，不断"入伍"的新军，加强了散文创作的新生面。老作家、名作家出手不凡、迭有佳作，如柯灵、汪曾祺、贾平凹等，新作者遍及各条战线，把握人生，体悟生活的角度新颖独具，使散文创作的活力如长江大河源远流长。值得注意的是，一些小说家、诗人的加盟，使散文的艺术风貌更具文人色彩、更加重了文化气息。一些报刊的着意推崇，散文征文、散文作品专号的不断出现，这一品种在一段时间内独领风骚，风度翩然。

女性散文的崛起，是散文创作的一个热点。女作者感悟生活的艺术功力纤细深情，特有的人生经历，独具的表现手法，女性作者形成了一定的气势。如果从整体上来看，在新进的作家群中，我以为女性散文略优于男性，当然在单项上，男性作家作品的力度和气势，则是女作家所缺漏的。女作家的崛起承接了冰心等现代散文名家感受生活的优长，又糅合了时代情绪和生命的体验，女性散文细腻精致地表达情思，表现生活，呈现出一页页壮丽的文学画幅。女性散文的主题大约离不开爱和情。爱的廓大、深挚、炽烈，使这类散文的内涵见出品位和格调；爱的无怨无悔，爱的洒脱浪漫，则使这类作品极富青春气息，引起青年读者的共鸣。从爱的窗口探视人生，在生命情感的体味中，表达对生活的感受，女性散文渐渐形成当代文坛值得注意的现象，它们唱着柔婉清纯的调子走近读者。但是，女性作者往往特看重个体的情感抒发，生命的感悟和情绪的表达又多委婉曲折，特别是知识女性的散文，情感的浓烈之中不免有飘忽的文思，缺少支撑篇什的哲理意味，像一些大气作品那样，对宇宙人生的感怀，着眼于历史风云和人世沧桑，凝聚着深沉的历史感。在风格情致上，形成独特的禀赋，似乎不多。同是女性作者，台湾地区的农妇的质朴凝重、三毛的清纯率真，是时下女性作者所不多见的。

文化散文的丰产，是散文创作一个新的层面。不少小说家、诗人、评论家致力于散文写作，而且出手不凡，散文的文化意味浓郁。前些时，一些系列散文，长篇散文出现，多为小说家或诗人所著。这些作品以纪实叙事为主，作者宏观把握、微观入手，抒写了对历史人生的思索，作品引征史实，开掘境界，议论风生，形成一种采风式的散文形式。像王中才的《黑色旅程》、马丽华的《藏北游历》、贺晓风的《奇思》以及周涛的一些名篇等。作者游历山川名胜，人文宝地，情有所钟，抒写心曲，融古烁今，既有形而下的记叙，又有形而上的阐发，作品境界充溢着浓郁的文化韵味。作者们以文人寻访游历之便，足迹所至，感怀万端于笔下，特殊的职业和特定的文化环境，促成了文人散文的兴盛，这种创作现象将随着社会文化的发展更趋普遍，似应该引起评论家们的重视。

散文作为特定的文法难得有确定的规范，文无定法，散文更是自由灵活的一种。唯其如此，优劣高下更见作者的匠心和功力。散文近年来大面积丰收，可是作品的数量和质量却不成正比。平庸之作影响了她的声誉。在这创作心态和文化环境都趋鹜于散文时，我觉得要谨防伪散文的泛滥。不要以为散文没有固定的章法，就任意为之。一些通讯报道式的文字与散文是绝缘的。

散文是作者智慧的体现，作者对生活的表现要机巧，语言要讲究情调和韵味，章法布局则要节制和谐。颇领风骚的散文，如若更为潇洒，就要弃绝伪散文，我作如是观。

1991年6月

烂漫山花今又是

　　盘点文学年成，一个重要的现象是，散文是大户，至少在数量上如此。盖因为，其表现手法简洁灵便，随意直接，加之有"三多"，即发表的园地多，读者多，作者也多。

　　文无定法，散文尤甚。换句话说，散文是似有则无的文体，似与不似、定与不定之间，就成全了散文写作的随意，有了众多作者。此外，一个重要之点，也是她的特色，亲历性和真实性，这形成了与读者情感上直接对接，就有了较高的亲和力。

　　过去一年，散文基本延续了传统路数，无非是亲情人情，亲历闻见的种种，无非是过往的生活，历史的回思追忆，现实的经历感悟，也无非是世相的描摹、情感的展现。在"写什么"上，散文的优势仍然是与生活保持零距离，既无所不能，也无远弗届。当下生活面貌林林总总，现代社会世相的驳杂斑斓，较为深入地呈现在当下散文创作中。平实、沉静、水波不兴，或可看作是近年来散文的面貌。如若寻找亮点，时下散文在思想层面上，有了新气象，思想让文字更为亮丽。或者说，随笔杂感式的文字，成为众多散文家的追求，即在"怎么写"上，有了更多人文精神的生发，有了思想情怀的提升，也有了理性之光的投射。轻灵随意之中，散文展示了思想的力量，理性的厚重。

散文彰显担当与情怀

在社会历史的重要转折期，恰逢重大的纪念和节庆，热点式的追踪，深重的历史情怀，散文家责任在肩，义无反顾，于是有了严正笔力和现实品格的作品，这突出表现在纪念抗战胜利70周年的一些作品中。熊育群的《旧年的血泪》（《收获》），是对湘北一带战事的书写。李鸣生的《记住，是为了纪念》（《中国作家》）较全面地分析抗战留给人们的思考。题材的分量，见出了思想的成色。而散文的客观叙事与主体情怀的交融，纪念性的历史叙事，国难担当者的民族大义，追寻侵略者的暴行根源，在对某些战事的场面和人物事件描绘中，一一呈现。突出的是，既有历史资料的重新梳理，也展现出作家面对当下政治风云变化后冷峻而严厉的现实思考。

当下的经济大势和民生战略，在文学表现上，也许不必拘泥于某种政策的解读。可是，近距离感受，投身于变革纵深发展的春江水暖中，热切地感知，迅速地反映，是文学的题中应有之义，尤其是轻快的散文随笔文字，不能缺席。于是，我们看到了一些作品对当下风起云涌的经济形势的关注。有的作品，也许只是一隅一地，却举一反三，映照出时代变动和社会发展的光影气象。阿来的《海与风的幅面》（《人民文学》），从宋代泉州开埠时的商船陈迹，说到如今的"海上丝绸之路"的提出，再到当今"一带一路"思路下相关地区和族群，不同文化背景下的经济发展趋势，以及中华文明自古以来外向发展的历史过程，表明了一个新的经济生长点的背后是历史与文化的支撑。梅洁的《迁徙的故乡》（《黄河文学》），是对南水北调工程鄂西源头地搬迁户深明大义的付出与牺牲的书写，从故乡情怀与惠民工程，小家与大家，个体与整体，从事、理、情等等关系上，书写了国家重大工程的实施中，普通人的义举和贡献，作家隐忍的情感抒发，既有对百姓无私精神的称许，也有对诸多世事人情特别的感怀和思索。

情怀是散文叙述的无形纽带，也是文字亲和力的最好酵母。近来，回望和怀想的散文依然旺盛，写史怀人，为某些珍贵的历史事件和人物着笔，古今勾连，风云际会，家事国情，从中记录时代光影与生活的脉象。即使一些怀念亲人、书写亲情、记录世相的作品，也给人以多方位的思索。陈忠实的《不能忘记的追忆》（《人民文学》）记录的是一件"文革"冤案，陕西户县农村读了师范的大队干部杨伟名，"文革"前就写文章主张分田责任制，"恢复单干"。"文革"中惨遭批斗，不改其志，夫妻双双受迫害自尽。这连累了从西安下来的大学生刘景华，因为对造反派迫害老干部的行为不满，又赞同杨伟名的文章，惨受迫害，隐姓埋名。三十多年后，作者忆起他称之为"伟人"

的"'文革'冤情"的两位当事人，寻访他们（杨的后人和刘景华），心有记挂和纠结。作家的一段经历书写，既是情感的偿还，也是为这类写史忆往的文字留下印痕。孙惠芬的《母亲弥留之际》（《解放日报》）怀念中有祭奠，关注亲人的心灵世界的隐秘，那是亲情和人伦不能代替的，也是最容易忽略的。陈建功的《我和父亲之间》（《上海文学》）、梁晓声的《父亲的荣与辱》（《北京文学》）、田瑛的《未来的祖先》（《羊城晚报》）等，在对老辈人的一些行为做派与往昔亲情孝道的展示中，书写人生情感的种种状态。当年的情感纠结，在后辈的回想和追忆中，五味杂陈。亲情文化是人生的精神支撑，也许在最为隐秘的地方，才能够把握到本原和内质。写亲情的文字，不只是仰视，细微之处也有隐秘的心结表达。眼下，回忆和亲情的文字近乎泛滥，唯有真切的思想光亮，才展示迷人色彩。

乡愁开拓了散文主题

社会大趋势，发展是主题，人人在言说幸福，自觉地感知幸福指数，关注生态自然，关心生存环境成为必然。这也被敏锐的散文家所关注。南帆是一位擅长于开掘身边寻常物件的作家。《泥土哪里去了》（《天涯》）是他对人与生态的发问，我们熟悉的大地、生灵怎么变了，在钢铁丛林中生活，平常物事变得稀缺，自然与人类生存的关系发生了变异。"生活在彻底改装"，蓝天、白云、泥土似乎正远离我们。"什么时候还能返回大地的正常节奏""返回心思简朴的日子"？泥土的缺失，实际是人与自然关系的失重。梁衡的《树殇、树香与树缘》（《人民日报》）从海南两棵被砍伐的腰果树的现场起笔，深入到人与自然关系，如何被重视而又被忽视，思考的是人与自然相辅相成的关系。大树无言，生态的萎靡，责任在人。他最近的"人文古树系列"，专注于自然生态中的人文情怀，关注自然生态与人类依存的关系。生态是文学时兴的主题，散文尤其有优势，为不少作者青睐。早年就多写此类题材的徐刚、林业系统的李青松，近来散文较多涉及于此。

亲情也好，自然也罢，与此相关的一个流行语是乡愁。现代化进程，对于传统文化中的农耕文明必然带来冲击和影响。留住乡愁，寄情乡土，回归田园，听起来美妙动人，但在有些人那里是语焉不详的。乡愁是什么？难道只是一种牧歌式的回念？如果说，生态文学看重的是生存环境，而乡愁既是一种精神的回望，更是心灵的依恋，对于大地、自然和故土，在精神源头上的认同。只是，这样的情感在有些作品中显得苍白，远离故土后都市人的闲适、焦躁，于是记起了儿时的炊烟，河沟里的鱼虾，老屋前的果林，所谓的怀念和回访，多是一种都市人矫情和虚妄的冲动，这种乡愁也多是一种文学的表达和点缀。杨文丰的《不可医治的乡愁》（《北京文学》）用一种判断句式，阐述了对家乡自然、田园大地的情感，也是对这类乡愁与故土之念想间接的回音。近年来，古村落保护为一些人士和机构不断提出，也打出留住乡愁、守住田园自然的旗帜，散文也有所谓写"秘境""田园"的文字问世。乡愁，不应是文学标签。不只是乡村的，也有城市的、市井味的。王安忆的《建筑与乡愁》（《花城》），孩童时的住所，在城市不断的发展中物是人非，那些建筑的名头和眼下的场景发生了变化。辨识"记忆的地理，难免令人惆怅"。有人说，乡愁体现出现代人思想与情感的脆弱。无论对与否，对于游子，乡愁是折磨情感的一个信物。文学的乡愁，延伸和开拓了散文的主题，是足可欣慰的。

专题文化散文成阵势

注重思想表达，是一些专题散文共同的追求。地域文化的增强，经年有时，一大批作品形成了专题文化散文的阵势。近期有孙郁写民国人物，祝勇写故宫文化，以及浙江赵柏田的明代江南文士系列，四川谷运龙关于羌族文化的作品，马步升的甘肃禅宗文化散文。同时，作家们潜心探索，令人刮目。周晓枫的《恶念丛生》（《长江文艺》），一如她的坚持，用密集的语言和丰沛的意象，讲述亲历的人生故事，生发出现代人显见却又陌生的道理。她剖析自我，不断变换视角，人心、人性在善良与恶念的对立状态下，伴随人生成长。她似乎是探索人性的成长史。任林举的《斐波那契数列》（《人民文学》）是探讨数理逻辑的一个奇特文本，洋洋洒洒，冰冷的逻辑与性情的温度，这个数列之意何在，并不十分重要。而数的神秘与奇瑰，人们认知运算和求解过程的情感经历，才是作品所关注的。一个学生时代的数理之题，纠缠多年，形诸笔墨，玄妙中见情味，不啻为散文打开了又一扇窗口。

当然，散文的常规写作仍然是一些精短散文，作家主观情感的注入，扩大了其精神内涵，增加了作品的文气和意境。说文学是"人的文学"，散文并不一定非得写人，但散文的气韵意境，都有一种拟人化的营造，境界和意味得以展现。像云南汤世杰的滇中文化笔记，上海的潘向黎谈古诗词系列，精粹的篇幅中时时见出人文情感，雅致的文笔开拓了精短散文的精神气象。

当然，不得不指出，相对创作来说，散文的批评滞后，少有对作家作品的评论，也没有现象性、问题性的论述，更没有理论上的探讨和直率的批评指谬。散文批评多年不为，缘由多多，我以为，没有相应的组织措施，比如，散文的研究多是单枪匹马，只重视评功摆好，重视评奖排位。如此，对不住这红火的散文景观。

2015 年序

"奖"的讲评

文坛的设奖,自何时始,不好考索,而近年更盛,动辄这奖那奖的,时有所闻。在有人看来,好像没有奖就没有业绩,没有成就,没有生机似的,奖似乎成了文坛的旗帜、风向标。本来,文学是个寂寞的事业,应是远离热闹喧哗,可是当文化快餐化流行化时尚的眼下,文学也变得不甘沉寂,难以自持了。在"奖"和各种名缰利锁诱惑下,文学有时被其奴役;有的创作是为奖而作,为名声和名利而生;奖也就成了某些好名逐利者的目标,成为一种役使文学、颐指气使的大佬、阔佬。

对于各类奖的泛滥,圈内圈外都啧有烦言,也为正直者所诟病。严厉者认为,这个奖那个杯的,好像并没有做多少真正是为文学事业计,为文化事业做添薪加柴之工作。有人为奖弄得颜面丢尽,操守殆失,也有人却抱以平常心,因为大家精品,鸿篇巨制,并不是因奖而催生的,大师巨匠如鲁迅曹雪芹托尔斯泰,不也没有得过什么奖吗?

真个是,问世间奖为何物,直教人为伊消得憔悴。当然,奖,也是仁者智者,贬褒不一,不知叫人如何说是好?

本人忝列过一些评委，对此类事有时属见惯不怪者，有时，却是未能免俗者，略知内情一二，所以，看到被评者和评者，其情其境，各有不同，也如同看西洋镜，千姿百态。评这选那，因为只是少数人有份，因为是有些利害关系，也因为有缝隙可钻，有空子可利用，也就有了对公平性公正性的质疑。也难怪，虽然有不少的评好选优，严格程序，严肃操作，也还正常，初衷与效果相统一，但更为严重的是，时下但凡与评选有关的，少有不是乱七八糟、有辱斯文的。评职称，选先进，进委员，当代表，连退休返聘什么的也走关系、托人情的，人为的因素，貌似公正而实际上被各种外因所左右的，并非少见。所以，评奖真正是在评水平，评能力，评客观，评公正，而评文学嘛，答案也是一两句话说不清的。

大概是觉察到这个奖那个奖的过于泛滥，过于自行其是，也过于无序，若干年前曾有过所谓的审批制，在相当一级意义上的奖，就有了个户口式的合法化了，可是民间的、小规模的、自筹资金的、天高皇帝远而鞭长莫及的，也时不时出现，有的甚至于打着十分热闹的口号，这就有了一个评奖的市场多样而无序。有些评奖，更多的是一种作秀，以评奖来获利，多为打一枪换一个地方。常常是这类做法为多——哪次有个老板出资金，其收益能有些赚头，几个人一撮合，拉上个某群众团体挂名，拉上个媒体作幌子，找个把领导者出场作道具，或者还有几位名人作背景，这样一个标准化的营利性的评奖，就可以堂而皇之地出炉了。因为有这个供求市场，这样的奖还时时在我们身边现身，也时时被舆论所不屑。甚至于有工商执法部门，对这种黑户口式的评奖予以打击，可野火烧不尽，春风吹又生，这个市场只要存在，这样的奖就一时半会儿消失不了。不信，看看那些报章杂志的犄角旮旯里，这类广告时有所见。

当然，从较规范的评奖中，我们看到的是一种激励，是一种对文化的积累和人才奖掖工作。

如果，从几个评奖本身来看，我们不好就这样那样的奖项比个高下。但有些奖的设立，因背后主办者的不同、操作层面上的区别，而奖的着重点也有不同。

解放军总政治部每两年有个奖项丰富的"八一"文艺奖，仅名目来说，囊括了文学艺术门类的全部，意在为全军文艺方面进行大检阅。因着眼于推出新人新作，就有了新人奖、八一大奖以及文艺奖三大重点。从业余和专业的两大阵营中，共同来遴选出获奖者，这个虽不对称的要求，对于业余作者来说有点不公平，但因为她的着眼点是新人，是后起之秀，那么这个奖的意义就是本身设奖时就昭示了。好像没有其他的大奖对新人专门列出，但总政文艺奖的这个举措，应当是有眼光的。新人在前行中最需要的是扶持和提携，扶持有时是一种鼓励，有时是一种认可，有了奖的认可，可能比任何美妙的鼓励更为直接。

从文学本身的纯正性来说，中国作协的长篇小说"茅盾文学奖"，其他门类的文学奖"鲁迅文学奖"，是现时最高的专业性的奖项。四年一度的评选，也从全国的范围内，这个时间段和广泛性，多多少少成为人们特别是圈里人所关注的。也因为其专门性的要求和参评者遴选的严格，在圈里圈外的影响日益扩大，人们对她的认可度也在不断提升。可是，任何文学的纯正都是在相对意义上而言，文学的见仁见智容易成为任何评奖的一种议论的理由，文无第一的铁律，也成为对获奖者的批评甚至不满的理由。所以，这个奖每次开始，也就是对她议论的时候，当然，尽管如此，人们至少是大多数人还是期待这个评奖的。曾有过有关评奖的轶事，比如，有人为了这个奖进行过可笑的交易，这不奇怪；也有人冷漠这个奖，某个单位的领导，纯属小心眼，单位有人获得这个奖，按说应当是件好事，而他却颇是不屑，不在单位给予奖励不说，不在单位里像有些时候张扬成绩发印内部简报不说，还酸溜溜地去说东扯西，好像有什么名堂，弄得得奖者成了什么瘟疫似的，评职称调级也不认可。从另外角度看，得奖者也因人而异，在有些人那里，你得什么奖倒不是主要的，关键是谁在得奖。

虽然，有人利用评奖营私，但当一些人高高兴兴手举奖杯，把这个荣誉与该当感谢的人们分享时，众人都想到这个奖可以带来多么多的实惠呀。于是，争夺战就又有了更庞大的队伍。有些奖特设组织奖，最为直接的莫过于"国家图书奖"和"五个一工程奖"了。前者是以学术性见长的图书类的最高奖，而后者以组织一个系统工程，完成一个时效性强的，而政治性突出的，文学艺术类的政绩上的认可。这两个奖好像是每两年一次。自九十年代开始也有了五六届了。因工程奖的多项性，各类参与者们都可分到一杯羹，皆大欢喜式的庆典，对获奖者们有着节日的快乐和庆幸。而图书奖的学理性，以其厚重独创和原创性见长。现在，又有了新的衡量标尺，选题的优势和撰写的严谨是一方面，现在又提出了要有读者反映的硬指标，要看发行量和市场的认可度。从受众的角度来要求选评对象，规范评价的标准，这是一大改革，也是一个进步。

奖，真是一个欲说还休的话题。因为有奖，而产生获奖的创作，甚至有得奖专业户；因为有奖，而提高了有关人士的待遇，本来文化就十分的清苦；因为有奖，而刺激了创作，某种意义上刺激也是繁荣的第一步。这杂糅不一、孰好孰坏的因由，让人辨析这个奖那个奖所带来的究竟是什么，有些难度，因此，对它的诟病，对它的指三道四，也有对它的感激与膜拜，形成了一道驳杂的风景。尽管如此，如若某一天，我们真正没有了这奖那奖的，我们是否会有点不习惯，我们会怀念那给我们有许多实惠许多思索的奖，尽管有时候，她的名声有点不太好。

如果认可我们对这些奖的依赖已经是不可或缺的话，那么，我们能否再增加透明度，规范其评奖的严肃性，或者，把群众性的选票参与作为基本的标准。如果没有这样的广泛群众的参与，任何奖都可能成为少数人孤芳自赏的东西。也同文学创作一样，群众是一汪活水的源头，没有这个机制，就可能不是真正意义上 的评奖了。听说有关方面已经注意到了大多数人的这个诉求，若是，这奖那奖庶几有了新面貌和希望。

2003 年 12 月

辑二　序说

散文的姿态（2000 年）

　　散文是当下文学中最不好界定的门类，以前的文学三分法——戏剧、小说、诗歌，已然定型，特点和模样较为鲜明，而散文，有点"四不像"。在当下传播手段多样化、高科技化之后，散文更不好定义。有论者认为，散文无所不包，非马非驴，一地鸡毛。虽一家之言，或可见其窘态。

　　因此，散文写作没了门槛，人人可试身手。但是，从文体的雅致，文字的精到，文气的典雅，这样来辨识认同，散文，是有讲究的。散文是雅文，雅致之文，博雅之文。散文是有姿态的文字，姿态优雅，文字讲究，文本洒脱。

　　现如今的散文，何寻此品？数量大，是多产了，却不优质，人多，作者广众，却缺少大雅妙文。铺天盖地，迹近泛滥，率尔操觚，浅近虚妄，闲扯自恋，夸饰娇气；又多陈年旧事，倚老卖老。或者，游东走西，官宣文字；再有，美其名曰挖掘历史面貌，书写人文风流，其实随意渲染，演绎加工，少了认真诚实，林林总总，凡此都与散文的传统——经典化、神圣性，相去甚远。

如今，写大历史、大事件的长篇散文渐多，遭诟病者也多。怀人恋旧，随意渲染，陈年旧事，夹杂私货。比如，写某名人为自己写了序作过评，哪篇文字得到赞许，云云，博名之心，不加掩饰。一些怀念之作，写故人往事之作，博名利，傍名人，"为了打鬼，借助钟馗"。此类文字，实在令人不屑。这些散文的题材吓人，却少有敬畏和实在心态，杜撰加工，注水式的"我证我"，糊弄视听。其实，散文不是以题材取胜，从细微处，小切口生发，以小见大，文心斑斓者，才见品位。要求散文大气强势，宏大至伟，是加害了散文。贪大求多，动辄专著，窃以为那不是我们期待的散文样貌。

鲁迅说写作，有真意，去粉饰，少做作，勿卖弄。散文是真实之文，诚实之作，要葆有良好的敬畏之心。写事纪人，史实真切，即使还原历史，真实性为其圭臬。抄资料，复制式的文字，没有情感温度，与那些添油加醋，没有人证旁证的文字，恰是鲁翁所针砭的，也是当下一些写史纪人散文的症结。

回头看年度的创作，年年花有样，岁岁人不同——

其一，年度的大事要事，家国情怀，民生经济，不能缺席，也有值得回味的佳作。这是文学纪事的史志传统，也是散文的担当。

其二，新时代新生活的召唤，人生的新感受，生活的新变化，各行各业东西南北都有了极大的认同，在文字上及时地反映和书写。比如，生态散文的异军突起。

其三，个人性个性化的认知得到进一步的扩展。比如，对故土的怀念，对逝去的家园和亲情的书写，对生命的尊重，对生死人伦的诘问、认知等。这类文字，从亲情乡情友情出发，在变化的生活环境和人生的感悟中，渗透了历史情怀的勾连与人文精神的参悟，遂有了别样的情味。或者，从细微之处看世界大千，从人生支点看时代大势，这类作品有着相当数量，老谱新唱，别出机杼，另得风采。

其四，读史读人而形而上思辨的篇什。这是时代前行中，生活变革剧烈，现代人面临的诸多问题的求解。如何进行精神性的思考，知性与智慧的书写，是当下文化中国，书香人生的题中应有之义。在阅读中找寻，在寻找中求解，是积极纵深的人生之态。

一年好景君须记，幸会文学盘点时。是为序。庚子深秋于京华。

2020 年 10 月

散文好梦（2002年）

时下的文坛话题不如前些年集中，文坛的热点也不是那么确定，但是作为文学创作中较为活跃的品种之一，散文则仍然保持着旺盛的势头，尽管在商品经济对图书市场的制约面前，文学的生存遇到挑战，而散文如同春花秋月，越来越俏丽，越来越潇洒，越来越大家闺秀了。

1992年初，笔者曾在《中国青年报》以《散文的潇洒》为题分析，散文的创作进入了兴盛的时期，在众多的文学品种中，将会更为活跃潇洒起来，一个值得重视的原因是散文的队伍在扩大。女性作者的潜心创作，学者和小说家的加盟，三足鼎立，形成了创作的繁茂景象，创作的后劲和底气十足。一年多来，散文的行情依然看好，无论是从文学的还是商业的角度看，散文的态势是颇为辉煌的。

就我们的涉猎所及，散文的出版形成了一个小小的高潮，是其他的文学品种所不及的。首先是一些出版社推出当代名家的新作，像沈阳出版社的"当代散文大系"，第一批收录了冰心、王蒙、汪曾祺、蒋子龙、王充闾的近作；华侨出版社的

"金蔷薇丛书"是一批老中青年作家的个人选集，收有一些杂文家的随笔，如蓝翎、黄宗江等杂文好手的作品；另外，刚刚上市的上海知识出版社出版的"当代中国作家随笔丛书"，收有刘心武的《仰望苍天》、蒋子龙的《净火》、张承志的《荒芜英雄路》、韩少功的《夜行者的梦语》、张抗抗的《你对命运说：不!》五本。

由谢永旺、何镇邦主编的群众出版社出版的"当代名家随笔小品丛书"，也是以散文创作见长的作家们新作结集，作者有小说家李国文、张洁、汪曾祺、林斤澜等人，也有一些专事随笔创作的杂文家的作品，如邵燕祥、蓝翎等。此外，一些出版社隆重推出国外文学名家的作品，尤其是现代作家的作品。早一点的有深圳海天出版社的"现代随笔译丛"，计有普鲁斯特、卡夫卡、劳伦斯、伍尔夫、里柯克等人的作品。近期出版的是中国社会科学出版社的"世界随笔精华"八本，按国别分类，收入的是一批世界级的文学大师的作品。还有像学者余秋雨的《文化苦旅》、诗人周涛的《稀世之鸟》等个人作品集也很有影响。从经济的效益看，这些书的销路都不错，据说在去年的广州"羊城书香节"上，名家的随笔小品都颇受欢迎。再往远一点说，曾经进入书摊颇受大众青睐的现代作家，像梁实秋、徐志摩、周作人、朱自清、林语堂、丰子恺等，以及港台的当代作家余光中、李敖、西西、农妇、董桥等人的作品，仍然是读者关注的重点。

还有，一些编者善于找点子，选题有新意，角度好，零散的单篇串成一个类型或一种有意味的文化丛书，使读者省去翻拣之劳，也突出了散文的总体分量。比如"女性作家选集丛书""当代小说名家随笔丛书"等等，林林总总，不胜枚举。其中影响颇大的是人民文学出版社出版的"漫说文化丛书"，这丛书第一批就有十本，按内容分成为：佛佛道道、读书读书、男男女女、父父子子、闲情乐事、说东道西等等。

　　散文的走俏不是近年始，但是如此大范围的受宠，为众多作家和出版家们着力经营的项目，有它的规律可循。从文学自身来说，散文作品在这几年被打磨得越发精致，但精致而不失去个性，历练和锻造得更为成熟，意蕴凝重。众多的名家好手推动，使原本就为文人雅士们所心仪的散文艺术长河更是舟帆点点，百舸争流。散文抒写精神文化的随意性和个人色彩的强烈性，使得她适宜了人们阅读的审美趣味，在创作者主体和接受者客体之间，消融了艺术的虚拟性的阻隔，尤其是对时代和社会的直言陈词，对生活的不作旁观的艺术干预，对思想和哲学的沟通，散文在人们对虚构性艺术有些冷落的时候，而写实艺术又被历史和史实纠缠得难以轻装上阵的时候，她款步徐来，仍然风度翩然。艺术形式的时代性对于散文似乎是不太容易定位的。当然，在人们崇尚艺术的简约化时，在追求艺术的平实和通俗时，素以精练见长的散文，最容易找到知音。再一点从出版的角度看，一些颇为精明的出版家，对作家进行文学的包装，又是名人效应的广而告之，又是投合读者风靡一时的套装丛书和礼品书。这种是艺术的又不是艺术的出版"深加工"，附庸风雅者或迷恋文学者都可能耐不住诱惑，更何况读书人在现在的时尚下，如同购买日用商品一样，求实和精，求名和特，总能找到掏腰包者。

时下的散文正在做着好梦。前几年的散文是被文学大家族中的兄长们呵护着或者说是挤对着，有些怀才不遇，难得施展才能，走上前台；不少的作品顶多是把老者或者过世的人的东西拿出来展示一番，充充门面而已。而今，在文坛少了权威（没了权威），没了座次的自由圆桌旁，斜刺里冲出一批散文好手和散文真品，是文学的有幸，也是读者的大幸。不过，从更广的意义上看，散文小家碧玉似的玩闹，个人的琐事鸡毛蒜皮油盐柴米倚老卖老似的流水账单之类的东西还太多，散文的普泛化和粗鄙化，限制了她的大气。作为一个典雅的文学品种，一个短小精粹的文学样式，她吸引人的是对当前文化精神的捕捉，对时代审美流向的把握，没有不断地能够燃烧读者阅读热情的精品和新作，要想引领文坛风骚，抓取读者，是不容易的。目前的散文持续着高产稳产，含情量很高，但是含文量（文化意蕴）却大打折扣。难怪有人说，散文的文化气和书卷味太欠缺了，此说诚哉，这需要的是作者的修养和为文者的品格。一个文化精神比较浮躁的年月，这本是一件不易之事。

1994 年 5 月

给散文卸下包袱（2003年）

从全年的散文随笔中各遴选一本，是一件需要胆量的事。但因这两年的"年选"工作，一直为我们所承担，今年也顺理因袭了，虽然遗珠之憾在所难免。从浩如烟海的散文作品中，选出一年的精彩、优秀之作，且还要争取读者的认同，不是件易事。对于这个每年都有不少版本面世的"年选"，见仁见智，贬褒不一，均在情理之中。只是，作为选编者有一个自己恒定的标准，一个"自以为是"的散文创作面貌的判断，是不能缺少的。能为爱好散文的读者和研究者们提供一个有兴趣的读本，也就心内释然了。

回头来看，本年度的散文创作似乎并没有什么大起色，按说现在的出版社的出版物、报刊上，冠以散文的东西像山花野草似的铺天盖地，各种散文的评奖比赛，也常有所见，可真正上得了档次和有品相的东西并不多，与这疯长的阵势不相匹配。尽管人们对现在的散文状态，有各种好评，有各种意见，还提出了一些创新的口号，但在我看来，文学的年度收成，进入21世纪后，渐趋平缓沉稳。而散文的长势也同整个文学的状态一样，显现出理性的平实，或者可以说，是一种淡然的静寂。

幸耶？忧耶？皆可引起我们的思索。在进入新世纪的这几年，如果找出文坛的大致走向，我以为相对于前一个年代来说，平实而内敛，沉稳而自由，是它的基本面貌。从社会生活的角度来考察，在一个思想渐为活跃、个性更为张扬、状态日趋自由的创作前提下，文学的发展应当是稳步的、平实的，前些年的急躁、近利、盲目、飘忽等种种文坛病灶，近年来不能说已绝迹，但可以说没有那么大的创面了，一种内敛而自在的文学状态悄然呈现，这应是一种好现象。故而，这种大趋向上的平实沉稳，使得一些最能体现创作年度收成的文学样式，并不追求多么大的声响，也不去人为地形成阵势。作如是观，散文或者其他文学品种的平稳沉实，兴许是好事。

当然，在文学的某些领域，比如长篇小说，不时有一些炒家作秀，叫卖市场，比如以性别来包装推荐，借媒介来炒作，用所谓"身体写作"来吸引读者，学经济领域里搞所谓"眼球经济""注意力经济"的玩意儿，甚至有些作者和出版社联手上阵、亲属朋友齐吆喝，鼓噪一时……这与真正的文学、真正的创作没什么关系，尽管他们也打着文学的旗号，除了徒增一些谈资，煞费苦心者腰包有些进项以外，对文学和创作当于事无补，可以不值一哂。有意思的是，这类闹剧式的把戏，在斯文的文坛却屡见不鲜，真不知是因为林子大了什么鸟都有，还是因为利用了人们的善良，总让那些拙劣的表演者有些市场，想想也挺悲哀挺可笑的。

在散文创作中，这种现象也时有所见，有时更为滑稽。比如所谓名人效应，找一些影视荧屏上有脸的主，找一些与名人（多半当是过世的故人）有过纠葛有过交谊的，出一些所谓纪实文学或者散文的东西。还有，名人都忙，名人有钱，找枪手，杜撰史实赶好的说，出版后的新闻发布会、媒体动员会，大搞豪华阵营，其实，多是闹剧似的为人诟病，好像有一大帮人专门从事着这样的文学掮客之事，于是，所谓的创作也是某些人在这种不正常的热闹中干着有悖于文学本质的勾当。这样说，真不是对它们或他们的不敬。

文坛不应排拒热闹，但一个正常的成熟的文坛，没有那些黄钟大吕式的有质感、有品相的东西，是有愧于读者，有愧于这个变革而昌明的时代的，如果让那些钻进钱眼、散发着铜臭的东西假文学之名大行其道，这个文坛也是变了味，有失颜面的。

所以，抛开那些热闹表象的东西，我们看到，有不少散文作品体现出人文精神内涵的丰厚。也许它们没有参与制造热闹，没有声势宏大的推荐和作秀似的叫卖，而这些作品体现出的人文精神，对社会人生对情感命运等等的抒写和描绘，令人读之受益，对人物命运和时代生活的记录描绘也具有史的意义。正是这些作品在抒写世道人心、怀念故人故事、描绘精神情感、记录历史人文等方面，留下了一个年度文学的印迹，也是对那些所谓明星散文、名人秀似的散文作了反拨。在本书所选的这些篇什中，不能说是为今年度最好的但至少是摒弃了一些人为的外在的东西，是一种真正在精神内质上纯正的文学。人间要好诗，人们能读到好散文，是一种幸福。

散文创作，曾被认为是最随意最大众化的一种，曾有论者认为，日记书信、说话报告、论文等等都是散文，人们对它的认识，始终在一个宽泛的范围内。因此，在文体分类中，散文在叙事文学的几大样式中，其特色是最不明显也难以确定的。何为散文，从什么时候起有了散文，中式的和西式的又有何不同，而散文又可分为几种类型，等等，这些曾争执多年也未得结果，对它的分类和界说，是言人人殊，相对而泛泛的。对于今天的散文现状来说，歧义性和相对性，也许滋长了它泛滥般繁盛。没有了边界，没有了高不可攀的神圣，也许就有了更多数量上的收获。但也应该看到，对于一个读者广泛、写作者众的文学样式，各类散文的定义，各种对散文的要求和负载，种种宽泛的界说，也影响了它的质量上的提高。年成的丰收，不仅是以量的积累为前提，而在数的扩大的同时还要有质的增强。所以，我以为，在我们各种文学样式都明细分类的情况下，散文应当轻装才是，为散文卸下包袱，当是我们今天对它的一个急迫而现实的要求。

时下的散文负载有些沉重，有时候，被文化压得透不过气，有时候，一些史料和文献的东西，剥蚀着散文的灵动；有时，哲理的深沉让它犹如高头讲章似的，令人敬而远之；有时，史料的庞杂和典故的征引，让它多是沧桑世故的老气，掉着重重的书袋。在散文的创作中，有人强调抒情性和叙事性，有人张扬它的灵动和性灵，有人看好它的率性真诚，有人认同它的博识，等等，这些从内涵上的要求，我以为都有其合理的一面，也可以从我们以上所选的文章中得到印证。散文的特色，我们应当有个相对的规范，说千道万，应当是：纪事写人的真诚率性，描绘情感叙述事理的人文情怀的真切；少抒发哲理和一些史实故事的征引，多一些人间烟火味，这或许就可以成为名副其实的轻盈灵动的文学样式，成为有别于说理的杂文、写史的报告文学、微言大义式的随笔，而成为大众读者心中独特的"这一个"。明白点说，散文的特色是轻松而随意的文笔，生动的人物形象和一些哲理的情怀抒发，或者说是好看又好读，令人喜爱，当为其主要。

　　循着这个思路，在这个选本中，我们注重既要有特色又要读来轻松而益人心智的文章，这些是从写人、述怀、游记三类编排组合的。从个人的感觉出发，这些文章代表了当今散文创作的主要内容，也体现了本年度散文创作的基本实绩。因了数十位作家（有新锐才俊、有老将名家）的精心之作，使我们从这些篇什中约略管窥当今散文创作全豹，有所获得，应当衷心感谢他们。

2003 年末

绚烂之后是平淡（2004年）

　　盘点文学如同农人收获庄稼，有丰收歉收之分，有大年小年之说，若以此来看2004年的散文，不好说是丰年还是歉年，但可以约略感到，散文从过去的受宠而热闹，变成现在的平实、沉静，不能不说是一个较为正常的状态。

　　曾经，散文是报界书市的宠儿，在各种媒体上，在不少的出版社，有如走俏当红的歌星，受人追捧，也如赶场的戏子，忙不迭地亮相和出彩，几近泛滥之势，但凡舞文弄墨者也无不染指，也有了所谓的大散文、文化散文、试验散文、性别散文等种种归类和界说。一时间，散文如同北京冬藏大白菜，成了满大街都是促销货，在大小期刊，大小报纸，以至于广播电视里，都有所谓的散文在那里显身留影，招摇过市，充斥门面，成为某些栏目和时段的主角。在文学界人士看来，散文虽是繁花似锦，看似人丁兴旺，但仅是量的扩张和繁盛，其质则难以与之成正比，而多为人诟病。说散文是一种甜点，或是白开水者有之；说散文沉迷于浅唱低吟，作优雅状，在倚老卖老的冬烘或高头讲章似的空泛中作秀者也有之；说散文是小资读物或报屁股填充物者也有之。另外，与热闹的作者和出版社的鼓噪相比，读者的热情也提不起来，除了一些名家或被看好的新秀作品之外，大多数散文是在热闹的鼓噪中，沉寂而被尘封，所谓的走红也多是某些作者和编者的一厢情愿。

凡事过犹不及，多了俗了，让人生烦，以至于有人说散文麻木着读者的口味，也有人说这种滥俗，无疑是慢性的自杀。这种风景，在最近的两年里，似有些改观，特别是本年度里有不小的变化。既少了过去的大散文似的呼号，也少了小女子散文似的轻吟，没有了过分的"唯大"和"求轻"，是一种理性的常态，是归于平实和沉静的自在。花团锦簇，绚烂之极，而归于平淡，臻于成熟。也许这才是应有的景象，才是散文创作的正道和常态。

散文的文体始自何日，众说不一，如何界定，也言人人殊。但是，以真切的感受，叙写生活的真实情状，特别是表现对生活的敏锐，抒写变动不居的生活现实，记录一个时代的生活面貌，我想大致是它作为一种有众多读者的文学样式所应有的品性。散文写实纪事，描摹人生，不求其大，但求其真；不求其全，但求其亲（亲和力）。过去，有人把散文分为抒情性的、说理性的和叙事性的几类，这种分法沿用了多年，有它的合理性，但是，我以为，区别散文的优劣，辨别散文的良莠，不在于这种文体形式，而在于它多大程度上表现了对生活的真实抒写，对人文精神的敏锐关注，以及作者在何种程度上用心与读者进行交流，有如巴金老人所说的把心交给读者，让读者在心与心的碰撞中，受到震撼和感动。

散文是最有人文传统的文体，它继承着《史记》以来的写人纪事的精神传统。它的题材也有很大的包容性，无所限制也无所谓大小。它的人文精神传统，我以为应当是最有人情味的。当代散文承继了写人纪事的传统，多以传的形式写人，文以人传，事以人记；以记的形式描绘事实，在纪事写人中，描绘生活，记录历史；在读和思之中，阐发感受，即使是游历文字，骋目驰怀，也以真实的感情为系缆，以世俗情怀为铺垫。当许多虚构类的文学回避了现实的严厉，少了当代精神的贯注；当一些新闻报道的文字缺少人文精神的张扬，或者过于倚重和拘泥于事实，而散文则以真实为基石，以史实为支撑，以敏锐快捷、深刻厚重的文字为涵永，较大程度上表达出对现实生活的人文关怀，成为记录历史、抒写生活面貌、描绘社会情状这样较为灵活多变的一种文学样式。所以，翻检一年一度的散文收成，从总体面貌上，反映生活面貌、描绘社会情状这样较为灵活多变的一种文学样式注重的是一个时期的文化精神的体现，是对生活的情感表达和理性记录。让读者能够从散文体现的人文精神的层面上去享受一个年度的文体收获，去认知一个年度的文体面貌。作为编者这是最为快意的。

从这个方面要求，我们把今年的散文随笔按怀思故人、抒写生活、游历观光、生发感怀，以及读书问典、寻求心得等等进行分类。这种写人于寄怀、状物于寓情、游历见闻于生发联想，成为眼下散文的几大门类。在这本散文年选中，我们可以看到，无论是以"传"的形式写故人故事，还是以"记"的方式写生活感受，抑或是以"思"的方式写游历见闻，或者谈读书心得写书人书事，都是在平实的笔调中注重史实，注重生活的质感，也强化主体感受，力求真切而自然。怀想故人，叙写既往，游历观光，读思相谐，唯有真切的感觉，沉实而切近的思索，浓浓的尘世风情和人间情味的作品，才进入我们的视野。从作者的心灵感受、精神追问和理性的求索中，我们看到了本年度散文的总体面貌和别样风景。

不必细说那些散文高手的大作，既有精于此道的执着者，也有客串的小说家和批评家们，这些大家手笔，让选本增色不少；也不必说那些每年都冒出来的散文新手以独有的风貌为散文界展示了新的气象，显示了散文界的新锐可畏，后继有人；还不必说那些致力于经营散文创作、培养散文作者队伍的重点刊物的老编，潜心于散文编发的《散文》《美文》《随笔》《中华散文》《十月》《当代》《钟山》《天涯》《山花》《海燕》等等，还有一些报纸，是他们和它们的默默奉献，和集体的力量，才构筑了今天散文山花烂漫的基础。每当在年选中看这些作家作品，翻读这些重量级的散文刊物时，犹如赶赴一顿文学大宴，令人大快朵颐。为文学而幸福，是没有任何杂念的。当然，也总在心中暖意无限——为散文，为文学，也为读者们，向这些可敬的作家和老编送上深深的谢意——感谢你们的支持和合作。

2004 年 11 月 27 日

文学何为，散文担当（2005年）

　　时下的文坛，众说纷纭，莫衷一是。但人们的共识是，文学在总的态势上平淡，没有多大的反响，过去那种轰动效应，主角似的风光不再，那种国人争相宠爱、盛宴式的文学时光不再。不过，文坛总少不了热闹，有人爱兴风作浪，搞些动静，有些媒体也爱玩点噱头。这也难怪，侍弄文学的人说起来为数不少，还有那么多的单位支撑着，国家级的地方的，形成了庞大的阵势，如果不发出点声音，这碗饭大概没了滋味，所以，虽多非议，也还在那里热闹着，时常弄点声响。

　　文学日益边缘化，日益在市场化的角逐中被冷落是不争的事实。就此，有人抱怨，有人忧虑，有人平和以待、视为正常……但是，无论如何，热闹或喧哗都不是正常状态。文学，不是超女选秀，也不是杂耍。她应当是精神世界里的高蹈者，不屑于与影视、服饰、旅游等等时尚文化的新宠们争锋的。她抚慰人心，揭示灵魂，本质上是内敛的，是寂寞者的事业。与其让文学成为前台的勇士，风风火火的有如街市上的盛装游行，不如当作围炉团聚时的夜话，安静闲暇时的咖啡，三两友朋聚会时的一杯龙井。

　　问题是，在这个流行文化、大众文化与商品文化日益成为社会生活的宠幸之时，在众多浅薄的通俗文化，特别是所谓的视觉文化、网络文化、拇指文化，打着大众情感的旗号，对严肃的文化精神进行嘲讽之时，那么，文学唯一要做的是，坚守精神，耐得寂寞，守住自己。不好说文学面对这种冲击，业已避让和自闭，但是，有不少作者和作品，成为这种流俗文化的俘虏。文学的软骨、文学的失贞，与现实的疏离，与商品经济的合谋等等，都能从现时的文学中找到例证。文学的担当，文学的不能承受之轻，在严酷的文学现状面前，可能流于一个谈资，或仅是一个期待。因此，在本来意义上，文学何为，文学的精神担当何在，是眼下文学面临的一个问题。我们可以统计出某种文学的畅销热卖，统计出某种文学样式的年度成果，统计出某位作家的高产与丰产，还可以统计出某些文学活动的频繁与热闹，某些作家的出镜率等等，但是，文学整体上的精神力度和品位高度如何，在相当程度上却为人们忽略与轻视。我以为，时下的文学最能体现这种与流俗文化抗争，与快餐文学相持的，是散文创作中的人文精神的坚守与弘扬。文学与现实的联系，文学精神高地的守护，散文功不可没。在流行的大众文化中借助影视、网络甚至于小说等，通过媒介渠道，高唱着享乐至上、欲望人生，消解现实的严酷性与人文的理想主义精神之时，难得在散文创作中还有执着的坚守者。所以，我也固执地认为，在文学中，最能快速而有效地抵制大众文化的浮躁和浅薄，消解流俗文化的低俗和快餐化，提升普罗文化的精神层次，描绘时代文化的精神走向，当是那些谈天说地、不拘一格、追古抚今的散文随笔，是那些阐释生命的意义和理想，思考人生、思考社会的文字；即使是怀人、纪事、写史、品书、游历等等，看似平常随手拈来的文字，也能从精神层面上对时代文化，有或隐或现，或多或少的反映和描画。或者说，这些散文创作中的文化内蕴，折射了时代文化最为重要的内容，描述了时代精神的荦荦大端、万千气象。再大一点说，如果我们希冀文学能够参与这个时代文化精神重构的话，那就是，我们需要真诚地直面人生，深刻地反思历史，描绘出人生况味。让文学发出自己应有的声音，成为思想文化的精神守望者，在诸多文学品种黯然失声的时候，散文创作首当其冲。即使是一些轻松的游记文字，一些人物怀念之作，一些阅读辨析历史的篇什，或侧面地切入，或感悟鉴赏，诸如写文化人物的精神追求，写人生危难中的生命情怀，写旅途者的文化乡愁，写阅读历史后的现实启迪……都能从中认知时代的文化精神、社会情怀，体味自然与生命的意义。所以，把影视文化、传媒文化、消闲文化，当作一个时期文化的多样丰富的话，而文学特别是那些描绘历史，展示理想，直面现实，开掘人文精神的散文，体现了内涵的质量与分量。换句话说，当流俗和平庸的文化泡沫，汹涌而至向文学示威抗衡的时候，当精神传统成为稀薄的短缺货品时，我们提倡张扬精神性和提升文化品性的作品，孜孜地寻找和推举文学中的"重金属"含量，不能不看好散文随笔的创作。

　　曾经有过散文随笔是抒性灵，写花鸟虫鱼小感觉、小情调的文字之说，这或许不错，也不重要，但是，现如今，文学的重镇如长篇小说、诗歌、报告文学者，隐退和陷缩到某种窘境和困境之时，散文担当了关注现实，揭示生活，摹写人生的重任，而且多有所获。君不见，那些气象万千的文化散文，那些文质厚重的历史散文，那些游历自然的生命文字，那些直抒胸臆的慷慨文字，一时层出不穷，也为当今众多读者和选家所厚爱，也令那些软绵甜腻的文字汗颜。

　　面对读者和时代的呼应，文学何为，文学何在，文学如何担当，不能不成为一个时代的文学话题。作为体味人生、涵纳文化、执着理想、抒写生命感悟，寓说理与写实、抒怀与阐述交融，这样一种便捷而灵动的文学样式，散文是大有可为的。

2005 年 10 月

散文夜话（2006 年）

秋风起，天气凉，草木衰，季节移。窗外风起尘动，喧嚣乱耳，不宜阅读。但邀一二书友，茶楼品茗，远避市声，谈书说文，不亦快哉。这就有了散文夜话一席谈。关于选本的话题，权作一序。

甲：年年编年选，岁岁景不同。虽然，编书不如编辞典，有如人所说的"为人间最繁难的事"，但编书至少是一件吃力不讨好的活计。

乙：也是。从大量的阅读中挑出这五六十篇，披沙拣金，不只是一件智性劳作，也是一个力气活呀！仅从所涉范围，就包括了三十多家刊物和报纸。现在，这样的工作南北都有人做，虽有些读者，但总体上不太理想。

甲：可是，其作为一种文学现象，不可否认。有些年了，散文创作铺天盖地，成为文学殿堂中的一枝繁茂植物，在众多作者和读者的宠爱中，悠悠然生长着。作为选家也心怀忐忑，唯恐有眼不识泰山，铸成遗珠之憾，也唯恐眼神走偏，有负视听。还有一点是，文学图书本不景气，唯恐这不随流的编辑思路，给出版社带来经济压力。

乙：是的，文学在今天的状态不言而喻。大文化之旗震天价响，流行的流俗的快餐的文化大行其道，娱乐化，搞笑性，名利之惑等等，遮蔽了应有的价值，往纯文学靠的东西，似乎只得我存在、我发展，像是一种内部待遇了。

甲：所以，这种情况下多来点选本，搞个"文学选秀"，何尝不是一件好事、善事、美事呢？多少也表明，这个时代的文学并没有沉寂，文学人也在负重前行啊！

乙：所以，假一个冠冕堂皇的理由——为了不辱文学之名，文学的选本生当逢时。况且，所选之作，多是本年度文学刊物或者报纸副刊上大家们的精致之作，体现了一个作家本年度的较好水平。

甲：选本，其实张扬了一种主张。我们多年的标准是：一、既是名家，又得名文；二、必为有创意之佳构；三、兼顾到作品内容的面和作家的代表性，比如，收有一些新生代散文作家的探索之作。期望一册在手，可览全年散文的概貌，也可从中观察一个年度的文学实绩。这样，就要有一个集中的主题，以见出这一文学样式，对于社会人生和思想文化所能开掘的东西。

乙：无论如何定位，作品的精英化和理性化，是我们所力主的。换言之，文化的含量是我们看重的。文学，可以娱乐，可以通俗，可以时尚，但文学的流布长存，在于其精神性的文化芬芳，在于理性的养分充实，也在于涵养文心，葆有品质。

甲：所以，我们遴选的作品应当是有丰富的精神内涵，有相当的文化积淀，有高扬理性精神的篇什。当然，在写作上虽不拘一格，却富有创意。无论是抒写亲情，记述游历，还是记怀往事，感悟人生，或者阅读哲思等等，都期望有思想文化和精神情感的因子，思考之箭放射出精神的光芒。这样的散文年选，可以作为一个文学年度的整体扫描。

乙：这个初衷可嘉。只是，现在的散文好像是一个创作的尴尬期。本来，它一直是体小神聚，轻松简洁，古雅凝练，大小由之的精致佳品，本不应是高蹈的黄钟、激烈的大吕，可是，当它担当起一个时期的文化精神，这多少有点勉为其难。然而，当面对文化的多元杂芜，众多的文学取回避之态，散文还有随笔，却坚执地对文化历史进行深入的开掘，对文化精神进行多侧面的表现，对流俗的文化乱象，有着或曲折委婉，或直面对接的分析、描绘。这不能不是文学的幸事。散文，可以说是最能保持应有的文化清醒和文化自觉，是大众文化园地里绽放的精神花朵。文学提升时代文化的精神品位，散文之功，巨焉大焉。

乙：因此，我们在选编之时，就把本年度描写大事的作品，突出推介，是想让文学对于时代的生活和文化，有着不可忽视的作用。也是这一原因，在上一年度的编选中，我们曾以"散文何为"作为论题，对近期的散文成效，予以高度的期许，认为它可以有更大的担当。现在，这个说法仍然坚持。面对流行文化的冲击，有的文学难以自持，但我们所期待的散文，直言秉笔，应该留下许多思想和历史的精神文本。

甲：我充分理解你的说法。当文学连连被读者冷漠，被各方面诟病之时，散文的现状，似乎在某种程度上盖过了文学的其他品种。文学现如今被多元的文化，多样的生活方式，以至多方面的阅读取向，挤掉了它应有的席位，而成为一些孤芳自怜或者自我表白者的工具，这不为怪，只是，市场的大手把文学应有的矜持弄得有些庸俗味、粗鄙化了。可怜的是，这种势头还有些发展。同样可笑的是，一些粗俗的行为文学也在以堂而皇之的假文学之名屡屡现身。

乙：当然，无论从个案还是整体看，文学何为，已是一个紧迫的现实的问题，而散文有幸，不少的作家把散文写作当成一个十分认真而执着的事。所以，我们的选本中，多半是一些成名的小说家，一些敏于思考社会人生的作家。

甲：如果把散文当作一种现代文体（这是一个见仁见智的话题），那么，自产生以来，它就有灵活的体式、隽永的内涵、优雅的语句，有一种跨文体意味的文学样式，与随笔、小品、特写等等，也有相近的血脉关系。有时，我们说文体的样式只是相对的独立，我们所看重的主要是精神内涵上，是否体现和表现了一个时代的文化面貌，我们需要有文学的承担。

乙：再回到开始的话题，我们所选作品，当是基于一定的文化品位。它们对世道人心，有着深入又凝重的表现；对时代文化，有着切近而独具的表达；对人情事理，也有着鲜活而生动的描绘。总之，让读者从中窥见一个年度的文学思索。

甲：赘述一句，感谢那些相识和不相识的文友作家。他们的支持，是年选的成功之本。谢谢作家们，也谢谢原发的报刊。

2006 年 11 月 23 日

散文的人文坚守（2007年）

　　我固执地认为，散文是当今文学最为韧性、最为持久地表达人文精神的文本。这种文体也最能契合一个时代读者的审美精神，适应读者阅读趋向。

　　上世纪以降，文坛以至学界，人文精神、文学理想，是人们常提及的一个话题，人们不无担忧的是，市场化进程，商品经济的大手对社会生活强势地介入，特别是对于精神层面的影响，十分显著而直接。这种影响，积极的一面不必说，而从另一面看，对文学精神的坚守，对人文理想的高扬，带来一定困扰，也检视出文学在多大程度上能自持而坚守。因而有人指出，多年来文学难以赢得读者和社会，整体上缺失了面对时代文化变化的能量和力度。这不能不是人文的缺失和淡化所致。为此，对人文精神的呼唤，对文学商品化的警惕，自然就有了从更高的期待中要求文学高扬人文的大旗，恢复人们对文学的信任。

　　应当说，嚷嚷了十数年，并没有出现人们期待的改观。甚而在一定程度上，有了更为堂皇的借口和幌子。现实的文学，说气数、命运，都不好定位，也难以定位。领导和组织者，圈内贤明之人，大众和社会，都有自己的尺度。即便如此，对文学现状的不满，是社会共识。

当然，就从业者的数量、管理者的级别、经费的划拨等等看，庞大的文学系统肌体的运转裕如，不因大众的冷漠而自省，不因社会的冷落而愧疚，也更不会静心持守，常常也有急功近利的动静和声响。

君不见，一个时期来，有热闹的几近泛滥的评奖，有喧闹的作秀式的首发式，有过程比目的重要、形式大于内容的研讨、首发式，也有用心良苦的数据统计，还有热衷于商业运作而做表面文章式的排行榜，等等。这些，不能不说繁盛，但繁盛并非繁荣，不能不说热闹，但热闹并不都是光亮。稍作回想，一年内各种文学好不闹腾，从大小的各式纪念性的集会，到庆典式的活动，包括一些主题性的行为，留给人们可资的回味，又有多少？同我们偌大的文学社会系统相较，产出与投入成正比吗？也许初衷虽好，而效果未必佳。或者，初衷就未必见佳。浮华于众，喧嚣于市；取宠于人，招摇于外，如此一来，如今的文学，多有类似于行为艺术者流，而每遭有识者的诟病。

圈内有人批评，习惯热闹而喧哗的庆典，少有冷静而认真的自省，难让文学有大的长进。也有人批评，喜好热闹而雷声大雨点小，视文学为行为艺术，或者假文学之名，浮华热闹，官僚衙门式的管理方式，并不能对文学有多少裨益。

这是从文学行为而言，反观文学自身，从文学的文体样式看，这种浮华和喧闹，虽没有德国批评家顾彬所谓"当代中国文学大多是垃圾"之严重，但却直接影响了大众对文学的信赖和期待。

无论是从文学历史还是从文学精神，我们期望的文学，应当对现实的人生热切地关注，对个体生命的热烈而切实的体察，对大众生存状态、生命情感激情的投入，对于弱者给予深情的凝视，有生命的体验，有灵魂的燃烧，又有生命的爱恨之后的痛感与激情。这样的文字，摒弃浅薄和陈腐，拒绝低俗。同样，针砭丑恶和不良。这样的文字，是激情丰沛的原创。

难能的是，散文创作却一直葆有这种文学精神，在承接优秀的人文传统，描绘宏阔的社会现象，抒发个体生命感受方面，显得更为自觉和活跃。无论从潜沉于古典精神的阐发，还是对现时人生的热情关注，散文更能体现对生命的讴歌，对于社会良心的热情褒扬。不一定是长篇掉书袋似的引征，子曰诗云，才是文化，更不是有了对现状的不平，敢做振臂之呼，抒发愤懑，才是人文精神，而对于人的感情世界和精神心态的真切体味和剖析，对于人本思想的充分尊重，就可以绽放思想的花朵，切合时代的文化精神，引发读者共鸣。

所以，每做年度的文学盘点，编一次年选，不免心有遗憾，海量的文学作品，究竟多少可以代表一个年度水准，有多少从实绩上促进了上一年度的文学发展，对此，选编者时有纠结。当然，保持恒定的遴选标准，广搜博取，不负年度称谓，自认为，对那些洋溢着人文情怀的文本有特别的喜好，在年选中以此为一定标尺。入选百十篇文章，可以看到作者们的这种追求。

主要体现为，在怀人纪事中，感怀世事的变化，感悟世道人心的得失；在对过往的追忆中，有年代的大事要情，也有个体生命的情态；从大的主题看时代文化的走势，也可以在个人的经历中，感受社会前行的消息。旅行途中，由物事而情怀，由景及人，也可以跳闪出对历史和文化的思考；即便是平凡人生、弱小人物，也有对亲情和友爱这一普泛性情怀的新的思索。写人绘事，记史述怀，忆往说旧，深挚的情怀，热烈的情致，蕴藉的文气，感怀体悟，浏亮透彻，让散文的体式不囿成法旧规，虽小巧却隽永，这些是选本中的总体风格。

2007 年 11 月

散文带给我们的（2009年）

　　作为一个散文大国（如果这样说可以成立的话），每一年度的产量，如恒河沙数，恐怕是没有人能做精准统计的。更何况在其文体的界定上也有分歧，这就有了从泱泱的散文海洋中捞取几朵浪花，或者以一滴水反映太阳之光泽的难度。所以，编年选，无论如何，都不免会有遗珠之憾。

　　难度就是挑战。每一年度的这项工作，就是一种检视和盘点。从众多的文学期刊、文学读物中，找寻年度所谓最佳的散文随笔时，心里不免忐忑。这些篇什能反映出创作基本面貌，能够代表年度的最佳或最好的作品吗？在完成了这项工作后，悬着的心，有些许的踏实。

　　散文，不论对它有多少界定，或者从哪个角度来界定，但，至少在这样的一个说法上，可以共识，较符合实际。它是一种较为快捷而自由地表达思想，袒露情怀，以至抒写人生状态的文本，是一种能够即时地追踪和捕捉社会世象，描绘人情风貌的文学。它有如新闻特写的轻快，却又比新闻特写凝重机趣，有如杂文随笔的理性，却又比杂文随笔灵动，有如报告文学的

194

率真切实，却又比其沉雄而雅致。它在谋篇章法上，可以借鉴其他艺术门类的表现手法。总之，它是一种集情理、智识、机趣，以至情致之大成的集合式，是一种显见识，重人文，有智慧，既典雅又灵动的文体。

近年来，我一直认为，在人们对文学期望值时有下降，文学不断边缘化之时，它实际上支撑着文学希望大厦，不能说是文学的宠儿，但至少是最能改变人们这种印象的一种文学。或者说，认知一个时代，了解一个社会的现实状态，如果从文学中寻找，离不开散文。所以，在当前，举目所及，各类报刊，各个出版社，各个不同的读物上，散文的行情仍如"牛市"，同时也是在各个年龄段和不同的生活经历的作者们，所常用的一种文体。

检视今年的散文，也可以看到这一文学样式仍然占当前创作中的重要位置。天南海北的文学期刊，大大小小的报纸，还有各类出版的图书，等等，都有散文如山花似的烂漫绽放，仍然保持着旺盛的创作势头，从读者的评价看，信任指数也是高的。

具体到这一年的散文，社会的重大变化，生活的突发事件，都有及时而深厚的表现。描写大事，描绘社会之变故，不一定为其所长，但是，今年发生的众多大事情、大事件，催发了散文创作丰收。在这里选取了几篇，有记录北京奥运活动，观看大赛心境的，有记载年中发生的汶川地震举国同悲、感时伤怀的。还有一些是散文常有的题材内容，比如，30年的改革历程，在作者心中形成一个特有的年代情结，恰逢这30年的改革时间段，这就有了众多作家回忆那过往的历史，回望走过的岁月，描绘对今天的意义，几位作家的这类文字，写得细致而绵长，是很有史实而情致的篇什。另外，怀念总是散文常写常新的内容，特别是文化名人，历经岁月的淘洗，新的感受和新的发见，激发了友人亲人们的思念怀想，就有了一些怀人寄情之作。还有，在这个文化多元，忙碌而充实的现代生活面前，众多的作家们，有了较充裕的时间，以较为开阔和广博的眼光，比如他乡域外，历史现实，写旅游，写读书等等，换一角度看生活，也有众多的佳作出现。

题旨丰赡，题材繁多，乱花迷眼，颇费取舍，但是多年来选编的一个衡量标尺是，从作品的人文涵泳上，从能够在多大程度上启发读者的想象，满足阅读的快意上，好中选优。散文创作正因为它的兴盛，它的受宠，其影响无远弗届，其标准的把握难度就大一些，但是，为我所取，重要一点在于，它是有味道的，读了有阅读的兴奋，是快意文字，可亲近的文字。于此，这些既有时代风貌的凝聚，又是人文精神的汇合，还有好读而可亲、耐读的篇什，就可让选者满足了。但愿读者应如是。

2008年11月3日

真情与纯朴的回归（2010年）

散文是文学大餐中一道醇味绵长的菜，是一台晚会中颇有人气的小夜曲。无论其本身的创作现状如何，散文仍然是至今各类报章杂志中常见的文体，甚至是主打的文体。

散文是什么，散文写什么，如今并不重要，自有人研究始，作为一种独立的文体，如何写与写什么，曾为诸多论家说道，然而，莫衷一是，难定一尊。大家高手们没有找出哪一种写法或者哪一类内容，最能代表，也最是其流行而正规的范本。而且，散文的研究和评述也鲜见于世，或者说，与散文发展的纷杂斑斓并不相称。

或许，这就是散文。这也是散文的现状。难得的是，今年初秋，《民族文学》杂志承办了中国作协的散文现状与发展的高端论坛，稍微宽慰了对散文有所期待的人心，尽管只是一种引领式的神仙会议。在目下，少有人进行散文的专门研究，一些应有的数据也很少见诸新闻报端。散文创作在冷寂的环境中默默地生存。所以，一年一度的散文创作，没有像小说那样，有人能说出个大致的创作状态，或者有数据的统计和现象的综合。

散文也还算争气，在各类报章杂志上，在各类媒体中，花自飘零水自流，兀自地开放也还算优雅地生长着，所以，说她是一道文学的有意味菜肴，是一支喜人的小曲，丰富着每年的文学景象，不为过。

从新世纪起年不久，我们就一直跟踪散文的发展，凡近十年，我以为，散文无论是题旨，还是手法，在总体上看，是由激烈高昂而平稳平和，经历了稍有变化而并不显见的过程。现如今的散文，在各种新试验和新探索的多元文化势头中，保持一种深挚的人文情怀和文化意味。散文过去所谓的精致，所谓的灵动，所谓的以小见大，等等，都成为一种对社会人生和过往生活的深挚的书写。不仅是题旨的扩大和题材的丰厚，而在对生活的认知上，取一种更为广大的视角，这就是，以较宽宏的文化眼光书写。这是我们对于散文最明显的评价。

正是这样的一种视角，今年的散文创作以一种平稳的态势前行。一年一度，杂花生树，姚黄魏紫，各有千秋。无非是在文心的自觉，文情的充盈，理性、文趣、智识，以及史实的开掘方面，有着增强和充实。换言之，这一年度的散文创作，循着既定的路数，在写人纪事、述情说理，或者在亲情故事、游历纪行，这诸多方面，仍然是真实的抒写与真情的表达，于是，我们读到了散文回归于一个真、一个纯的传统面貌。这也是如今文学能打动和吸引我们的地方。文学的基点，文学的内在的诸多元素，可以有众多不一的说法和角度，但对于散文，你缺少了这个基本的真诚与纯朴，就少了魂灵，少了壮骨健体的钙质类的东西。当众多的大散文、新散文，这样的那样的命名散文，成为一时热闹之景致时，我们说，所谓散文的实质和内涵，其实最为本原的东西，还是那个朴素的品质：真纯与真诚。千淘万漉虽辛苦，吹尽黄沙始到金，还原真金，这实在是散文艺术的圭臬。

由此，我以为，今年的散文表现为，一是真情实感的书写，成就了写人散文醇厚绵长的滋味与趣味。二是情理与事实的互为映照，丰富了纪事生活类的，特别是描绘当下人生感怀顿悟的纪实散文，有鲜活生动的一面，在纷纭驳杂的生活面前，为我们所期待与愿望的那种精神层面上的展现，体现出一个文人的思索。三是保持着对于新鲜事物的敏感，对于现代化生活中的种种进行形而上的思考，源于当下，始于忧虑。繁纷与浑然，庞杂与琐细，坚守与坚忍，从这些或大或小的现实精神层面开展，指向现代人生问题，不乏焦虑和迷失，忧郁和困惑，但真实地展示和真切的探问，体现出散文作者们深挚的人文心理。四是多年来支撑着散文大厦的一类见闻游历文字，也有精神性的探索，情趣与智识的引入，丰富性与史料的活用，相得益彰，提升了这类文字的文化品位。这四类作品中，我们从写人、记事、描绘生活情味、展示游历心得诸多方面，见识了散文对于当下生活的书写，也见识了作者们真情表达的文心。

读者可以从目录中看出，开篇是温家宝总理的《再回兴义忆耀邦》，这篇不长的文字，并非仅是写了一代革命家平民作风与身先士卒的高迈情怀，而是作者遣情感于笔端，活写出一代领袖的精神风范，也把散文真切求是的主导品格表达得十分充分。回忆的文字，长歌当吟，一唱三叹，寄怀绵邈，令人叹为观止。这样的人物书写，尽显散文写情于人物的故事与细节中，当得首篇。再如写事，池莉的《一朵叫紫荆的玫瑰》，陈忠实的《我经历的狼》等。还如一些生活故事和游历感怀的文字，这些不同的侧面，蔚成当年度的文学大观，也如是，人物、事物、景物，这些散文的基本题材，作家们笔下生花，囊括了当今散文的基本面貌。更何况，这些有意味的文字，让你感受描绘的现场氛围，体味人生三昧，认知当下社会生活的诸多情状，林林总总，岂不有益，岂不快意之极？

2010年11月3日

散文的品位和风骨（2011 年）

　　不管作何解释，散文受到关注，是时下文学不争的事实。也可以说，当下的散文创作，可谓泱泱大势，花开四季。凡二十多年，在所谓文学风光不再，边缘化的情势下，散文却葆有方兴未艾，高歌猛进的势头。仅从她的巨大的产量，还有她的规模宏大的作者队伍，以及众多文学刊物上的栏目，包括一些专门性的散文刊物，林林总总，其数量是可观的。而且，从文学的年选、选本、选刊看，散文也占有很大的市场，有很大的销售量和读者群。

　　据统计，散文的量，仅出书一项，每年都可与长篇小说比肩，达三千部（集）之多。当然，这里是指具有相当的文学性的散文作品。然而，散文最容易成为一种四不像的文体，成为各种文学垃圾的袋子。所以，在这样的，既有无限的量的虚高扩张，又有来自评论界对其提出的散文创作纯粹化的要求之下，这里，不能不提出，散文创作的品位和风骨，这也是一个支撑散文创作可持续发展的问题。

　　品位，是指精神气质、品性和德行之类，而风骨，则是灵魂，是气质之上的一种骨气。如同人，少了就会得软骨病，没有了或缺失，如行尸走肉。故刘勰在《文心雕龙》中有专篇论及。在刘勰看来，文章风骨者，"故辞之待骨，如体之树骸；情之含风，犹形之包气。结言端直，则文骨成焉；意气骏爽，则文风清焉"。

散文的定义，众说纷纭。与其进行定义，不如在与其他文学门类相比较中认定。她是文学园林中一株奇花异树，如果把小说比作牡丹，雍容华贵；杂文比作玫瑰，瑰丽冷艳；诗歌如同月季，妖娆灵动；而散文就可视为桂花，不事张扬，香气袭人。或者，多是暗香浮动，其气清雅，其味浓郁，其形高洁。而这，盖源于其风骨与灵魂。

读一篇好散文，我们不满足于其知识的丰富，文献的广博，不止步于其语言的华丽彩饰，不流连于情感的充塞。我们更为看重的是，她的思想的分量，她的题旨的深挚。我们从盎然诗意中看到人文精神，我们从鲜活的纪实场景中看到文化源流的磅礴气象，我们从人物故事中看到了生命精神的传承蕴含，我们从游走行旅中，看到了自然与人生的牵连融会，或者，我们在文本中，得到的是精神指向上的感悟。我们喜欢这类散文，是因为作者超越语言和故事之上，深刻的精神生发和意义表达。我们从中得到了关于自然、人生、文化、情感以至生命，诸多方面的形而上的精神滋润。这就是文字的力量，这就是文章的精神气度和思想的分量。

散文创作是没有题材限制的。所谓花鸟虫鱼，世上万物，无所不包。而在散文的题材面，亲情、历史、生态，以及游历、读书之类，成为散文题旨的几大方面。时下的散文创作中，亲情散文，历史的回思，思想者精神世界的描绘，以及关注日常生活与现代化发展，诸多现实问题，成为散文创作当下性的重要内容。当然，散文的创作风格和写作形式上，也有不少作者进行着多方的试验，也有试图在理论上言说。比方，有新散文写作、大散文的试验，以及在场主义等的归纳和试验。我以为如此这般，与散文创作风火强势相比，没有得到更多的呼应，也因为没有文本上的变化和出新，一切都是自说自话、自生自灭的现状。

所以，我们检视散文近年的创作，我以为，散文恒定的几大类题旨，延续了散文创作的基本状态。我们可以为许多书写亲情和逝去的人生、过往的历史的回忆之作，击节赞叹，我们可以追寻散文家们游历天下名胜，倾情于抒写者的见闻才情以及独到的感发，为那些华美飞扬的文字而倾倒。我们也可以触摸一些读书思考者，阔论天下，纵横时事，一颗真诚火热的文心，为那些勇于进取，敢于担当的人文良知和人文情怀的描绘而兴奋。所以，散文的高下，作品的分量，首先是在思想内涵上，在品位和风骨上，见出特色和斤两，也因此，成就了当下散文的标格和气象。

当下的散文，我们看重的是作品的精神内涵，是其风骨刚健的品相，是对社会生活中人文精神的生发和提炼。过去的一年，历史前行遇合了这样一个时间节点，这就是中国共产党成立九十周年、辛亥革命百年。"文章合为时而著"。在两个纪念时间中，作家们应时而作，却有自己的独特感发，有着个人化的主体精神的张扬。从过往的历史中，凝视和回望，有了党史人物和红色历史的重新描摹，有了对延安精神的深度阐释，有了对辛亥百年，那逝去的人和事的一种当下认知。无论是写人，还是纪事，无论是群体形象的描绘，还是某个史实、某一人物精神的重新开掘和表达，在表述革命历史和红色风云时，散文的人文精神和历史情怀，凸显而高扬。这一绕不过的年代叙事，是历史节点中文学书写的重点，也让一些散文或者说红色散文，有了风骨，见了分量。特别是有着少共情结的几位老作家的文字，情感深挚，在期盼与寻找中，完成红色人物、历史情怀与时代精神的对接。像梁衡的《一个尘封垢埋却愈见光辉的灵魂》、王巨才的《回望延安》、项小米的《曾经有过这样一群人》可作如是观。唯有这样的一些作品，所谓九十周年、百年纪念，才显示出意义。梁文着重于一代伟人张闻天在庐山旧居的寻找，感叹于一个孤傲灵魂的晚景，也感叹于："历史是一个公正的判官：历史的风雨会一层一层地剥蚀掉那座华丽的宫殿，败者也会以凭借自己思想和人格的力量，重新站起身来，一点一点地剥去胜者的外衣。"怅然千秋，一腔情怀，如泣如诉；王文则是将当年延安时期，领袖们的民主精神，亲民作风，法制思想，以及个人的精神情操，一一再现。作为共产党人的精神源头的回望和凝视，是深重的人文情怀的呼唤，是对于民主和公平的珍视。另有熊育群的《辛亥年的血》、黄刚的《山高谁为峰》

等，一代年轻作家对于革命历史的精神眺望，写得情义充盈，寓意高迈，尤其是对于过往的历史和人物，如何承续其精神，如何在精神的方位上进行对接，是这类宏大主题中的人文因子。当然，不独是这类红色风云和革命叙事，散文的题材广泛，题旨丰饶，通过时下驳杂纷呈的生活风景的多侧面展示，通过心灵情感诸多层面的开掘，散文的当下性和烟火味等等，油然而出，丰富了散文的总体面貌。写凡人生活、市井人物，甚至于青春记忆、童年往事等等，从散文的整体面貌和精神向度上，有了驳杂而丰厚的灵魂，见出俊朗的风骨。

作为时下文学多产户，散文的铺天盖地，业界对散文的宽容，读者对散文的渴求，九九归一，散文在这个风云际会的时代，一切皆有可能。一个一切都在变异与发展的时代，散文是幸运的。所以，我们警惕散文过度地泛化，过度散漫而随意的轻唱浅吟，或小题大做，无病呻吟，造成了散文创作的误区和读者的冷漠。同时，我们也不必为抒写风云而硬性地高蹈升华，以宏大叙事为能事，从另一面隔膜读者也是散文的悲哀。而正是在这一点上，我们看好时下散文纪实、纪事的真切直观，直面和赤诚。这种非虚构类的作品，受人关注，也许正是散文精神和风骨高扬的一个佐证。

说到直面和真诚，我以为，从散文的纪实性增强可以看出其端倪。在众多的文化散文中，我们看到，无论考察地域，抒写故乡，描绘记忆，还是关于亲情母爱，关于家国人生，这类纪事写实的文字，几近是一种风潮。但，我以为，只有注入了人文精神的元素，注重人的精神世界的揭示，或者，对于所写的内容，不虚夸，不矫情，不炫耀的，才是最有品位和风骨的。比如，在贾平凹的《定西笔记》这个较长的文本中，广袤而开阔的地域方位，广大而粗犷的精神视野，结合真实而流动的生活场景，我们看到的是一个既边远辽阔，又沉静而滞迟的生活，其间，有黄土地上的人们坚忍中的固执，有底层生活中的放荡而正直的秉性，有自由生命状态下的无奈与渴求，也有原生态文化的粗鄙、结实与淳朴。重要的是，描写一方有着特殊文化意义的山地风貌、人文景象，而作家潇洒淳朴的笔调，迹近田野笔记式的写实文字，成为时下散文的一大景观。也许多年前这类散文被当作大文化散文行销多年，也见惯不怪，了无新意，而老贾这种不惮其重复的再续此道，表明作家的自信。但他遮蔽了许多主观情绪的表达，而以细致的描摹，证实了他心中的定西——这块文化、生命、自然的大地上，活跃着无限可亲可爱的自由精神因子，也为我们现代化发展提供一个较为特殊的乡土文化标本。这可能是散文最需要与大地、与人生、与自由生命，对接共生的东西。另外，老作家袁鹰的《发热年代的发热文章》，从另一方面直面上世纪五十年代精神狂热者们的行为，反省作为参与者的精神救赎，文章发在《上海文学》上，没有引起多大的注意，但一代过来人的自觉与自省，当年种种热昏的作为，读来令人扼腕。历史的进步和精神自强者的自省，成为散文家思想层面的可贵的表达，使这类纪实回忆的文字，平添了分量。还有刘亮程的《树倒了》、冯唐的一组写日常生活的散文，都是在对生活真实的描绘上，显示其性情，虽细琐但不萎靡，虽日常小事，却也有微言真谛，有着别样的精神内涵。

　　散文，这个文学品种，业已有了既定的写作路数，即对于生活和人事的真诚描绘和书写，却难以在写作上有多么的新变化。所以，当我们试图在总体上找寻一个年度、一个时段的此类文学特色时，即便是有些微的发现，也会欣喜，也会着重地举荐。若当如是，这散文的风骨，就是我们对过去一年散文精神品质的认定吧。

2007 年 10 月

善与美的捕捉

——金翠华散文集序

　　认识一个人，或者交上朋友，有很多的缘由，或者机缘。好像哲人说过，人的交往是最能表现出不确定性和偶然性的。诚哉斯言，而这偶然性，却又有了更多的内容与文字表达的可能。

　　认识金翠华女士是先见其文，后见其人，纯粹的文字之交。七年前，她的一篇《世间最美丽的眼睛》发在《北京文学》杂志上，我在选编年度最佳散文选时，入选了。当时看到杂志，一个很诱人的题目，这就认真看了下去，颇有味道的一篇文章，于是就收入了我所选编的"年度最佳散文"中。之后通过杨晓升主编才得知她的通信地址，才得知她任教于一所大学，她大概是在所收到的选本里得知我主编此书，于是有了文字的交往。

　　这篇近万字的文章，通过一只小动物鹩哥的通人性，与人友善，不幸病死的故事，展示了作者对于小生命的怜爱与赞美："一只可爱的小鸟就在这时飞进了我的生活。它的深情，它的温顺，它的纯真，它的乖巧，它的善解人意，时时在展示着一种我不熟悉的生命形态……那种只有飞翔在蓝天上才能拥有的光和爱。我的心在这种光和爱里找到了平衡的位置。"不独如此，这篇文字用优美畅快的语言，以拟人化的手法，把"河河"这只偶然来到她家、成为继两个儿子后"第三个孩子"——鹩哥的故事，讲得有情有景，兴味盎然，其间，人性与动物性的相通，人鸟之间的和谐有如家长与孩子般的"母爱"，写得深情动人，一唱三叹，余味绵绵。河河生命的最后气息是振翅飞翔而未果，"它飞起来了，在生命的最后时刻飞起来了，它是用尽最后的力气飞起来的时候，旁边没有一个人，它在飞翔的中坠落，它保持了一个鸟儿飞翔的尊严。"读后让人如临其境，唏嘘不已。一双动物眼睛，在作者的眼里是世间最美的，如此的感人，如此的纯美，映照出时下人世间的诸多缺失和不端。一个泛物质化的时代，精神的粗鄙、情怀的缺失、情感的粗疏，多么需要这美丽而纯真的东西洗礼。这就有了一层特别的意义。文章从动物生命与人的情感交集入笔，书写的是大爱情怀，呼唤的是对于生命的特殊珍视，也表露了一个女作家深挚的情感世界。

或许，这篇长篇散文开始了作者新的散文之路，尽管她之前也有过一些散文问世，但这篇散文的情感隽永与写作技巧上的细腻表达，成为她的散文创作一个突出特色。之后，她散文创作丰富，在不长的时间内就写有数篇获奖或被转载。她的散文并不是着眼于宏大的主题，没有过多的标签式的文化散文味，她多是通过细小的或者平实的视角展现她所亲历的故事，书写人世间的情感与爱心，并举一反三、通感联想，表达出散文家既善于书写故事，捕捉场景，又充分地展示出这些故事中的意味和情味的能力。这或许是我们所看重的散文对于人生的情感真切地书写，对人与人的精神沟通的诗意表达，或者，也可以认为这种以小见大，以情写事，以作者所经历和亲历的平常人生，从世俗的物质生活而达取形而上的精神意义，显现出散文家对于浮泛的人事书写中的精神超拔。这样的写作方式，是最能切实地与人相通共鸣的，也是令人在阅读后颇有所获的。当然，还有她的文笔，既有一种作为"学院派"（她是大学写作课的教授）所秉持的写作规范，又有女性笔致上的优雅而温暖的情味，这种散文表达上的姿态，让我们看到金教授散文的明丽静雅、委婉清柔的特色，或者以写情达义上追求一种清丽中的丰富。而且，就题旨而言，她多是从人间的美好与爱怜的基点出发，描绘大千世界人生的善良与生命的美好，精神的不老，信念的执着，而人情可贵。在她的笔下，人生的纯美与人性善良，人与人的大爱与相知，生命的快意与灿烂热烈，成为其内涵的主导面。

就题材而言，她的散文基本是两类，一是写人，一是写自然物事。写人多是回忆过往生活中的家人、亲人，这类作品对于亲情的描写，从一些细节和感人的情意生发，写出那些记忆中的历史和生活中的面貌，而见出亲人间特殊的关爱和情感。无论是至亲如母亲、姥爷、姥姥，还是大姑、婆母，以及求学时的老师们，在长辈人中，过往的日子浓浓的亲情、友情化作对作者的呵护、挂牵与帮助，令作者书写中，油然涌出深挚而热烈的情感。同时，在记述亲人、同学或同事们时，也从爱心与善良的角度，记叙他们的人生，描画他们的性格。即使是不正常年月里惨受挫折，或生命受到摧残，都以坚定的意志抗争人生，以柔弱的翅膀护佑着家人后辈们。这些平凡的人生、普通人的生活，也展示出时代氛围之于人生情感的变化和生活的发展面貌。像《风在诉说着"时候"》，通过大姑、婆母们的生活变化，书写时代发展对于个人的影响，或者从个人的生活变化中体现出时代的某种世相和面貌。这样的散文，见出较为丰厚的社会意义。在几篇写人的散文中，大姑和婆婆是文章重点，她们的生活状态、情感变化，无疑代表女性长辈一代人的特点，也是一个时代的投影。作家从这些亲人友人的生活，表达出对于社会人生的特殊书写，对于亲情的特殊关爱。

我很欣赏金教授对于大自然生命的执着书写。这类散文体现的不只是作者纯真的自然情感，从大自然物件中，对应地看待人生，激发人生的美好和善良，是这类散文的一个特色。喧嚣的都市，拥挤的生存空间，成为现代人焦虑、压抑的病源，于是，向往自然，回归自然，亲近大自然，以自然生灵为友，成为散文家们共同的旨趣追求。在《楸树鹊影之间》一文作家写道："身居闹市，我常常想起那个小山村的和谐安馨，想到那天空的湛蓝，想到那树木的碧绿，还有楸树的挺拔高耸，喜鹊的飞跃欢叫。也想到那些庭院，那些如诗如画的庭院。走进那些庭院，你就像走进了童话的世界。"作为一个离乡多年的学人，她多次回味童年的生活，那些可爱的植物、动物，家乡物事，成为她回忆的内容。她记忆"童年的萤火虫"，认为那是打着亮光的灯笼在为迷路的孩童们指引前路，她忆起这可爱的童年小伙伴对于人生起步的影响。她有感于人类的动物朋友在都市喧嚣和现代化物质生活中渐行渐远，呼唤它们，期待"我的布谷鸟又回来了"。她多是从人与自然的某些联系中，对应地写人的生命状态与大自然的某些物件的联系。像石榴、杏子、柿子树，还有蝴蝶兰、菖兰等，许多植物又成为她写人记怀的一种类比与联想，从不少篇名的标题可以看出，她喜爱在某个植物的描绘中，写出人的相关经历与性格、情感来。或者，在某些植物与动物那里，引发出一种特别情感，像青杏时节，对于姥姥的怀念，石榴之于大姑和姑父，这对应人与自然物的某种关联，有了更为形象而诗意的表达，让生命的色彩有了具象的意义。所以她说："花木给予我们的永远是生命的更新，是爱的温馨与和谐，是心灵的愉悦，是美丽神圣的尊严。"

散文的语言曾是一个评判作品的关节，其优劣好坏关系着作品的品质、面貌。金教授的语言是很讲究的。像这样的句子："迷茫时，爱在蓝天引领你；摇动时，爱在大地坚固你；沉溺时，爱借雷电唤醒你；彷徨时，爱借雪雨催促你；崎岖中，爱在草叶抚慰你；坎坷里，爱在碎石托住你；在你一切的空间，在你所有的时间里，爱都理解你，珍重你"，有如哲理与诗情一体的华美，体现了纯美中的质感。她在《树木的日子》一文中说："写作，首先要让自己的心灵走出那些错沓的踪迹，回到你的生命里。这时，只有在这时，你才会发现，生命里原来有那么多属于自己的感动；生活里有那么多的人和事因了你独特的感动而拥有了写作价值。你游刃有余地和过去对话，用你的笔架起时空的立交桥，诗意地再现心灵的记忆，超越自己，进入生命的永恒。"回到你的生命里，或者用生命来写作，因了自己独特的感动，才有写作的价值。这种清醒的写作姿态，是成就文章的基础。

虽然是七年时间，与金教授只是一面之缘，还是三年前，她的《风在诉说着"时候"》荣获中国作家协会与人民日报社共同举办的"建国六十周年征文"优秀奖，她从青岛过来，在颁奖会上才见到她和先生胡老师。尔后，多次读到她的文章，也得知她是一个虔诚的爱心与慈善的人士，每在一段时间，听到她的电话，说得最多的是身体保养和心性的修为，她的细致和仁爱，让我感到一个传统的学人身上，有热情的爱与无限的善，而这种力量的激发和传播，于人世、于社会和个人都是有益的。这也许是她写作中极力捕捉爱心，提炼对生命的敬畏，关注善与爱的一个动力吧。

金教授的散文，当然，还可在题材的丰富和题旨的深入上努力，但仅此写善写爱写美好一点说，她有了可贵的收获，显示了特色，诚不容易。蒙金教授不弃，匆匆浏览文稿，姑妄言之。是为序。

2012年10月6日

散文的几个关键词（2012年）

　　散文的收成如今仍可视为丰年，她仍然是各门文学样式中的大户。当然，散文不如小说、纪实文学那样某部作品可叫响一时，或常有研讨造势，但其成绩也是可观的。或者说，在每年盘点时，不能不看到她承继了以往的能量，在读者中仍葆有极大的热情。

　　有人说时下是个命名的时代，人们热衷于命名，在文学中也如是，概念上去分解，定义上去说道，文体进行划分，但总是界线模糊、阵线不明、语焉不详的。时下，文体的分类越来越困难。有的只是划出个大概，欲知其所以然只能靠个人的体悟了，或者在莫衷一是的比较中去测度。比如，纪实文学与报告文学的关系、杂文与随笔的关系等等，就没有人能说得清。散文的特色或者说散文的定义呢，同样，在文学的诸文体中，也是不太好界定的。有说，她是博采众文体之长的"多面人"，长袖善舞，或许就是其所长。

　　我们不说定义，那是个弯弯绕的线团，我们也不太好说某一年的散文特色主要有哪些，因为，散文的年度总结，我以为每在这个收获的秋季，岁岁年年去说，有些困难，即使在一些选本中得以展示的，未必就是代表了年度的最高水平，就是了不得的作品，更遑论，一个人或几个人的视野也是极为有限的，还有众多人为因素。所以，每看到在这个时候，有文章搞所谓的年度盘点，挂一漏万地提及某个作品，归纳某些特色，总是有点担心的，也是老套的令人生烦的事，虽然自己不得已也做过，这种期望对鲜活的现实进行理论框定，其说法与做法也像一个瞎子摸象似的吃力不讨好。所以，这里选年度作品，也是有些忐忑的。只是，我们秉持往常对于散文的大致的概念，这是：一、人文情怀和精神向度，就是说，作品不是纯个人性的故事和书写，而是有着大众情感的关联，让读者有共鸣；二、她表达方式的有意味，就是说，令人咀嚼、有吸引力，或者文字上老到精致，或者气势上的整体效果突出。虽然这样说也是一个虚质，可是，你引人入胜了，让读者读后有嚼头，就算是好的作品。

对散文年度的面貌，与其归纳什么，或列举出哪类作品的优长，不如换一种思路，用关键词来表述，对一些问题作些梳理。

一 思想

散文不直接以叙述和提炼思想见长。思想即主题，她不是直接地展示主题。或者说，散文的主题不好以简单的归纳法来要求。固然，思想是一切文章的灵魂。但思想是内在的融合，是肉，不是皮，是风骨，不是外表，是质地，不是形状；她不耳提面命，不是高头讲章，不是热闹地紧跟社会时尚或政治形势，不是主义与问题的随从。

散文的思想是潜在的、隐性的，是和风与细雨，润物无声的状态。隐藏、内敛、细微、机巧，在文章的内涵上，给人以张力和激荡。

散文可以从所呈现的人情事理中，渗透书写者的精神情怀，让阅读成为巨大的精神享受，得到共鸣与应和。其主题或思想，不因为她隐匿的表达，或者轻盈的渗透而缺失。不因为她的精巧细致，不因为她的风花雪月和个人情感的表达，而减少其主题的厚实与深度。

现在的问题是，有多少散文在思想主旨上让人感动，扣人心弦，启人心志，令人感同身受而共鸣呢！

没有思想的文字是六神无主的躯壳，没有力量，没有深度。而时下，散文的思想有如稀薄的空气，难以捕捉。不少纪念性的文字，不少赶时髦的歌颂体的文字，不少记游式的报道文字，其内涵苍白，内蕴寡淡，难以卒读。这类文字，有，等于没有。

当前的散文，不缺少机巧的表达，缺少思想的呈现；不缺少场景和客观景象的描写，而少有人的精神世界的开掘，人的灵魂深处的触摸。散文可以散，可以信笔而书，可以笼天地于形内，挫万物于笔端，然而，其风骨和灵魂是首要的。

二 情怀

为人者多情怀，为文者亦然。无情无义，其人不可交，其文味同嚼蜡。

文字的鲜活与沉寂，有味与乏味，关涉到情怀。情怀是大爱，是善，是真，是文章的内蕴品质，经典远播传扬的关键。缘情而文，作文之法则。文章者，境界之不同，亦是情怀的高下之别。情怀高致，其面貌可爱；高情大义，其风华自雅。

关怀弱者，敬畏自然，尊敬长者，感念生命，尊重历史，敬仰人文等，情怀使然。书写生活，记录思想，追慕前贤，期待来日，形诸文字方能显现出高下优劣，其区分也在于是否以情感人，以义达人。

散文在时下数量庞大，势头不减。君不见，各类纸质媒体仍为大户，各路作者老与少，名与无名，多有染指，网络博客，微博，壮其阵势。但，如若仔细分辨，鱼龙混杂，或可以滥且乱而名之。如没有节制任意而为，或以枯燥沉闷的东西占据版面，有些作者耽于自恋自炫，倚老卖老，矫情自负，不可爱、失诚信，令读者敬而远之，或生烦厌。信马由缰，无所节制，小题大做，无病呻吟，成为疏离读者的主因。

情怀是平实的风度，是高扬的精神气象，也是一种人情世态秉持的尺度。她不轻浮，不急躁，不自恋，不乖戾，不虚伪。

借用一句时髦的用语，作文要接地气。散文写历史、文化、民生，书写情感，励志抒怀。散文的情怀，实际上是对大地的书写，对民生的关注。作文要有温度，温度是情怀体现。与大地和大众精神相通，气息相求。观照平民人生，书写生活艰难的脉动，展示大众的精神追求和人生的期望，文章就能为读者大众青睐。

三　自由

写作者精神是自由的。古今中外大家如是说。散文更是一种放松的心态下的文字表达。

我想故我写，我手写我心，畅快直接的表达，本真求实的还原。散文中有人，写人是主体，写别人或自己，可折射人生历程，可开掘精神情操。散文写人，真实朴实，不事渲染；不是炫耀，不是人物形象的标准画像。

散文是自由的文体，或者说是最自由的文体。散文的包容，散文的自由，成就了她的气象万千，不拘法度，她的写人、写史，记事、主情，写当代写过往，不一而足，只有让文字自由地表达，放飞心态，高扬自由精神，直面生活，亲近大众，散文才有大雅之作，才会体现出美文的品格，为大众所喜爱。

她可以近距离地捕捉当下文化精神，显示出书写者对社会人生敏锐感悟，可以荦荦大端地对于一个时代的万千气象进行文学描绘，可以对社会热点进行文学透视，也可以从一个新的视角对历史中的人与事进行打捞和挖掘；或可以精细地对某一社会现象进行切片似的描绘。它可以有宏大叙事的丰富，有宽大视野的开阔，有精致细腻的切入，有纵横捭阖的豪放，有小桥流水的委婉曲折，有情感激烈的辨识与争执，有情怀柔美的迂回与矜持。长河大波和小桥流水，都可视为散文的表达方式。

她不拘成法，无有规范。记，可以写史，秉笔直言；赋，可以赞人，也可弹人；长，可以洋洋洒洒，或以专题写类型；而短，可以是一个事件一剖面。长而有度，短而精微。主题广泛，写法多样。求真，探寻，辨析，释疑等，人生万象，花鸟虫鱼，喜怒哀乐，皆成文章。

自由，是随心，是放松轻快，是宽怀畅达，是不惧不忧。文字的自由，终究是心灵的自在、精神的自由、情感的自足。

只是自由放飞了散文的精神，开启了她的远行能力，但，如何让散文的自由转化为优质的文字，是当下散文不可忽视的问题。

常见的是，不少文字端着官员腔、公文腔的架势，主题先行，或赞颂辞式的，自恋自负，暮气沉沉，掉书袋式的酸腐气、八股调，令人生厌。或者，套话式的写乡情乡愁者，了无新意，这诸多散文的病灶，也破坏着散文形象。

散文自由地表达，切忌八股式、官腔式的贩卖，不居高临下地俯视，也不是拘谨地再现生活，丧失掉其生气和鲜活。自由是内在的，是心灵的，没有写作者内在的心灵感受，其文字是枯燥乏味的。

四　语言

文学是语言的世界，作家是语言的魔术师；散文不是文学样式中语言的极致者，却也为大家高手们致力追求的文体。

为文有高下种种，但可从语言的精到或粗放，隽永或芜杂，文野雅俗来区分。语言不专是一个表达技巧，而渗透着作者的情感成分、才学天赋，语言的优劣精芜，是写家与大家的分水岭。

散文语言首先要精练，流水账单式的枝蔓令人生畏。语言要有以一当十的效果。其次是精致有味。常见有些散文语言枯涩，叙事拉杂枝蔓，结构板结，写人平淡苍白如履历表，说理像论文式的干巴，记事如新闻式的浅近，其原因是缺少语言的灵动和张力。当年鲁迅、梁实秋、周作人、林语堂等大家的文章中，我们看到的不只是对于人生的特殊感悟，而雅致的语言和精致的情怀，令人回味无穷。有时候，一个形象的语言表示，就可以成为文章的一个文眼，比如，董桥关于中年是下午茶语言意象，足可以成为一篇文章的经典表达。语言是作品的面貌和气质。风华无限，意象峻拔，而情怀悠悠，可以吸引读者，可以成为经典。一篇作品，如果说情怀是其内修的话，而语言却是一个显见的外形，这也是散文大家们所看重的。

　　眼下，不只是散文创作，在文学界或多或少不太注重语言的修为，除了其写作者本身的能力外，也有在创作中忽视语言而随意作文的心态作怪。语言是一切创作的关键，而散文对语言要求更为严谨，对此，多年来却不太为人所警醒，一些散文作者在语言上乏善可陈。重视和讲究语言，这本来不成问题的问题，竟成为散文以至时下诸多文学提高水平的急务，说来，多少有些滑稽。

2012年冬

（《2012中国最佳散文》序）

有星无星也迷人（2013年）

说到散文，想到一句诗意，有星无星的夜晚，这散文的一年收成，大致如是。一个星光灿烂的夜晚当然令人神往，令人兴味无穷。但是，河汉夜空，不总是皓月清风，星汉辉煌的。有星无星的夜晚或也迷人，是一种沉静和默然的景观。

过往的散文，在经历了前些年的花团锦簇之后，是一种沉静的状态，没有太多的亮点和新景。但也延续着多年来散文的几大文脉，一是历史文化的挖掘，写地域文化，读书思考，或者游历亲闻，这类多从历史中看取人文反思历史，多年来历久不衰。二是对亲情的书写，这是散文的题中应有之义，是散文最大的题材优势，同时，也成为散文的文体优势，亲情、友情的书写，是散文有别于其他文学样式，最可发挥和展示的。所以，亲情散文在任何时空下，都是散文的大户。三是面对生活的种种世相，社会发展中的问题，诸如自然的环保生态，诸如人文的习性情感尊严等，当下更为迫切而廓大的民生与社会问题成为不少散文的主打内容。四是一些节庆纪念成为散文家习惯的感怀触点。举凡此类，在散文的名义下，成为当下这类题材的集中现象。

在写作手法上，我以为，时下散文最为突出的是纪实性的增强，或者，写实类散文成为一个亮点。纪实性，因读者的喜爱，不同的文学都在倡导。小说和报告文学方面也分离出非虚构文学、纪实文学，引得众说纷纭，评价不一。而散文，这些年，也因为纪实性的增强，有了相当的分量。新近一些作品，沿习此路者是作者对自身生活状态的关注，是对于生活的底层与弱势群体的关注。也有从历史的关节点上切入，纪述人物，抒写大人物的功绩。比如，在革命叙事的作者中，像善于书写老一辈亲人或革命领袖生活与功绩者的贺捷生、梁衡坚持有年，前者写出《木黄木黄木黄》，后者有《文章大家毛泽东》。比如，擅长哲理书写人生的困境与无奈，剖析生命中精神层面的周晓枫，她的《齿痕》；比如，长期关注农民工的丁燕，写了一系列东莞地区打工者的文字，代表作有《女房主》；比如，李存葆的《乡村燕事》；比如，阿来的《瞻对：两百年康巴传奇》；比如，新人冯唐的散文系列。

　　新近的散文，我以为芜杂多于佳品，大雅之作少有。散文的概念是一个相对的内涵，包容太多，所以，当我们看到可以是杂文，可以是随笔，可以是小品，也可以是纪实的特写什么之类时，很难去纯粹地要求这一文体究竟是什么，如是，只能在这种杂烩式的文体中，宽容地允许她的芜杂与随意。也许，杂而芜成就了其鲜活的生命。

2013 年 12 月

"鲁奖"之后说散文 （2014年）

　　这在今年可算是个不大不小的文化事件。不久前的第七届鲁迅文学奖，吐槽之声不绝于耳，较之往届，更是严重。诗歌、散文、报告文学等都有质疑，弄得主办方没了脾气，孰是孰非，没了下文，也很没面子。有些批评头头是道，除了网上外，公开见报的不在少数。像《文学报》"新批评"上的文章，对诗歌、报告文学中的几部作品，从文本内容到写作方式，基本上是否定。现如今，读者公众是苛刻的，信息时代资讯发达，意见可随时随意表达，手指点击之间，或可能引起海量的围观，任何失当和瑕疵都可能被纠缠，也不会因为官办或有关方面的噤声而停止热议。一时间，对于文学评奖如何看待，如何寻找客观评价标准，如何完善评奖机制，回归文学本身等，坊间口碑，手机网上，议论纷纷，当然还有那些评奖背后的种种怪象，也时有所闻。

　　有人说，这是好现象，一人谔谔比众人诺诺好，说明文学的民主进程精进前行，说明文学本身没有远离大众，任何讨论都会促进工作的改进。我却不以为然，为什么总是在一些常识

224

上屡屡为人诟病？为什么受伤的总是文学，而受迷弄的也是那些真诚而执着的文学读者呢？

"鲁奖"的散文类评奖，是评作品集，获奖的多是文集，或专题散文（当然还有散文、杂文与随笔一锅煮，为同一奖项，也待商榷的）。好像前几届也如此。给人的印象是，注重集子和长篇单本，以为数量上或是体量上的厚实，才可能有文学的分量。所以，评出的作品只是散文集，无形中就把这个标准定在长而厚的规模上，评奖只评作品集，这样一来，单篇作品，包括所谓的大散文、文化散文类长文，没有了资格。这里，把散文的范围定格在作品集上，而短制、精小，作为散文文体的主要特色，就可能被模糊掉了。好像报告文学也是如此。那些精湛深邃之作，并不一定是一部长篇的结构，并不一定是一部专著的规模。而另一种文学品种小说，却分为中篇和短篇参评，其标准只是以字数篇幅的多少来定。短篇小说，也不过三五万字的篇幅，同一些单篇散文、报告文学，在字数上差不多。这样，从文体要求上，评奖的标准就畸轻畸重，忽视了还有长为数万字的单篇散文或报告文学。这对单篇作品是不公平的，特别是散文，对其特色无疑是损伤，放任散文的长篇大论，为那些近乎于纪实报告、说理式的杂谈，或者小说般的虚构类的文字开了绿灯。可以明显地看到，在有些作品中，过于写实的回忆，过分渲染甚至于编造的痕迹，芜杂而不乏自炫的叙述，丧失了散文真实性、精致化的原则。这不能不是，好大喜"长"，没有严格的文体要求所导致的弊端。

其实，散文是以短小精制为其特色的，现代散文自文体分工细化以后，因其体量小，制作精细，意境灵动，为读者喜爱，为研究者关注。近代以来，文学有了明细的分类，散文的角色是短小精制，注重意境，情怀盎然。或者说，她是以小见长，见微知著，是短制，多性灵之作。我们看到，众多大家作品，书写人生感悟、世道人心，阐发生活情怀、现实感受，多是一些精制之作，在题材上自由不拘，花鸟虫鱼，风花雪月，贩夫走卒，五行八作，都可成为经典之作。鲁迅的名篇《朝花夕拾》《野草》《一件小事》等，梁实秋的《雅舍小品》，周作人、孙犁等人的名篇，也多是千字文，其内涵和分量也为人所共识。散文的见微知著，散文的以一当十，散文的四两拨千斤，恰是她的特色。如此一来，散文就不能光是以那些尾大不掉高头讲章似的文字来表明她的质量和成效。我以为，散文在有些人的误区中，是过分地强调了其题材优势的，好像以题材的大小轻重先入为主成为评判的标准。这就造成了一些散文多是历史的回忆、革命的主题、民生的诉求、个人的家谱和家族账单等等，让她有很多的负重，而成为与纪实文学或者报告文学类界限模糊的一种文体。文体分类明细化，散文不是笼统的广义的概念。可是，散文在有些场合当成一种没有边界的文体。前几年的大散文、文化散文之说，丰富了散文的多样性，只是，过于沉重的理性情感，过分信马由缰似的随意书写，多为人诟病，没有太多的市场，也容易流于题旨上的"高大上"似的写作路数。影响所及，有些作者顽固地走着这种路子，但是，看重大题材注重历史文化，也要对短小精粹的作品，对书写生活事件中的现实情味、新鲜人事的作品，予以同样的关注。散文的出身是接近地气与呼吸民生的一种轻快的文字，如果说，史传诗赋随笔是精英文字，那么散文，是民间化的普罗大众情结，以其闲雅清淡的风格，而获得文学身份认证的。

当于此，我以为，散文现在变得面目庄重，情感粗疏，缺少可爱而温情，一些散文家总爱标举思想旗帜，打造史诗力度，宏大的视角，而少有现代散文名篇的真性情和烟火气味，情怀、性情、气味，这样一些唯散文而独有的，却稀少仅见了。十年前，曾为散文的减负，掉书袋的迂执，写过文章呼吁，题目是《让散文卸下包袱》，而今，我仍然以为，是散文的严肃面孔，是过分负载的思想要求和史诗担当，使她变得不太亲和，不太民间，也不太灵动，如此，她与随笔、杂文以至纪实类的报告特写等文体多有相近，也常相混淆，这样的不伦不类似的现状，造成了有些评奖也多遭非议，其标准难以客观到位。

因此，为年度的散文选计，固然不能忽略那些表现了一个时期社会人生现状的作品，但时下现实生活中有困境与突围，有欢笑也有眼泪，有幸运也有苦厄，有收获也有焦虑，文学也要多方面予以关注。不能不说，书写那些细致的人生情怀、个体的精神情感，有灵性和温度的文字，是我们更要看重的，或者更接近于散文本体的要求，可是这在如今散文的海洋中已为鲜见，在一些杂志报章中这类作品也不多，只是像《北京文学》和天津的《散文》上，才读到以上的文字，于是，我们既要风云叱咤的磅礴之作，也要风月清丽的性情文字，这样的文学阵势才是完整的，这样的散文面貌才是真实的。当下的散文后者是缺少的。

2014 年 10 月 21 日

热闹、沉寂及其他（2015 年）

　　算来，编辑年度最佳散文、随笔有十五年了，出版社的不离不弃，作者的支持，读者还算认可和理解，这件事能坚持下来，殊为不易。

　　如今散文（不仅是散文），包括所有的文学吧，都面临这样的问题：读者和市场。面对纷纭莫辨的文化现状，原有的认知标准，原有的文学状态，如何接受读者和市场的检验，或者说，散文小说一类纯文学，如何在变化的文化境遇下，生存发展下去？不能不是作者们认真思考的问题。

　　老话说，"文学（章）合为时而著"。除了要与现实保持相当关系外，也要适应变化了的读者审美要求和发展的文化状态。所以，每在遴选年度散文时，既要保持着应有的文学品质，也要有新的文学面孔，打捞新质，发现亮点，力图较全面地反映一个时期的文学面貌。这是我们始终不渝的初衷。

　　不妨从另一角度看，时下的散文，缺少理论的分析和综合性的概括，直白点说，少有理论阐述，连最为平常的散文评论和作品评介也是少之又少。说散文是老汤窖酒，是文坛的大户，是老少咸宜的文学样式，是较为便捷反映社会人生的文学，可是，其受到理论和评论界的关注是极为有限的。偶尔有评价文字，也是各吹各调，不成气候。而在一些评奖中，作些似是而非的归类，除了做法上的权宜之计外，更是增加了某种评述的乱象。散文现状少有热情的评家们关注，更少有对一些综合性问题进行中肯而深入的剖析。

近若干年，散文在一种原地状态，缓步徐行，没有哪怕是一些引起争议或非议的作品出现，曾经引发的散文关于美与真、史与识、神与形、"大文化"与"小女人"等等的议论，也是过往的记忆。平淡的散文创作与平淡的散文研究，形成了散文一个水波不兴、没有兴奋点的状态。这状态，经年累月。作为一个既有传统，也有广大读者和作者的文学类别，多多少少是愧对了文学和读者的。

尤其是在选编了年度作品之后，更生如上之想。散文这多年的创作势头，相对于其他文学品种，有些式微。除了理论和评论的疏离之外，也因为，一是没有太多的佳作为之支撑，二是没有形成新的创作趋势和路数，主要的是，对现实的生活缺少有激情、有生命力的书写。换言之，回忆加追思，过往与记忆，故人与故事，多成为时下散文的主要内容，不能不是一个缺憾。面对时代和现实的变化，不要求文学的急功近利，可是，没有现实的人生照应，没有人文精神的契合与勾连，是难有亮点和新质的，尤其是对于时代人文精神的呼应。这些并不要求是宏大叙事，像报告文学那样的轰动姿态，也不是追求纪念碑式的"枕头书"，像长篇小说那样的巨大厚重，而散文无论是短制，还是长篇，人文精神和现实的姿态，既是风骨，也是内涵，唯其如此，才有自己的声音和反响。这不是大话，也不是新话，而是常被忽略的大实话。

所以，时下的散文，只是悠游于沉静的平缓前行中，而这种状态也迹近沉寂。沉静并不是问题，静寂对于一个作家也许不无益处，而对于文学来说，也许是一个过程，一个路径，但是不够，散文是文学的长老级人物，是历久弥新的文学常青树，也是人类最可亲近的文学之友。爱之深而责之切。就目前看，这个沉寂有点时日了，也令人不甘。那就让我们一起期待吧。

是为序。

乙未秋日北京

（《2015中国最佳散文》序）

怎一个选字了得 （2017 年）

"年选"做到现在，多少有些皮实了，激情不复当年之勇。一是，这事有了小二十年，纵然是"年年岁岁花相似，岁岁年年人不同"，经不住长年累月，无有新鲜感也正常；二是，这类选本举凡也是多家，天南地北，也都在差不多的时间和篇幅推出，其内容虽有区别，却也有不少相同，出新出彩，也非易事；三是，原料上的局促和选料上的踟蹰，这一点，或许坚持了标准和要求，看似浩若烟海的此类文字，如是执意在遴选上的高门槛、严要求，你会觉得，并没有想象的好，没有达到一年最佳的预期。

所以，静下来完成新一年选本的序言时，不由得想到：怎一个"选"字了得?

时序到了秋收冬藏，一年光景做最后盘点，看到不少有关文章，说散文的成绩，散文的特点，散文的五年，云云，论者滔滔，听者藐藐，也就生发了一点感想，这散文真的是那样的光鲜亮丽、年景丰产、收获多多吗? 或者，一如论者们所言，在题材、情怀、文采，作者身份等等方面，是那样如何如何、这般这般吗？

　　本无意于唱些反调，但是，要说散文的天下，如今真不是最好时期，水波不兴，平平淡淡的，温乎乎，或许也是整个文学的现状。在这个热闹多元的时代文化下，文学的事件，总是大于文学本身的，文学的期望多是在热闹的大呼隆的行为中，变得雷声大雨点小。急功近利，资本献媚，作者言必版税，编者也紧盯读者钱包，文学的矜持几成稀罕物。自媒体的泛滥，新媒介的强势，影响了传统的阅读和审美，文学功能无疑深受冲击，文学的衡定标准，也必然变化。文学难以找回往昔风采。比如这散文，曾经有过的，大者如文化散文，小的有情感类、都市风的小女人散文，或者政治抒情类的专题散文等等，虽然这些标签定性，免不了胶柱鼓瑟，见仁见智，但却是一个个明显的存在，也激发和引领了一个时期的散文风潮，多年来对散文的影响，或隐或现地存在。另外，从作者的身份角色看，九十年代以降，小说家、学者、美术家各路人马的加盟，无疑开拓了散文文体的疆域，带来了散文创作队伍的壮实。这些基本面貌，一直延续在以后多年文坛。如今，这些多是人们的记忆之事了。

　　眼下的散文，如果还是从作者队伍的几代同堂，写法上的新锐与老成，内容上的家国记忆、文化情怀，纪实性的增强与思想性的突进等等，评述归纳，我以为，并没有脱开以往散文的评议模式，也没有找出新的闪光点。所以，与其在一个没有太多新的散文现象的状态下，还不如老实地认可当下散文几乎是沿袭旧有的态势，平静地书写，散淡地前行，是一场没有大开大合的文学之旅。没有新的闪光点，或许是一种常态化的文学行为，也印证了散文作为一个平和而静雅的文学样式，特别是所谓的家国情怀与宏大叙事成为某些人高蹈的精神旗帜之时，安闲与恬淡，静好与真切，亲和力与现场感，是散文的特有的文学风范。这对于当下焦虑浮华的社会文化，对于现代化的焦虑症的治疗，对于隐隐存在的高大上的文学理念，不失为一剂纠偏药方。

从这个意义上说，散文的文学表现，她的面貌，或者说年度贡献，是静好，是闲淡，是沉实，是不显摆不张扬的风景——暗香浮动，竹外桃花。有人说到文学的及物性，散文最是及物的，不凌空蹈虚，不天马行空，切近而笃实。任何夸饰和喧嚣，都成为对她的伤害，而最为恒定的，是书写者的个人情怀，精神旨向，文化的张力，真切的表达与情动于衷的倾诉，使书写成为一种有深意和情致的精神记录。

收入本集中的文字，各呈异彩，有近乎于家国情怀的表达，有个人情感的书写，有感念生活的记忆，有江山形胜的探寻；有怀人，有纪事，有亲情，有友爱；有过往人生，当下世情等等，不一而足，她们用及物的文学书写，再现了一个个斑驳的人生场景，留下了一个个斑斓的文本世界。还是应了一句俗话，散文可以风云，可以风月，但无论如何，文化精神，生命情怀，是作品的基石、枢纽，也是文心，缺少了这些，将了无生气，面目可憎。

234

尽管平实是年度的散文景象，平淡中的常态，或许更显示出其悠长的定力，而那些记录了这个变动生活中的人情世事，书写了世道人心，触动了我们对当下的生活思考的作品，以及我们热爱的作者们，是"最佳"的，至少在我们一年一度的遴选中，可获此殊荣。

"一年好景君须记，最是橙黄橘绿时。"

2017年10月

（《2017中国最佳散文》序）

地域视角下的年度散文（2021年）

一

春华秋实，年丰岁稔。

文学的收成季，如农人种庄稼，盘点，回顾，展望，虽风雨四季，却也风景无限。就说这散文。

散文的历史，说长可上溯到《史记》、诸子，说短是近现代文明工业化时代，文体分工细化而来。当下文学家族中，散文少有专事研究者，专吃这口饭的人，在学理和整合上对其研究鲜见，抑或有，也多零散，不成阵势，不如其他文学门类，显风光，逞气势。坊间有小说和诗歌研究会，散文却不见有。或可说明散文的当下状况。

其实，散文的实绩，是被低估了的。原因种种，如上所言，没有专门机构和专业人士重视，另外，近来所谓非虚构文学的提出，笼括了包括散文在内的一些纪事、纪实文字。非虚构文学的名堂，模糊而又粗横，挤对了散文的特定性内质。作为一个不确定概念，唬弄了一些本不太确定的文体。有人把非虚构当成一个筐，一些本来有明确内涵和韵味的文字，比如散文，也纳入其中，散文的影响、气象和阵势，减损了若干。

这里不去细究散文与非虚构间的异同。不得不说，因为这个不太确定的概念出现，遮蔽了散文实绩的评估和艺术的发展。

二

即便如此，当下散文如山花，鲜活烂漫，生机盎然。她是文学的小家碧玉、幽幽君子；文学天空一道清丽星光，一个自由的精灵。

一百多年前，法国人丹纳说及艺术的生成发展，有几大因素——种族，地域，文化。地域者，是文学艺术的精神原乡，生命源头。我曾在文章说，文学乃人的灵感激发，文学产生于创作者个体的精神劳动。但文学无论是巨篇，还是短制，是宏大建筑，还是抒情短章，无不打上地域印痕，刻上大地烙印。文学的地域性，文学的本土意识，文学的风习化，既是文学的根基，也是文学与生俱来的气味印记。古今中外，事例无穷。最著名的是美国作家福克纳，他致力于家乡一个邮票大小的地方，文学的"约克纳帕塔法世系"，承载了文学地域与文学经典的事例。（见《地域、自然与文学》，《人民日报》2012年11月4日）

因地域方位不同，文化差异，风物习俗的影响，散文风格南北有别。大漠、高原、森林、长河，构成北方阔大浑然，粗犷奇诡的自然环境和人文风华，散文家们的笔下，人文历史，自然风物，日常生活、亲情乡谊，表现了坚忍的生命意识，有雄浑绵长的情感，朴实坚毅的文风。新疆散文家代有才俊，其厚重沉雄，尤为突出。甘宁青陕，蒙黑辽吉，北方偌大文学版图，近年来散文家辈出，虽没成派系和群团，却有不俗面貌，当下活跃者中，有周涛、刘亮程、李娟、王族、沈苇、郭文斌、梅卓、祁建青、习习、刘兆林、素素、鲍尔吉·原野、迟子建、阿成、艾平、任林举、胡冬林、东珠等人，组成了西北东北散文家的强大阵势。

西北版图中的晋陕，文史传统深长，汉唐气象浸润了散文魂魄。仅陕地一隅，活跃者就有肖云儒、贾平凹、朱鸿、穆涛、陈长吟、李汉荣、吴克敬、邢小俊、王洁等，山西有张锐烽、王祥夫、蒋韵、韩石山、蒋珠等人，另有多年专事随笔散文、旅居北京的晋人李建永，说古论今，学理而知性，颇具风采。还有特立独行的玄武。当下北方散文，或许不是一个文本概念，但驳杂，葳蕤，沉郁，不乏风趣幽默，显现其相似的文相与气质。

当然，北方的重头戏，在大京都文化圈。铁马秋风塞北，京津文气相近，燕山蓟州一线，古老都城文化，地理近邻，开放视野，精英传统，高情大义，敢于创新，京津文化人，流动性强，客籍者多，圈子散大而驳杂，仅散文风格，五光十色，不好归类，也不结圈子，唯其如此，风华别样。或笔下波澜，忧思激愤，家国情怀，文心耿耿；或生命感怀，情感剖析；或史实爬梳，问道典籍；或礼敬自然，纪实大千。老当益壮，新人有成。最为明显的是，自主性，创新意识，鲜明的主题写作。梁衡多年致力于文化游记，写"政事大情"，近年从古树考证生态人文，形诸专集。李青松是生态散文的热衷者、早行人，敬畏自然，生态文化写作渐成气象。肖复兴的京城大院文化，从旧时月色，寻常花草，城阙故事到市井人物自成系统。祝勇的考辨史实，探寻深宫的人文珠玉，下硬功夫。刘琼读古诗，拈花作文，发古意幽思的专题，写来花样锦绣。李敬泽的快乐读史，融民本情怀，当下意识，玄思妙想于一体，"故事新篇"活写春秋人物。理由的古希腊文化寻访，着意于荷马史诗的重新解读，遂成皇皇之著。而一些专业作家，偶有出手，曲尽其妙。莫言以书法及文，短小机趣，阎连科的剖析人生，沉郁冷峭。一些并非主事散文的作家，特别是作协人、媒体人，如王蒙、刘心武、王巨才、陈建功、高洪波、何建明、刘庆邦、杜卫东、艾克拜尔·米吉提、徐剑、王久辛、杨晓升、彭程、梁鸿鹰、彭学明、石一宁、徐可、徐则臣、王兆胜、宁肯、红孩、王国平、俞胜、陈涛等，时有新作。有意思的是，高龄作家多不擅（不愿）的短章，但九旬老人谢冕仍有"反季节写作"，笔下的燕园纪事，写饮食男女，日常生活，以小见大，率性见情。阎纲近鲐背之年，常有小品札记，情感高古，激浊扬清，殊为难得。女性作家笔下锦绣，风生水起。叶梅、何向阳、李舫、韩小蕙、冯秋子、杨海蒂、周晓枫、梁鸿、孙小宁、王子君，年轻的文珍、孙莳麦等，风雅华章，其学理、智识与气势，不让须眉。说文学没有圈子，却有志同道合者抱团，手机微信和自媒体的便捷，一个"周末五人行"的散文圈悄然而生，文气相近，生活日常，短章小札，机趣随意。计有华静、剑钧、李培禹、沈俊峰、冻凤秋等人。每在周五即发，鲜活出炉，坚持下来，蔚为大观。

天津有高手，不负散文重镇盛名，人文气，亲和力，幽默风，延续了津味文化的开放，多思，自由不拘，知微见著。蒋子龙、冯骥才、赵玫、任芙康、黄桂元、汪惠仁、肖克凡、龙一、武歆等人，阵容齐整，文思开阔，笔力森然。蒋子龙对世道人心的深挚探究，冯骥才的日常物事，读书随感，任芙康的记人忆往、春秋笔法等，津门散文，仍吹强劲瑰丽之风。

北方之地，不可忽略鲁、豫。文学的要地，比之小说，两地散文，稍嫌轻简，作者的阵容单薄些。山东高手、多产的张炜，是小说大家中执着散文的一猛将。约十年前，就有湖南文艺社的二十多本散文集，近年他读古诗文元典，致敬经典，深入堂奥，多有新见，形成皇皇系列，比肩专事研究者成就。新近散文集《我的原野盛宴》，通过三百多种植物的"诗意记录"，书写人与大地，生命、人文、自然与现实联系，颇得好评。齐鲁大地，另有郭保林的厚重、简默的丰繁、耿立的沉实、王月鹏等新人的加入，文气森然，华章佳篇不断。河南散文代有传承，代表散文选本高水平的《散文选刊》，办得有声有色，其衡文严谨，昭示散文的高标定位。王剑冰每每出手不凡，屡有响动，近期的"塬上系列"和诸多行走文字，葆有精妙质地。小说名家邵丽，纪事怀人，文意深挚，细腻中见气势。乔叶的灵动慧敏、题旨摇曳，郑彦英的沉实，冯唐的新锐，何频的闲雅，豫地散文作者，如小说一样，多转战于异乡他处，文学的豫军在重新集结。中原散文的王气，期待重振。

三

南方散文，可谓现当代散文的高台大殿，高光时刻为中国文学半壁河山。江浙沪赣，三湘巴楚，八闽、两广、海南，曾是散文丰产地、优产地，人才济济，风云际会。就说前四地，文学传统，特别是散文文脉，深厚绵延，成就了散文艺术高地。江浙之地，旁及沪上，山水人文，丰饶潜沉，是散文宝地。浙江现当代散文大家，鲁迅之外，可数十人有余，散文成就位列翘楚。当下，活跃者承续了浙派文脉，有些响动。陆春祥、赵柏田等，执着于读史研古，抉剔今用，多有创获。陆氏的博物通学，穷研尽搜，又踏访采风，拟仿古人笔记体，笔意古雅，成几部专著，为他人所难为。另有周华诚、马叙等人，关注现实，多有佳篇。女性散文是一亮点。苏沧桑的民间文化和旧时工艺的执意寻访、细腻描绘，黄咏梅偶有出手，日常化与情感化叙述，颇见小说家的灵动。施立松、赖赛飞对海边人文风情的书写，荣荣的生活物事和人生过往的诗意记录等等，妆成浙派散文颇有辨识度的景致。

沪上散文，早先名扬四方，而今也时有大家显现。诗人小说家批评家们热衷，形成多样风采。赵丽宏的散文名重一时，诗意叙事，平实有味。王安忆偶有出手，老到沉实。潘向黎的古诗新读，议论风生，风华翩然。陆梅对自然花木的钟情，注重精神性书写。陈歆耕的随笔文字，对史上文字公案的剖析，做高难功夫，当下文坛的弊端，直言多刺，文心高古。也有叶辛、毛时安、王纪人、彭瑞高、沈嘉禄等人，钟情报章的轻快写实，谈笑风生，沪上散文起点高，笔墨摇曳，文意斑斓。

江苏因为一条大江和无数唐诗宋词的关联，缔结了文学灵动、隽永和深情，特别是亘古流转的人文气息。"春江花月夜"的意象，冠绝全唐，流响往今。咏吟自然，感悟时空变幻，思索人生。从诗意角度，江南文化意象，自扬子江（江苏境内）开启。长江诗意文化，源远流长，苏中一带，产生了众多小说名家也是散文大家，当代有陆文夫、汪曾祺、高晓声等，如今，范小青、苏童、叶兆言、徐风、储福金、贾梦玮、丁帆、王尧、周桐淦、向迅、刘香河等人，多有佳作。徐风近期关注江南大地百年以来的繁华与荒芜，从故土风习，旧时物件，时空转换，精神传承等角度，书写江南文化的新与旧、物与道。新近羊城晚报社评选的年度花地散文榜上有名。书写江南，或散文中的江南韵味，因苏中作家的集群风格，或许成一大特别景观。

有着诗文传统的江西，近期散文如春日牡丹，姚黄魏紫争妍，其实绩了得。李晓君的生活随笔，读史文字，举重若轻，湿润雅致。江子的人文踏访，物事索考，博雅涵泳。傅菲的自然风物着意书写，自出机杼。另有刘上洋、范晓波、陈蔚文、王晓莉、王芸、朱强、安然、詹文格、朝颜、洪忠佩、简心等一干散文快手，各抱隋珠昆玉，风采自足，又多有年轻面孔，文气老到，组成了赣军潜力方阵。近年内，赣中散文力量强势，在国中文坛蔚成大观。与其近邻，皖派作家创作有模有样。许辉文笔老成，上溯诸子，游走大千，古雅博闻。胡竹峰的驳杂丰产，钱红莉的秀雅清丽，皖军散文队伍精干，但阵仗单薄，期待来日。

闽地散文早成风格，声名流响。眼下多有高手坚持，成一方重地。孙绍振、南帆、舒婷、林那北、朱谷忠，马卡丹、石华鹏等人，多有新作，风格凸现。八闽气象，山海风华，人文自然，杂糅精取，日常事物，人情世事，闽地作家多以温润、精妙、接地气的写作，自成一景。南帆的散文，多从日常事物生发，有哲理机趣，通达亲和；朱以撒的作品富有文气和书卷味。当下闽籍散文作家中，二位可为劳模代表。

南方之南，有中部的湖湘，有两广而海南，也是散文家的聚集地。江之南，海之湄，湖广而海南，客居者众多，或因迁徙游走在城乡间，这些散文景象，综合性，开放性，人文气，很有辨识度。而领军者对于散文的影响不言而喻。韩少功是思想型作家，散文早成气势。海南湘中两地情怀，晚来结庐乡野，其散文的民生情怀、民本意识，思辨性，一以贯之，颇为读者青睐。孔见近年来思索随笔多见，即使一本高头的《海南岛传》，也是纪实文学中的优秀的散文读本，人文历史与人本精神互为观照，为同类作品的佼佼者。

湖北文化，南北交融，东西聚合。"楚地阔无边"，多苍莽气象，其包容性也得北方文化精髓。李修文的行走文字和"诗我互见"的散文随笔，异军突起，高蹈文气也接地气，民间情怀，诗书风流。刘醒龙多是从家国民生的高情大事入笔，也有平常人生书写，笔力纵横，诗情摇曳。陈应松神农架自然笔记，见物见人，科普人文两相宜。池莉的日常着笔，以小见大，秀雅深挚。另有熊召政、刘诗伟、刘益善、兰善清、任蒙等人，偶见新作，楚地散文景观，斑驳沉实，续荆楚文化丰茂扎实流韵。

地利之便，也为散文之便。自然绿色，人文亮点，或红色基因，为湘中作家文章生发点。谭仲池、谭谈、水运宪、何立伟、聂鑫森、王跃文、刘克邦、龚曙光、沈念等各路名家，新作不断，延续湘军散文的强劲。广东方面，广、深、珠三大市，也是客居之城，文化杂糅，思想碰撞，为文丰繁。有陈世旭、南翔、熊育群、张欣、田瑛、张鸿、詹谷丰、杨文丰、聂雄前、丁燕、塞壬、黄灯等人，多是客居在南粤，散文又多是业余操练。作为整体景观，岭南散文的力度和气象，尚待观察。与之毗邻，广西散文略为矜持。八桂大地，多民族之乡，散文资源丰厚，除了老将如冯艺、潘琦诸少数民族作家外，有九零后的莲亭等人，创作热闹，但与小说等门类比，稍嫌沉寂，实绩乏善可陈。

巴蜀渝中，散文常有新景，不乏可观阵势。阿来的散文与其小说一样，沉雄奇瑰，藏区风情，人文自然，尤执着于植物书写，臻为妙景。裘山山、蒋蓝、杨献平、伍立杨、何大草、芦一萍、凸凹、陈新等人，屡有新作。裘山山散文题旨丰繁，信手拈来，深意趣意兼得。杨献平算得是散文专门家，创作丰富。他客居川地，回望故乡南太行系列，乡情亲情，文明进退，人文史志，沧桑浩叹，文字有如大山褶皱，坚实峻峭。重庆有吴佳骏，韶华当年，却创作有年，执着勤奋，平常事物，拈来成篇。

彩云之南，新老作家不遑多让，构成了散文与人文、文学与风物共美的胜景。汤世杰经营散文多年，每每出手，臻于佳品。近期在《人民文学》和上海"三报"（文汇、解放、新民）的返乡系列，从荆楚文化古今体察中，世相、物事、亲情，人文山水，沧桑情怀，写来平和、温润、雅逸，性灵文字，走心之作。张庆国的纪实散文，以云南新起的观鸟之事，见证社会世相，生态自然，民生风习，勾连杂糅，现场，创意，及物，丰富了散文的别样风采。另有于坚、范稳、胡性能、半夏、叶浅韵、雷平阳等人，不乏新作，文思奇妙，笔力劲道，又与七彩云南的人文共美。滇上散文，自然风景鲜活，人文故事奇瑰，装点出西南散文版图的新景。

四

年度散文实绩，应了古语，"无边光景一时新"。仅从地域方位，略挑几处，如作家名头一样，挂一漏万，不免遗珠之憾。

辛丑时年，世相峥嵘，人情温暖，当下文学，也瑰丽多彩，也热闹喧哗声如故。然而散文是沉静自持的。文学的喧闹，是多年常态，其表现，一是事件多，二是行为多（不必细说）。唯散文的新景观，我以为，对年度的各类大事，世道人心，有着及时的表现和书写，社会对文学的要求，文学对社会的义务，合而为一。具体说来，一些成形稳定的作家，多有佳作，形成主题性创作，或者，出现了系列化和专题性。从生产角度看，一些重点报刊和主打散文的期刊给力，比如《散文》《美文》《散文选刊》等，成为优秀散文家和佳作的催生婆，因为他们（它们），年度的散文，稳健前行，像模像样。期刊的加持，文学更见风光，这一点，不可忽略，这是一个有意思的话题，留作下次了。

辛丑冬月北京

如玉文字　风樯阵马
——《当代大家散文》丛书序

　　散文，一直为文学爱好者和大众读者所青睐，无论是广义还是狭义，散文的定义难定一尊，倒也无妨，作为一种文学的类别，她有相当固定的读者，也有稳定的作者队伍，在当下各类文学书籍中是有市场的。君不见，散文的各类选本、丛书，层出不穷。在林林总总的散文选本中，我们推出这样一套特别的书，一套荟萃了当代散文高手们的大雅之作，相信会得到读者的认可和喜爱。

　　俗话说，好马要配好鞍，好文章也要有好的包装。散文，当代名家的大作，用线装书的形式推出，也许之前有过，但成套的丛书，恕我孤陋寡闻，还是没有的。至少，当前十分活跃的散文名家的集子齐整地推出，还是首次。我们看到，这套书装帧雅致、内容精致，体现了印制与创作的相得益彰，在众多散文的选本中，是别致而有吸引力的。形式的精美，印制的精良，无形中就会让人先睹为快。当然，散文在有的论者那里是古已有之的，可以追溯到上古的竹编或者更远，如此一来，这本来古雅的文本，如今又通过这古朴典雅的形式推出，还原其雅致庄重，更有另一番意味。而用如帛如翼的古老味宣纸，线装而成，显示了古老、典雅和精美，抚摸其上，轻薄丝滑，纸质韧性而柔和，加持了文字的精致生动，形式内容相得益彰，不同于一般文本，作为纸的故乡，纸的摇篮，线装书的文本效果。用华美来表述，差可比拟。

我们曾把散文当作文学玉人，玉树临风，亭亭玉立，站在文学的高地上，显示着高雅的情怀，温暖的文心。是的，散文本来就是最能体现作者的真性情，情感真挚，情怀率真，见性见情，在文学花园中是一枝温润摇曳内涵厚实的花朵。而有了这样的线装书的形式，让艺术的面貌找到了优美的表达，成为读者印象深刻的读本。如玉之可人，如花之美丽。让散文之美，得到更大的传扬，岂不善哉。

还有，作家们都是散文高手，他们的散文，或深邃瑰丽，或丰厚沉实；或直面人生，或针砭社会病灶；或寄怀于当下人文生态，或开掘于历史史实，等等。姚黄魏紫，各呈其妙，绘成了当下最为斑斓的文学景象，成就了散文的光华与丰饶。睹之读之，岂不快哉。

当代作家的散文，以线装书形式出版，又荟萃了一组文坛高手，小说如雷贯耳，散文精妙高产，这样的结合，实为珠联璧合，成为图书市场的新景。

本书短时间内得以出版，应当感谢线装书局同仁们的辛劳。总编辑曾凡华是位诗人、作家，由他动议邀我主编这套丛书，作为多年的朋友本人岂敢有违，当然，更得益于几位著名作家的大力囊助（他们自己选定篇目，或亲自发来电子文本），以及责编李琳女士的组织之功。在此一并致谢。

（此书由线装书局2012年出版，第一辑有王蒙、蒋子龙、陈忠实、贾平凹、铁凝卷）

《在乎山水间》自序

仁者乐山，智者乐水，自古亦然。

山水名胜，草木物事，村邑田园，万物共生，古人今人，盖爱之，亦趋之。时下，人们闲暇日增，游历交往甚隆，户外行旅，自驾组团，说走就走，生活观念变化，现代化科技加持，旅游（驴友）渐成时尚，"诗和远方"为时髦而走心的借口。

古诗说，江山留胜迹，我辈复登临。故国神州，风景如画，外面世界无限精彩。行旅，踏访，观大千，亲万物，趋新求知，热爱自然，人之本能。家园万里，风华万丈，体验大千世界壮丽妩媚，见识人文风华瑰丽丰赡。无论是远行，还是近访，即使匆匆，每有感受，形诸笔墨，几年下来，不觉有了五六十篇之多。自忖，不独名山大川，都市大邑，那些藏在深闺、不为人知的原初生态，那些鲜为人知的人文故事，更能激发文思，平添写作冲动。

这些篇什，涉笔于东南西北，国中域外，高山大原，海岛边陲，烟雨江南，风华古镇，黑土地，红色文化，林林总总。

流连山川风物，寻找江山胜迹，感悟生命百态，书写人文风流。行旅感悟，寻访随笔，不拘一格，力图写我心中的烟火人间，敬畏生命和自然。

行旅文学，或纪游文字，是文学版图重要一支，也经典层出。古有徐霞客，西人有马可·波罗，其著作直接以其名之，影响久远。三百多年前，歌德的长篇《意大利游记》，是影响较大的游记。就单篇而言，蔚为大观。《桃花源记》《岳阳楼记》《醉翁亭记》《永州八记》等，以及宋、明的苏轼、王安石、张岱等人的山水小品，精粹、绝妙，传世，为古代文体的翘楚。标示了自然生态，山水人文游记的高峰。

余不才，虽不能也，却神往之。可是当下游记文学渐近式微，一则不太提倡，偶有出彩游记，也被当作非虚构文本，而冲淡了其特色个性；再者，把游记当配角，认为描写山水的文字，多为游山玩水之作，登不上大雅之堂，当然，也有泛泛之作，流于宣传报道似的浅近，为人所诟病。眼下，生态文化得以空前重视，纪游文学特别是书写自然山水的生态散文、美文，渐为兴起，适应了社会生活的人文心理，建设美丽中国，也应有相应的文学新变，故此，我以为，游记文学、生态散文，生逢其时，大有可为。

本书结集时，想到醉翁先生的名句，面对江山胜迹，良辰美景，欧阳老醉意阑珊，直呼人之乐，在乎山水之间，于我亦应如是，山水之乐，风情万种，人文风流，取一瓢饮，借大先生句，名为"在乎山水间"，也望先生宽谅。

最后，感谢那些到访过、留下文字的地方，特别感谢"娘家人"——人民日报出版社同仁的抬爱。

2024年夏，京华

序跋三章

题记：几则拙著后记，有些时日，记录文字生涯点滴过往，不揣简陋，立此存照。

一 《缪斯情结》代后记

世有神童，文坛有神手，5岁能画，7岁能诗。我却生性愚钝，文学梦做得也晚。

孩提时代是多梦的年华。记得上小学高年级，老师问到将来的志愿，说了几个一般智力和家庭所能想到的职业，比如解放军、飞行员、医生、教师、工人等。怯生生的小学生们都能从中挑上一二，但那多半是童年的梦幻。少年不识愁滋味，没体尝过人生况味、初通文墨的稚子童心，梦这梦那，做甚干啥，倒也无所顾忌，童心奢侈又逍遥。小学毕业时，照例又有类似的"考试"，班主任还煞有介事地发了张表格统计。我记得，当时在我名下填的是飞行员。因为做那事可以云游天上，颇富浪漫情调，用童年智慧来表述：很好玩。不料，同桌的女生看了我的"志愿"，说不好，干那事理太危险，上天无眼，说不准会出点事。我急忙又改为"当工人"。工人那是干公家的事，挣些工钱，每月有固定的收入，这在我们那小地方是令人羡慕之极的职业。

这可能是最早关涉到我人生之路的愿望了。因为是愿望也就如同梦一样，在想象、憧憬和期待中。比之孩童盼望过生日、穿新衣、走亲戚又高雅一些，但那切切实实不过是天真无知的孩提时代的随便想象而已。及至懂事多了，才想到外面的世界颇是精彩，除了做工、务农、教书外，还有科学家、编辑、作家、总统官员等。记得第一次在课本上读到苏联文学名著《卓娅和舒拉的故事》后，老师说这故事是创作，是作家写的，才知道有专门为读书人写书写故事的人，才知道五行八作中有干文学的，而迷糊之极、愚不可及的我，朦胧之中觉得这个工作很有诱惑。写了书别人看后出了名，多惬意！中学时，本来就不爱数理化的我，更是对这些功课的低分数满不在乎了，开始做着文学的梦，写日记，抄名言，找些文学的书籍（尽管不辨名著非名著）来满足朦胧的欲望。然而，每每鲸吞囫囵，不求甚解，读古典小说，读唐诗，读废旧报刊，想多多沾点文学的仙气。可是一场"文革"轰毁了我们的学业，也就扼杀了我那颇为廉价的文学梦。

不少作家是我们这一代上山下乡"知青们"从逆境中拼搏而出的。他们的文学梦之所以能圆，在于其勤奋、韧性，更在于其才气悟性。我在农村时正值青春气盛，也极力搜读文学名著（这时才慢慢由自在悠闲浏览变为自觉有选择的攻读），想借鉴、模仿文学大师们的手笔，惠泽点什么，无奈才气不大、灵气不足而告吹。文学的梦断断续续、影影绰绰地留在心中，留在那懒散的躬耕之余的悠闲之中。心有其志，身无长技，而又羞于请教，怯于行动，仅仅是一场虚无缥缈的梦想而已，活生生一番自恋情结。

记不清自何时始，我也发表了被叫作文学或文章的东西。写诗（快板、田头诗、墙头诗、恋情诗），写身边好人好事表扬稿件有过，那多半是"花开花落两由之"，随着那个年代的埋葬而身殒魂销。而变成铅字的东西则是年近而立（这里专指文学方面的东西）之时了。可叹岁月流逝，好梦难圆，惜乎缪斯情结，绾系心头而无大长进。兴奋、激动、嗟叹、幸运……说不清的别一番滋味，斩断的情丝复又续上，心向往之，又恨力所不逮。

屈指算来，自毕业始发表叫作文艺评论的东西，凡三四十万字（这里杂收各类，意在代表不同方面），但小打小闹，无甚气候。回头再读，竟没有多大勇气，当然也如老牛舐犊般的自恋自慰。中学时代绾结下的文学梦，至今虚无缥缈，毕竟，经不住缪斯女神的诱惑，这梦还得继续做下去。平日里，当编辑多年，眼高手低，述而不作，又懒闲适，怕是这梦，越做越飘忽了。

古语云：文章千古事，得失寸心知。文章不论高下优劣，其得失价值的衡定应在于读者口碑，而甘苦忧乐则是作者自己的一份心绪，视同专利。因此，我在为这本书命名时，油然想到缪斯情结——文学之梦，如古希腊传说中缪斯女神的竖琴，那动人迷人的乐曲，令"意志薄弱者"禁不住手舞足蹈。我这笨拙杂乱的舞步算是虔诚的朝拜者为女神烧上的一炷高香。可是，写下这几个字又不免心中惴惴，唯恐这些粗拙的文字玷污了女神的圣名。

今年盛夏，忽得《南阳日报》社周熠先生一信，说他们报纸辟有"我的第一篇"栏目，邀各方人士，谈处女作写作之事。从寄来的十多张样报看，有不少名家高手。自惭不敏，终经不住周兄再三邀约，忝列其间，写了题为《也算第一篇》的文字，说的也是早年的"缪斯情结"。这里附录其后，算是作结：

> 万事开头难，写文章概莫能外，人们都这样说。
>
> 文分八品，质地品位不同，难易得失有别。
>
> 说难是指大手笔写佳构华章，或说鸿篇巨制，高论宏文难以制作；说不难是初生牛犊，率意为之，花开花落，不问收成。
>
> 我的"第一篇"恰是后者。犹如少年孩童时的作文、书信一类，想写什么就写来，句法语气，遣词用字，"自出机杼"，大有不知天高地厚、你行我也行的气概。
>
> 那是中学毕业后，我们这一批"老三届"读书"断了奶"，成了第一批"老插"。我回到祖籍故乡。因当地一带历史上没有几个中学文化程度的人，新来的和回乡

的不过几个"半桶水书生",农民父辈们很是"器重",我被安排到民办小学代课,后又到队办企业任会计。

一日,正值"三夏"(夏收、夏种、夏管)时节,我随抗旱大军到田头忙活。抽水机扬起清冽冽的水柱,青青的秧苗,黄黄的麦穗;旷野白云,绿树人家,一派田园风情。中午,独自守候在抽水机旁的我,闲得无聊,一本《机械原理》和一本《毛主席诗词注释》翻了又翻,打发时光。倏忽,从毛泽东大气磅礴、思接千载的诗情中得到启发,遐思接上了诗思,自己不知深浅地涂鸦画符——我也写诗了。当然是腹稿。

这就是第一次算作书信、作文一类命题应时之类文字外的"创作"。白天,田间劳作偷闲的构思:田畴展开一方镜台,梳妆一个明丽的春天;绿风温柔的纤手,牵来一个收获的季节……晚间,煤油灯下,我把这些抄在一张计算用的表格背面,勾勾画画,竟得二十来句。听说,诗在于反复推敲、炼字、讲究韵律。忽而又翻出《新华字典》,找韵脚合辙押韵。一番忙碌,不觉东方之既白。

趁着诗兴飘逸,我赶紧找到挚友、下乡知青田兄。他是老高中生,常写诗和快板书之类,他看后说有点意思,并大包大揽地要拿去找一位朋友,说这位朋友的朋友是一个报纸的编辑,发表不成问题,弄点烟钱(他不知道那时取消了稿费),还把他手头上的有关剪报给我翻看。他的这番热情外加诱惑，使正在兴头上的我，壮了文胆，也觉飘然，心想：写诗那玩意不过如此。于是，我每天外出除了夹有一本《毛主席诗词》外，又多了几本当时流行的工农兵诗歌和一本《新华字典》。

那边，热情的田兄不久回城了。又听说，他那位编辑朋友也调离了报社，诗稿石沉大海。数月后，我到省城求学，与田兄到编辑部索要诗稿，好在，那里的编辑不弃无名之辈，认真翻检，还真的从一个破烂纸箱里找到了。当然，发表是不可能了。我却像真的发表过似的，拿回来工工整整地"裱"在一个新买的本子上。这就是我的第一篇。虽然诗作是个死胎，它毕竟是我的心血结晶。

至今，偶或翻检昔日的一些习作旧稿，残纸断简，不复辨认的字句，不禁汗颜。这一类应制式的学舌式的东西竟梦萦魂系我若干年，乐此不疲，其痴其迂可见一斑；但也有一丝安慰：它们毕竟是我早年蹒跚学步时的诱惑和刺激，是我文学初恋的果实。

鲁迅先生曾有不悔少作的感喟，当然先生是指发表后的东西。名人当如此，何况我辈？插队时的那第一篇"作品"，虽粗陋浅直，但我视它为宁馨儿。我觉得比以后所有变成铅字的东西都有味道。

1990 年 12 月

二 《雪泥鸿爪》后记

把这些年写的一些杂碎，搜集整理，有些不安。这算什么？杂文、评论、散文，还是……算是，也不是；是什么，不好说，唯一的，是自己有感而发，用心所写。所以，在为这些东西冠名时，想到了苏老夫子那句名诗："人生到处知何似，应似飞鸿踏雪泥。泥上偶然留指爪，鸿飞那复计东西。"雪泥鸿爪，随意为之。

其实，作人，作文，也是留下指印，步出履迹。人生，文坛若言其大，其博，其壮，犹如大海，高山。人仅为一芥子，一水珠，何足道也？任何痕迹，任何踪影，渺小而短促。雪泥鸿爪，辙沟身影，相对于天地万物，宇宙自然，只是须臾之于无穷，瞬间之于永恒。回头看这些浅薄的印记，东鳞西爪，只是在人生高原上划出了小小踪迹，究竟有多大意义，唯有天知。

很是崇敬那些屠龙掣鲸、谠论宏议的大家，佩服那些恃才傲物、剑走偏锋的高手，也羡慕那些文采飞扬、下笔有神的同侪。自己才力所限，只固守一亩三分地，酿半打小酒，写器小道浅而漫无章法的文字。如此而已，自得其乐。

本来对评论还算有些兴致，无奈这些年，评论和批评多成了一种画妆油彩，一份甜点，人情和商业味日浓，为人诟病。

遗憾的是文化风尚也渐渐习惯于此。甜腻的表扬容易让人麻木，也就难有写作的冲动。写作要有冲动，冲动即灵感。也许因为年龄的原因，冲动难再，更愿意描述人生五味，心随笔走，见出性情不亦快哉。做快意之事，写快意之文，人生一乐。

至于体例，以三段式编排：一是谈文事文情，杂烩一锅；二是写人生人情，游走式的写实，以及怀念和感怀的文字；三是说书事书情，谈书论人，书中也看人生。取名"雪泥鸿爪"，想法也有三：一是"爪印"之浅，难进大雅之室，仅为杂拌碎物；二是无所定向，不计西东，想到什么写什么；三是写来如鸡爪刨食，随意为之，不拘成法。我这自说自话，不知能否自圆其说？

所选文字散见于报刊，有小部分所写时间有些久了，因没有收进别种书中，自己还有点偏爱，故挑选入内。

遗憾的是，职业成习惯，习惯成毛病，眼高手低，述而不作，写了这多年的字，也没有什么进步，哪怕是数量上的。以前，曾作如此想，与其写一些劳什子、低能的东西，误人子弟，浪费纸张，毁了森林资源，还不如有自知之明，少造孽浪费的好。这可能是个歪理，不知能否作为自我原谅的理由！

感谢读者能看完这最后的字。当然，首先要感谢能让这些东西得以问世的广东教育出版社和曾给我写作以帮助的朋友们。

2004 年 8 月

三 《梦中的风景》跋

人人都有梦，人生离不了梦。现实生活中铭人肺腑、撼人心魄的，往往成为梦中迷人的风景。梦是人的下意识创作。文学也如同一个灿烂的梦，她不是无意识的，她是缪斯女神的皈依者们虔诚而执着的心灵仪式。文学文学，多少痴迷者为伊消得人憔悴。

文学的七彩梦，缥缈绚丽，斑斓多姿，云蒸霞蔚，生气盎然；如风之不拘形迹，如火之热烈浪漫，如水之波澜壮阔，生生不已……大千世界因了她而妩媚生动，社会人生因了她而有沉甸甸的分量。

岁月匆匆，倏忽人生已逾不惑，屈指算来，文学之梦已是经年有日，侍弄文学批评也十载有余；虽过了青春年少激情澎湃的年月，然而为文学而梦断云水，为文学仍聊发少年愚狂。

当我把近年来东鳞西爪、涂鸦画符的东西结集成册的时候，我忘不了文学之梦的诱惑。这个多情的绚烂的白日梦，伴随我大半人生，也占据了我心灵的珍贵的一隅。人事的纷杂，世俗的琐屑无奈，生活的平淡重复，而钟情于她能让你于平俗中得雅趣，浮躁中见宁静，虚幻中获充实。我以"梦中的风景"作为这本集子的书名，意在对我多年的文学之梦作一次情感的盘点和检阅。文学的风景风情万种，魅力无穷，但这里所展示的只是一个寻梦者眼中的世界。

梦是人生自由自在的精灵；梦是孕育文学花朵的生命之种；梦是文学的不死鸟。

面对一个日益世俗化和商品化的社会，文学的梦艰难地腾飞，然而岁月不居，人生有限，社会的肌体同样不能没有文学的精神滋润。天老地荒，物质不灭，文学之梦也将伴随着人生永恒。

感谢浙江文艺出版社黄育海兄的厚爱，感谢潘凯雄的序言，感谢所有帮助过我的朋友们。

1995 年 5 月，北京金台

辑三 文谭

史诗风流读荷马

——关于理由的《荷马之旅——读书与远行》

　　一个全地球读书人耳熟能详的名字，一个创造了史诗经典的人物，荷马，对人类艺术史产生极大影响的作者，仅两部希腊史诗《伊利亚特》《奥德赛》，足以流芳千古。然而，因年代久远，史料缺失，又成为史上一桩公案，是实有其人，还是后人杜撰？虽争论有年，莫衷一是，却不能掩盖荷马史诗在世界文艺史上的光芒。

　　今天，理由，这位写过众多名篇的报告文学家，以学者的眼光、行旅家的勤勉，对西方史艺术和古希腊文明的挚爱，对荷马作品的钟情，历经数年，数度深入爱琴海沿岸，深入古希腊文明的腹地，完成了近二十八万言的《荷马之旅——读书与远行》，由生活·读书·新知三联书店出版。

　　这不是一本泛泛地谈说经典，学究似的诠释史诗，也不是行走文学风景与人文的杂糅，作者以历史与文学的融会，以现场调查和作品情节的对应，以一个对于荷马和希腊文学的痴迷，也以东西方文化的多元视角，剖析、辨识世界史诗与古希腊文明成因源流，解读荷马作品的人物故事，阐述了开创史诗艺术先河的荷马作品划时代意义，同时，也从西方史诗与故国诗学传统、人性的开掘与史诗追求等方面，在较阔大背景上，解读两部作品的史诗价值和美学意义。

荷马史诗成书约在公元前十世纪与八世纪之间，千百年来被视为希腊文学的源头，也是"欧洲文化的万泉之源"，不啻欧洲古典文学的滥觞。《伊利亚特》和《奥德赛》分别有一万六千多行和一万二千多行。前者叙述特洛伊之战，起因是希腊美女海伦被特洛伊王子劫持，惹得希腊的各路英雄不堪此辱，在迈锡尼国王阿伽门农的统率下，发舰千艟，横渡爱琴海，直抵小亚细亚的特洛伊城下。后者描绘战争归来的主角奥德修斯故乡之行，历经艰辛，风暴袭击，妖魔横行，怪兽阻拦……最后施巧计，归家团聚。战争、人性、英雄崇拜，忠诚与背叛，野蛮与文明，家园与故土……成为诗史再三吟唱的情节元素。

理由说他"钟情于老旧纸质图书的阅读"，他以一个东方文学家对希腊史诗的执念，以散文家的艺术感觉，从"特洛伊悬疑"开始了他的文学的"荷马之旅"。一开始，他从作品为世人存疑的作者真伪、战争的诱因、希腊文明生发的人文环境等，逐一在书中描绘的有关内容中寻找现实的对应，他梳理史上有关文物文献，寻找佐证。他踏访希腊、土耳其，走特洛伊、迈锡尼、伊萨卡等有关荷马活动和史诗描写的主要地方。从荷马史诗的文本中，综合相关典籍，饱览人文风华。"走近荷马"，既有田野考察的史诗征信，又用散文笔法描述出此时此地的观感，抒写心中的荷马。他认为，荷马"雅俗兼得，在捕获听众与读者的同时，他的诗歌大有深意，有伦理诉求，有哲学意涵，有对生命的思考力和对世界与社会犀利的剖析"。而荷马史诗中的神话色彩及浪漫精神，他评说："在人类尚不能解释大自然奥秘的早期，以荷马为代表的希腊先人凭借自身的想象力上下求索，穿透了神与人的、经验与超验的、实相与幻象的界面，为文学拓展了一个彩虹万丈穿梭自如的空间，也给后代戏剧、绘画、雕塑诸般艺术留下纵情发挥的精神遗产。"

理由关注的荷马不只是学术意义上，不是对伟大诗人的身份认定，真伪求解，他从艺术的鲜活现场与史诗文本的观照生发中，从文明流变成因中，看取希腊文明之于世界文化的影响，重要的是荷马史诗的人本意义、英雄情怀、社会制度和历史演变的启蒙精神及当下意义。尽管特洛伊之战的因由有多解，而史诗中体现的人性确立，英雄崇拜，人心向背，自然法理，怜悯情怀，成为史诗艺术的内涵，也是荷马在这洋洋数万行的两大篇章，尽情挥洒，谱成一曲倾情天下的英雄交响，为世代读者青睐的原因。因此，理由称颂荷马的高明，"在于超然物外，以天悯人的目光俯瞰这场残酷战争中的芸芸众生"。

书名《荷马之旅》，显示作者对史诗的敬畏，对荷马的钟情。其实，旅行寻找完成一个心愿。在理由看来，荷马既是伟大诗者，也是一个"共名"，史诗的化身，所以，他每每提及，"走近荷马"，用心感受史诗，是一种修为，因此，书的副题是"读书与远行"。一位热爱荷马史诗的读书人，走近了荷马，与经典遭逢，是一种必然。史诗超越了时空，一个中国作家执着探访，盘桓于爱琴海，书写了对古希腊经典的现代诠释，也是一种幸运。

全书结构精巧，步步深入，章节标题生动。从关于荷马的传说释疑开笔，一路行走，以鲜活的场景，杂以史诗内容的人文故事，连缀为现场、历史、原著的多维视角，在轻松不乏风趣的叙述中，以中西文化的对比，或世界重量级人文大家的重要论述（书中引述多达数十人次），间或在地中海"回望中原"，构成文本的逻辑体系、情感温度、文理法则的讲究。面对人们熟悉而陌生的荷马，理由并不专门考据，不事辩诬，而是用心去感受史诗精髓。荷马之旅，是跟着史诗远行，是读与写的心得，故而，真诚、精细、博识而节制，文气上的独具雅致，可耐细微体味。

千古荷马，史诗风流。作家理由取一瓢饮，却也精彩如斯，自得风流。

2019年11月

精品与美文

——读《精品中的精品——诺贝尔文学奖得主美文
100篇》所感

作家出版社最近出版了诺贝尔文学奖获奖作者的散文集，取名为《精品中的精品——诺贝尔文学奖得主美文100篇》。从"精品"中淘出"美文"，选编者的这个思路，这个运作，是富有创意的，同时，将世界级大师们传世名作，精编归拢于一体，翻读之后，颇获教益，也引起对当前散文创作的一些思索。

集子收录了40位全球文学界巨擘百篇散文，从首届（1901年）颁奖开始，到1993年后的现在，编者精心遴选了有代表性的100篇。这些作品不同于当前某些散文家的不良引导，各路写手们恣意作践散文的艺术品性，甜蜜蜜软绵绵、矫揉造作装腔作势故作姿态的东西招摇过市，诺贝尔文学奖得主们的这些散文，艺术性和思想性，并不是作者们的刻意追求，却留下了历久不衰的艺术精品，成为传世之作。

自1901年始，诺贝尔文学奖问世，获奖作者多是因其综合性的文学成绩享有这项殊荣的，综观90多年的这个大奖的评判情况，小说家们占一定的比例，纯系散文创作的文学家不多，然而，我们今天文化的开放意识在不断地深化和拓展，但同世界的对话仍需加强，对诺贝尔文学奖怀着既神秘又崇敬，既认同又挑剔，一种说不明白的情结和道不清的滋味，影响我们对她的正常的评价时，我们唯一能够做的是，从作家们创造的艺术世界中认识作家，从作家对人类情感世界带来的艺术启示和贡献中给作家以艺术的定位。过去，我们对这个大奖不能说不关注，但是人们多是从小说或者诗歌的角度来认识获奖作家们的艺术成绩的，而这个精选本则突出了这些文学大师的散文成就，突出了他们具有典范意义的美文艺术，即便是小说家们和诗人们，他们在散文创作领域的成就，被选编者发掘出来，形成了这样一个独具特色的精选本，这编辑劳绩是有意义的。我想，这本书对我们当前的散文创作也很有借鉴意义。

精品，我们的理解是艺术上乘之作，是凤毛麟角的，是历经岁月淘洗而仍葆有艺术价值和文化启迪意义。美文，同样渗透着艺术的创新精神，注重形式和风格上的精致和纯美，注重文体的诗化和哲理，注重艺术的情感力量。如果从相对意义上说，精品着重于不同艺术品的纵向比较的话，而美文则是从同类艺术形式的横向上比较，当然这些界定只是为了我们叙述方便，为了从编者引出的话题中谈开去。

正是从精品和美文这样的定位上，这本书突出了 40 多位作家们的散文是精选出来的美文，是从严格意义上框定了散文艺术的凝练和精纯，视散文是艺术大家族中活泼的小精灵，是生命和情感诗篇。依照编者对散文艺术的界定，20 世纪初以来荣膺诺贝尔文学奖的 90 余位作者，仅 40 位作家有幸入选，而且并不搞人头平均主义，有多有少，比如墨西哥的帕斯是以诗闻名于世的，收有他十篇作品，为本书最多的作家；少的则收一篇，有十余人，其入选原则是作品的艺术质量，真正做到精品中选精品，美文为准，文美第一。当然也不是没有可商榷之处，有的作品太重气势，质胜于文，有的又太冗长，精品不精。

从阅读效果看，精和美则更是体现在作品的艺术震撼力给予读者的阅读体验。这些作品可以分为两类，一类是在抒情意味浓郁的描绘性散文中，表现了作家高迈的艺术情趣和才能，通过日常生活场景的描摹，通过具象的事物场面和人物风采的展现，生发作家的人生感悟和情感体验；另一类是哲理小品和说理性强的叙事性散文，这类作品的作者多是哲学家和批评家，比如萨特、加缪、罗素等人。读这些大家手笔，一个强烈的感受是，对人文精神的阐释，对社会理性精神的钟情和痴迷，对人类弱点和生命惰性的关注，对人的灵魂世界和欲望的切入等等，都是力透纸背的，而且，这些作品中的情感力量依附于作家们对人生的理性感悟，因而显得大气而缜密，厚重而沉雄。我们读首届获奖者法国的普吕多姆的《沉思集》，读泰戈尔的《对岸》、罗曼·罗兰的《自由》、萧伯纳的《贝多芬百年祭》、纪德的《描写自己》、罗素的《爱在人生中的位置》，以及伯尔、卡内蒂、马尔克斯、希门内斯等人的作品，不妨说这类作品是人类精神中的财富和艺术宝库中的精华，是文学的美文创造者们留给人类的良知和文明的艺术之花。

读这本书，反观我们当前的散文创作，总以为在求精求美上我们的散文打磨得不够，平庸之作太多。我们这个时代的文化特征，从作品中看不出来，因而他山之石，可以成为我们创作的攻玉之错，我想出版这本有创意的书也是这个意思。

1994 年 9 月

272

独立天地　情怀高古

——简评《天地放翁——陆游传》

这部《天地放翁》，是一口气读完的。洋洋30余万字篇幅，阅读的时间虽是断续零碎，而心里感觉则是文气连贯，笔意畅达，有一口气的顺通、紧凑和快意。

"天地放翁"的题旨，浓缩了陆游的精神意象。陆游的名头在中国历史上，岂可了得。他一生主张抗金，矢志不渝，临终前，写下千古绝唱之句："死去元知万事空，但悲不见九州同。"环视国中，陆诗的坚忍、执着、率真、深沉，在历代爱国诗人中，无出其右者。"报国身心坚如铁""铁马冰河入梦来"，心系家国，念兹在兹，身先士卒，感天动地，流芳百代。梁启超诗赞他，亘古男儿一放翁。诚如本书所说，"在南宋狭窄而逼仄的天空下，他怀着一腔热血，孑孓独行，悲吟长鸣，是一位特立独行的超人"。他辗转于官场，战场，文场，"是一位伟大的爱国者，又是一位挺立于天地之间，光华四射的大诗人"。他创作的9300多首诗，140多首词，600多篇文章，记叙了他的风雨人生，也为中华文明留下诸多珍品。

作者陆春祥以可信的史实，生动的细节，摇曳的笔致，以及还原历史现场的表现力，叙写了一个有着深挚家国情怀，有着传奇经历、可爱性格、众多爱好与成就的陆游。这个"超人"（作者语）形象，在作者斑斓温情的文字中，既是生动的"这一个"，又是"熟悉的陌生人"——这是一个由江南文化之邦、士大夫精神孕育的陆游，一个家国情怀、心心念念的陆游，一个风雨人生、坚忍前行的陆游，一个情怀高古、诗酒人生的陆游。作为"中国百位文化名人传记"之一，近十年这项工程业已完成了十之八九之后，陆游这位名头显赫、有故事、有情怀的名人，为其立传，寻觅合适人选。我以为，陆春祥担纲是恰当的。且不说，族亲（同宗同姓，又都在浙地越乡）的情感关联，而他对历史的痴迷，对笔记体史书的研习，近年来完成了多部唐宋文化笔记和史书札记。作者的博识、兴趣、坚持，足以完成陆游传的写作。

不同于其他历史名人，陆游史料多，名头也显，为其作传有不小的挑战。首先。作者下了硬功夫。从浩繁的有关文字，取精用宏，记述了传主的重大生活场景，从诗文作品中印证，以不同的时空间联结，这就是我们看到的，笔记体例式的布局章节，展示陆游的生命、生活、写作，各有功名，勾勒最为突出的人生亮点。全书以时间为纬，又从一个个生活的不同空间节点展开：家世、赴考、入仕、致仕、著述、归乡、应招、乡居、终老、热爱生活，或流连于花草农事，或酣醉于友情乡谊中，等等，一代爱国诗人的人生足迹和心路历程，一个行走于天地间，"把诗当日记记"，在诗酒人生中坚忍前行的陆游，跃然书中。

记，笔记，纪事记怀，自由洒脱。作者书写一个昂然于精神天地间，自由奔放，人文情怀深挚的爱国诗人，他的生活故事，精神世界，爱情友情，包括学医制茶改菜名等趣闻逸事，凡此种种，传主人生不同阶段的主要功名，他性格多侧面，甚至人生低潮落拓时的心理负累，书中得到了生动翔实的展现。我们看到，史料印证与场景还原，兼有作者主观评述，闲笔逸出，转换灵活，生动自然。比如陆游的临安初考，因为秦桧的作奸弄权，他遇到了不公，为此作者虚拟了几题考题，表达了时空远隔的迟到义愤。比如，与唐婉的爱情，一曲《钗头凤》，曲尽世上悲情无限。比如，"史上奇文"《书巢记》、花甲之年知严州时"劝农文"的写作，耄耋高龄修《南唐书》，临终时对儿孙的报国心迹的坦露。比如，入蜀后南郑任职中与老虎过招、剑南诗稿的海量收获，与蜀地诗友们的交谊，等等。这些陆游人生行状的高光时期，成就一位天地独立，情怀高古的形象。

另外，突出传主与各个文化事件中文化名人的交集，注重历史文化的深度展现，找寻精神的源流关系，人物形象有了立体纵深度。其中，作为诗人，唐代李杜等人是最为看重的，尤其是杜甫，同样的入蜀任职，陆游几乎走访了老杜当年的重要史迹，包括草堂、白帝城、三峡等。从越地赴巴蜀任上，他溯长江而上，一路的人文典故，诗赋词章，成为陆游的诗文生发点。同朝同代文人交谊中，声气相求，像朱熹、米芾等人，文人相亲，诗文唱和，又有观点辨疑解难。淳熙八年（1181年），他直书任浙江主官朱熹，写救灾信，陈情"夜不盖形，面无人色。扶老携幼，呼号宛转"的惨状。有作为后学，拜谒先辈的屈子、陶潜，诸子百家，《史记》作者，苏轼、严子陵等。心仪苏轼的雪堂，就有了陆游的《雪堂记》，崇敬严光的精神，流连于富春江畔的钓台；同为宋朝的有王安石、范仲淹、欧阳修等人，有朱陆的"鹅湖之辩"的旧址，他都以诗文相奉。这些诗章，展示陆游文心深挚，形象立体。特别是，家国情怀与民生疾苦，成为他挺拔于千古精神高地的重要标识。本书作者认为，陆游对先贤们的敬仰，"是有方向感的"。看似平实却精练的概括，是陆游人生奋力前行的重要支点。

陆游的一生多在行旅中，有交游会友，从师求学，有奉职赴任，也有致仕归乡，这些人生迁徙，行旅往还，山重水复，充满艰辛，又引发众多故事。这也是表现传主人生的最要节点。笔记式的自由随意，举一反三，写得生动机趣，恰也与陆游的精神性格相谐。他在首次赴任中，从当涂寻访李白旧时逸事，后走大信口，观旧时月色，想到欧阳修的《于役志》，惺惺相惜，启发了之后写的《入蜀记》。在长江之行水路中，沿途人文旧痕，诸如黄鹤楼上、屈子祠，他以诗凭吊……在行走迁徙中，一个不安的灵动，一个伟大的诗魂，不时地丰富，形成，而独立天地，精神自适，抒发经天纬地的男儿豪情，流芳于世。

在诗写爱国情怀上，陆游着笔最多，用情最深，也是陆游传的华彩部分。终其一生，尤到了晚年，更为炽烈火热，梦萦魂牵："关河梦断何处……胡未灭，鬓先秋，泪空流。"他在福州任上巡视海峡，写有看海诗《感昔》等，从大陆看台湾，"在中国诗歌史上从用诗描写台湾角度看，他是第一人"。因此他高度赞赏，"陆游那颗滚烫的爱国心，不分时间，不分场合，只要有一点点小火星的触动，随时就迸发"。

2022 年 1 月

燃烧的生命之花

——《邓拓散文选集》序

如今 30 岁上下的年轻人，对邓拓的名字也许陌生，他是著名的新闻报人，一位早年投身革命的文化战士，一位颇有造诣的政论家、历史学家、诗人和杂文家。

邓拓的散文创作丰收是在上世纪 50 年代后期和 60 年代初期，特别是《燕山夜话》和《三家村札记》的发表。这时，他从繁忙的编务工作脱开身，深入到社会生活第一线，创作了一些游记散文和抒情美文。当 60 年代初期，他的《燕山夜话》和《三家村札记》风行文坛时，他用这种知识性、趣味性又富有思想哲理的散文随笔，奠定了优秀散文家的地位。

一

邓拓于 1912 年生于福建的闽侯（今福州），从小接受的是传统文化的滋养，很早就从"经史子集"中获得"国学营养"；1929 年，考入上海光华大学政治法律系，后就读于经济系。在上海，参加左翼文化运动，在"中国社会科学家联盟"中任职。后到开封在河南大学读书，加入"中国民族先锋队"。抗日战争开始，奔赴晋察冀边区，开始了新闻报人生涯。从1938年参加《抗敌报》，后《晋察冀日报》，到1959年离开《人民日报》，邓拓在新闻岗位上"笔走龙蛇二十年"。政治生涯，新闻工作，革命人生，史学研究，文学活动，相伴相随，他的文章追寻时代脚步，有着鲜明的时代性和明快的思想性。

邓拓散文主要是随笔杂文，注重思想哲理，以知识性见长。最早在晋察冀时期发表的关于抗战生活的作品，描绘革命者昂扬斗志和坚贞豪情。戎马倥偬的战争生活，紧张的敌后办报，他的笔触朴实而谨严，书写对革命者情怀，对革命事业和新闻工作的一腔激情。

早期散文，滥觞于战争年代，以纪实性为主，描写战斗生活，纪念重大史实，有大场景，鲜活细节。1942年发表在《晋察冀画报》上的《晋察冀舵师聂荣臻——敌后模范抗日根据地及其创造者的生平》，达一万五千多字，从聂将军创造晋察冀根据地，投身民族解放斗争的伟大实践，刻画主人公，性格鲜明，形象生动，为描绘聂将军早期的纪实文字。在《恸雷烨》《国殇·诗魂·诗的永生》等篇中，怀念战友，刻画烈士精神情操。《国殇·诗魂·诗的永生》是纪念烈士司马军城的，记述诗人战友文学成就，用"国殇"意象，象征烈士诗魂不朽："这个掩埋在冀东原野上的年轻人的尸首可以朽坏，但是他的诗魂是不朽的。今天，我昂头遥望冀东的原野、追祭司马军城，礼赞现代的国殇，祝他的诗骨流芳，他的诗永远传诵人间，垂于无穷！"

同一时期，作为边区党报《晋察冀日报》负责人，在敌寇"清剿"袭扰的转战奔徙中，在前有围堵后有追兵的战争中办报，传达党的声音，反映边区群众需求，是他心之所系，也是他文之所写。到新中国成立，安定的生活，时代文化变化，他创作《燕山夜话》前后，作品描绘生活的典型，写人物的情感心灵，也有意象营造。他创作了杂感小品，随笔特写，也有抒情性美文等。知识性与思想性，相得益彰，留下了彪炳当代随笔杂文史的《燕山夜话》。

二

邓拓的散文创作，丰盛期在50年代以后，这一时期体现在叙事性散文的写作中。他从事新闻工作，长期写作时评和政论，此时一个新的变化是，对于文艺性的通讯特写如何向散文化方向发展，进行有益探索。

1956年，作为总编辑的邓拓，主持了《人民日报》的改版，这次改版对报道内容有了广阔拓展，作为党中央的机关报，对各种批评意见和内容有了更为切实的明确，明确提出报纸多反映群众生活新面貌，发挥文艺副刊贴近时代、贴近生活和群众的作用。邓拓身先士卒，走出报社大门，到第一线采访，写了文艺特写，这就是作为散文收入多种选本的《访"葡萄常"》。

《访"葡萄常"》写的是北京一家制作料器葡萄的手工艺世家，"两代清寒"的家世和"人工巧胜天然"的"百年绝艺"。作品以新旧时代对比，阐发了人民当家作主的新生活，为家庭特种工艺的恢复发展，开辟了广阔的天地。"葡萄常"的几代姑侄姊妹，到了一个扬眉吐气的新时代，"一种欣欣向荣的好光景出现在她们的面前"，这必将为发展传统的手工艺带来活力，1958年，邓拓到宝成铁路采访，写了《英雄的路》《陈仓道上》等散文，以实地采访描绘新的生活新的面貌。

邓拓书写火热现实，注重生活新变化，创作了《可贵的山茶花》《令人怀恋的漓江》《一个新发现的神话世界》等游记特写，感事抒怀的小品。山川形胜，美好物事，吸引他的笔触，作品注重意境，透着浓郁诗味，也有历史文化的缅怀遐思。他写漓江，山水奇妙，自然妩媚，从自然与人生对比变化中，揭示自然之于人生意义。1962年创作了抒情散文《可贵的山茶花》。他写道，平生最喜欢山茶花，因在病中修养，与花朝夕相对，聊慰寂寥，专注而多情。看到20多天花叶离开母本而不凋谢，于是，赋诗称颂山茶花的生命力："红粉凝霜碧玉丛，淡妆浅笑对东风。此生愿伴春长在，断骨留魂证苦衷。" 在对自然花朵描绘之时，抒发了个人特定情境下的意绪情怀。这为数不多的散文，是他早先写文艺特写，新闻官的职业责任，到文艺家的创作自适，他渐渐地展现出对社会人生的思沉思考，对社会生活的多方面的文学表达。

三

邓拓是1966年5月，在"文革"还未正式成为"灾难风暴"之际，含冤离世。导致他成为"文革"最早受难者的直接原因，是五年前写的《燕山夜话》和《三家村札记》，被"四人帮"污蔑为反党反社会主义的大毒草。其实，这两部作品，是因友人所邀创作的，前者是他应《北京晚报》之约，从1961年3月始开辟的专栏，后者是他同吴晗、廖沫沙合作的专栏。

当时，因多种原因，邓拓调任北京市委书记，吴晗是北京市副市长，廖沫沙是市委统战部长。三人因为都是历史学家，都曾在建国前写过不少的杂文和史论，在编辑部的组织下，有了愉快的合作。邓拓夫人丁一岚在回忆这段往事时说："1961年，正当我国处在暂时经济困难时期，邓拓应《北京晚报》的要求，遵照毛泽东同志倡导的'百花齐放，百家争鸣'的方针，以提倡读书、丰富知识、开阔眼界、振奋精神为宗旨，开设了《燕山夜话》专栏。如作者在第一集前的'两点说明'中所讲的：办此专栏，将努力做到，在某些方面适当地满足具有相当文化水平的工农兵群众的要求。在为合集写的自序中他又说：'我们生在这样伟大的时代，活动在祖先血汗洒遍的燕山地区，我们一时一刻也不应该放松努力，要学习得更好，做得更好，以期无愧于古人，亦无愧于后人！'在此之后，他又与吴晗、廖沫沙同志合作，在北京《前线》杂志上开设了《三家村札记》的专栏。这些杂文旗帜鲜明、爱憎分明、切中时弊而又短小精练、妙趣横生、富有寓意，博得了广大读者的欢迎和支持。"

"文革"中，姚文元、江青一伙出于反动的政治目的，诬陷邓拓的文章是反党反社会主义的大毒草，三位作者被打成"三家村反党集团"，把邓拓名作《伟大的空话》《专治"健忘症"》《一个鸡蛋的家当》等，当作影射"黑文"进行批判，说是攻击了"伟大的领袖"、"对社会主义制度的诬蔑"云云。这也从反面说明，文章敢于对空头政治批评，坚持唯物主义，也构成了难得的思想性品格和说真话的勇气。

邓拓一共写有153篇《燕山夜话》，当时取栏目名称时，他想到利用夜晚的时间，向读者朋友介绍点知识性的东西，"使大家在整天的劳动、工作以后，以轻松的心情，领略一些有用的知识而已"。开篇文章是《生命的三分之一》，以一个老朋友口吻，围炉谈天式地与读者交心。从生命的价值这一崇高人生命题上，看待工作生活，展示严肃人生题目，体现了思想家的识见。邓拓提倡文章要有自己思考，反对作豪语大话状，不痛不痒地做表面文章，要坚持自己的观点，言必由己出。"每有题目都是谈自己所见所闻所感的，如果仅仅所见所闻，那只是录音机，必有所感，才能成为自己的东西，成为有思想的东西。"在他一百多篇文章的题目中，就能直观地感到他思想锋芒的敏锐，对社会问题的执着。

他在《伟大的空话》中，借用小孩子编写"陈词滥调"、内容空洞的"伟大的空话"，讽刺那些不讲实际内容和效果，欺骗和吓唬人们的套话、空话、废话，那些不顾场合，搬弄一些空虚的字眼和词汇，"说了半天还是不知所云，越解释越糊涂，或者等于没解释。这就是伟大的空话的特点"。在《一个鸡蛋的家当》中，对那种妄图凭借空想和说假话而自欺欺人的思想作风，作了斩钉截铁的断喝："历来只有真正老实的劳动者，才懂得劳动产生财富的道理，才能够摒除一切想入非非的发财思想，而踏踏实实地用自己的辛勤劳动，为社会也为自己创造财富和积累财富。"尤为难得的是，他在对当时流行的错误思想倾向批评时，对社会组织管理中暴露出来的弊端，也敢于大胆地陈词。最为明显的是在《爱护劳动力的学说》中，他从劳动力本身是最大的社会财富这一唯物史观的论题讨论开去，引述古代统治者也能懂得"使用民力"的"限度"的故事，严正地指出："有许多事情必须估量自己的能力是否胜任，决不可过于勉强，我们应该从古人的经验中得到新的启发，更加注意在各个方面爱护劳动力，从而爱护每个人的劳动，爱护每一劳动的成果。"在《陈耿和王绛的案件》一文，邓拓将"宋代封建政府用人行政的许多弊病"，处理案件的"扩大化和复杂性"问题揭示出来，用历史的掌故，打开人们的思路，这不能不是对我国多年来在执行干部政策上的偏颇的警觉。

邓拓对思想品格、道德修养、精神情操等方面谈得最多，特别是青少年教育。面对思想偏颇、抱残守缺和自以为是的种种思维，人们思想认识的误区，他在文章中进行批评，倡导正确人生观。在《主观和虚心》《推事种种》中，他抨击个人主义做事不负责任、敷衍塞责的态度；他鼓励青年解放思想、敢想敢干、发扬青春锐气（《胡说八道的命题》《说志气》《人穷志不穷》）；强调理论和实际、知和行的结合（《不要空喊读书》《事事关心》《文天祥论学》《变三不知为三知》）；提倡追求真理、坚持独立的品格和精神（《"颜苦孔之卓"》）；坚持实事求是，反对盲目从事和个人的独断专行（《放下即实地》《智谋是可靠的吗?》《磨光了的金币》）等。大凡那时期重要的思想理论问题，在他的随笔杂谈中都有所涉猎；有时候，他把思想聚焦到一两个重要的问题上，从不同的侧面，集中论述。

邓拓的随笔不仅是针砭时弊，思考社会问题，从身边事、生活事说起，娓娓道来，如同夏夜乘凉谈天。内容和话题，见微知著，文史掌故、天文地理、读书求学、农桑医术、军事棋艺、花鸟虫鱼，包罗万象，就题材而言，以丰富的知识绘就出一幅趣味盎然、启迪人智的长卷。

四

把文史知识和文献资料引入他的散文随笔中，增加了文章的可谈性和厚重感，这一点要有广博的知识作底蕴。邓拓因在20世纪30年代系统地研究过中国古代经济史，发表过明清经济历史的专著，他在文章中关于读书学问、农事生产、人文历史，涉猎居多。在《贾岛的创作态度》《杨大眼的耳读法》《宛平大小米》《北京劳动群众最早的游行》《北京的古海港》等，有关文化史的掌故，考证文字学、民俗学典籍，信手拈来，辨真识伪，尤其对农事生产格外有兴趣，是他对劳动和劳动人民的平民情感体现。他甚至像一个专家在谈论某方面的知识："养牛的好处""椿树的用途""甘薯的来历""围田的教训"等都是他所关心的；他还提倡"多养蚕""种晚菘"……一些生产和生活的内容成为他的文章主题，让"夜话"文章，于读者有益，成为生活和思想的朋友。

邓拓的"夜话"引用大量的史实典故，粗略地统计，他的153篇文章共引述古书、典籍达470处之多，不少的文章引用文史知识和背景材料达10多处。当然不在于引证多少，而重要的是作者在引述中活化史料，进行分析和辨析，并且创造性地将这些历史知识和传统文化，向读者推荐和宣介。周扬在《邓拓文集·序言》中说，邓拓的文章"旁征博引，议论横生，把知识和思想熔于一炉，写得引人入胜，发人深省，富有知识性、文艺性"。这指出了邓拓随笔的一个显著特色，他把丰富的历史知识熔铸在散文艺术的构造中，广征博引、生发时见、娓娓而谈，形成了独特的政论中见情趣，知识中出思想，融史实、识见、情致和理趣于一体。在邓拓的"夜话"文章出来后不久，作家老舍先生曾说，这是大手笔写小文章。这种小大由之、以小见大，由小处入手大处落笔，使邓拓这一时期的随笔散文有着知识的弘富和情感的力度，有着论辩的逻辑力量和叙述的清新活泼。在杂文和随笔的创作中，邓拓继承我国杂文的传统而有所创造和发展。杂文作为一种活泼灵巧的文学样式，在鲁迅手中得到了创造性的发展，形成了一种针砭时弊、文风犀利真切，熔描写、议论、抒情、引证于一炉的文学样式，在现代文学史上别开生面，有"鲁迅风"的美称。虽然鲁迅认为杂文是"古已有之"的，但作为一种完全意义上的文学体裁，是鲁迅的创获。鲁迅用他精湛的笔力，把思想和知识冶为一炉，使杂文创作获得鼎盛，鲁迅杂文论辩的犀利明快和思想的逻辑力量、引证的知识性等，启迪了大批后来者。邓拓正是从这几方面继承了鲁迅及一些杂文先辈的风格。但是，邓拓的写作是在一个新的时期，他的读者、论辩对象和阐述的事理，都迥异于前。作者自己曾说他的杂文是"为工农兵服务的"，这就同鲁迅时代杂文的服务对象不同，同鲁迅杂文的功用大相径庭，从而要求作者在继承鲁迅风格时有所变化，不是"论时事不留面子，砭固弊常取类型"（鲁迅语）般的尖锐和冷峻，而是以朋友式的交谈、分析、论述，有如叙述家常，娓娓道来，如春风化雨。即使是批评一种思想倾向，鞭挞一种丑恶的现象，作者也以明快而犀利的语言，和风细雨似的展开。用杂文大量地反映人民内部的思想问题，持之以恒地剔除思想上的不健康杂质，引导读者从历史的知识中激发对社会主义美好事物的赞颂，这只有在新时代新的人际关系上才有可能。这种服务的目的性和论辩的需要，使邓拓的随笔杂感不是致力于"类型"的创造，而是串联故事史实，从容的引证、明晰的说理，把思想浸入到知识情趣中。作者目光所及，虽然是那一时期重要的社会思潮和道德问题、精神文明以及读书学习等，但作者谈政治思想、工作学习，不是用教训人的口气，而是如春风拂面，给人以亲切和蔼之感。严肃的政治命题都是通过平等式的交换意见，阐发作者的爱憎好恶，作者与读者是朋友，是平等的关系。邓拓在同编者一次谈话中说，写文章反对以教训人的口吻，不能采取老子教训儿子的口气，引申典故，谈天说地，让人们在接受知识中获得对美和丑的鉴赏、对照，比作者大篇说教更能使读者接受。邓拓曾批评埋头读书，不关心政治问题的倾向。他写的《事事关心》一文，只是以明代东林党人的一副对联作引子，生发如何处理好读书和关心政治的关系。在《专治"健忘症"》一文中，先讲述一个历史上的健忘症"典型病例"，然后又从古代医书对这类疾病的医治，通过风趣的史实发掘和引述，讽喻说话办事不负责任的官僚主义。在有些谈读书学习的文章中，邓拓把自己读书的心得体会摆出来，加深了文章的生动性，亲和力。

五

读邓拓上世纪60年代的散文随笔，同那个梦魇般的时代记忆不可分割，联系到中国当代历史的风风雨雨，思想意识的曲曲折折，政治生活的坎坷崎岖，这些作品的出现弥足珍贵，渗透着生命和心血。对于那个时期严峻的政治形势，作者曲折地表达了一个精神世界不断求索者的心曲。一方面，显示了一个老布尔什维克的磊落心志和赤诚。另一方面，他以蘸着血泪的文字，为当代文化史书写了沉重一笔，表达了一位正直的新闻家和学者韧性执着的求索，奠定了他在文化史上的历史地位。

今天，读这些特殊年代里的特别文字，依稀看到一个正直的作家，用生命和智慧凝结的精神花朵，灿烂绽放。为当代文学史册，添彩增光。

1995年12月

笔端深情写田汉

　　田汉的剧作《关汉卿》《风云儿女》等，或许你没有看过，但国歌的歌词你一定不会陌生；田汉上世纪三四十年代参加左翼文化运动，一生经历坎坷，创作丰富，他的革命文化实践，杰出戏剧成就，丰富的诗歌、杂文创作，以及对艺术教育、文化管理的贡献，长留现代文艺史册，是中华文化的宝贵财富。

　　读谭仲池的《田汉的一生》（人民文学出版社），颇有心得。该作品以时间为序，记述了传主的革命活动、文艺贡献、心路历程以及精神传承，生动描绘田汉作为一个从救亡图存的历史烽火中走来的文艺家，身上所体现的战士的情怀、艺术家的理想、真理追求者的执着。田汉在22岁创作话剧《歌女与琴师》《灵光》并上演。1932年加入中国共产党，"九一八"事变后，他写有激励青年抗日的独幕剧《乱钟》，抗战初创作表现不屈民族精神的话剧《卢沟桥》。后为电影《风云儿女》主题曲作词，该词日后成为新中国国歌歌词，为电影《马路天使》插曲《天涯歌女》作词，流传广泛且久远；新中国成立后创作话剧《关汉卿》等重要作品……他以笔为旗、初心不改，风雨人生、砥砺前行，其精神洁净，文心高迈，是一位与革命同行、与人民同心、有着深厚文艺情怀的文艺大家。这部传记着重于田汉精神人格的描绘，概括出田汉的精神："一是对艺术的热爱与执着，二是服务于人民大众的真诚……他的爱国主义革命激情，追求自由光明的坚定意志，顽强不屈的斗争精神和赤诚、坦荡、热烈、豪爽、浪漫的诗人气质。"这也是统领全篇的精神主纲。

《田汉的一生》描绘田汉孜孜追求艺术的精美，以独特个性、多方面才能，彪炳现代文化史册，并且记述其与艺术家们的过往交谊，勾勒出现代文艺特别是戏剧艺术的史实概貌。田汉的戏剧，林林总总，题材广泛，艺术上不断变化，追求精致完美。他创作丰富，有话剧、京剧、歌剧、电影剧本、地方剧以及诗歌、散文、论文。戏剧创作有100多部，服务于时代和大众，思想内涵深厚，人物形象鲜明。早年虽有对域外艺术的借鉴，但后来历经血与火的现实磨砺，田汉的艺术风格逐渐成形，以现实主义手法，完成多部影响较大的抗战剧、历史剧，在戏剧史上留下多个有节操有风骨的人物形象。这部传记对田汉艺术成就的变化，从早年借鉴"波西米亚艺术"风格，到后期电影《风云儿女》、话剧《关汉卿》《谢瑶环》《文成公主》等重要作品，有切实的分析；也从田汉个性情怀对艺术风格的影响，综合其他艺术门类，比如诗歌和论文进行分析，让一个立体的艺术家跃然而出。其间，有关长沙人对田汉的称谓"长沙牛"尤为生动。一个艺术家的爱称，体现他倔强、执着、坚忍的性格。他与鲁迅、夏衍、聂耳等人的交谊，留下佳话，弥足珍贵。

传记之作，知人论世，不拘不虚，要激情与理性同在，人物历史与作品成就结合；文化大师的传记，尤其是在已有多本问世的情况下，如何突破窠臼，突出"这一个"，于作者是大考验。作者谭仲池以故乡人的情怀，以文化后学的谦谨心态，考据众多传主史实，走访田汉后人，描写家人心中的田汉，包括他去世时母亲的心结、家乡人特别的怀念。同时，尊重前人成果，引述并标明一些先行者的资料，予以补充和评述。作者擅长诗与散文，作品中很有激情的文本，读来文心斑斓，诗情可鉴。每个章节标题，以精练诗意的文句，概括田汉主要事迹及艺术成就，比如"蔷薇绽放灵光""遥望天边的晓色""梅尽仍留香如故"等。

总之，本书以历史、人生、艺术三重视角，写田汉的艺术家人生，写一代戏剧大家的艺术成就、历史贡献以及社会反响，在广阔的社会背景包括中西文化对比中，认知田汉对于中国文化特别是现代文艺的意义。读完这部传记，那唱响于国人心中的国歌歌词的创作者，那个为艺术殚精竭虑的戏剧之魂，在每个读者心中都会留下特别的分量。

2019年10月

仁者老田

——袁鹰和他的散文

　　九月一日，著名的作家，资深的报人，恩师袁鹰先生，因病去世。他原名田钟洛，又名田复春，在单位大院和朋友中，大家都叫他老田。他生于1924年秋，是望百之寿，去年初秋看望他时还说百岁一定要祝寿的，没承想酷暑流火，九月头一天，他竟没能挺住，住院大半年后，永远离开了我们。

　　老田多年前一次摔倒卧床不起。三年前，他不能下地，我与同事罗雪村去看望，他仰卧在可升降式的床头，给我们写字，找书，聊天。他精神尚好，谈吐清楚。每每雪村为他素描，他风趣地说，这样子画不好的啊。床头柜上放着翻旧了的唐诗选和几本新书刊。之前，他虽不良于行，偶尔下地与大家交谈。因喜欢他的手札，钢笔的和毛笔字都很有力道，雅致。一次，忍不住求他写句留念的话，他文不加点，用粗笔写了李白的《渡荆门送别》的诗，说我是那块人，此诗的楚地乡愁，我最能理解。看他有点抖动的手，一气呵成地默写，多么不忍，多么荣幸。其实，我本已收藏他的多封信札，随手记在便笺或台历纸上，随意，温馨。这次，专请先生毛笔字，因年事高，行动有难，只好用签字笔，但是笔力仍劲道，章法。他的随和，明慧，每每相见，都是很愉快和美好的，所以，每隔一段时间，约上雪村到袁府拜望。

他的家在普通单位小区，并不宽敞。客厅一角，有三两书柜和一张旧式两屉桌，形成一隅书斋，自谓"末了斋"，雅致隽永的斋名，由书法家黄苗子题写。书桌上老式玻璃板，压着原来报社老领导邓拓的著名诗作《留别〈人民日报〉诸同志》手迹，墙头挂有冰心的题词：海阔天空气象，风光月霁襟怀。东侧是夫人吴老师的生活照。局促的末了斋，明德惟馨，袁鹰老晚年在此安度十数载，时有文章面世，也接待来访友人。

老田原籍江苏淮安，他自述，初中时从杭州逃难到上海，住在曹家渡一带弄堂里，1943年考入上海之江大学，后来受进步人士和革命志士精神感召，参加地下党工作，1947年毕业，先在上海集英中学等学校任教，在联合晚报、新民报工作。五十年代初从上海《解放日报》到人民日报社。他主持报纸副刊，任文艺部主任多年。人们印象中他是谦和的兄长，也是尊敬亲和的师长。无论单位同事，外面作者，年长年少，多以老田称之。一是当年不兴别扭的官名叫法，那样子显得俗气；二是他的慈祥和厚道，大哥大叔甚至大爷似的慈爱，你没法去生分地叫个官名来。

他创作凡七十多年，作品有四十多部，可谓著作等身。高中时，他写有《师母》一文，是最早的文字。取名袁鹰，见于上海孤岛时期的诗作，因为母亲姓袁，也渴望人生如鹰高飞，笔名沿用至今，成为响亮的文名。查资料，袁鹰散文，在当代文学史上留有专门的评述和分析。早年的中学课本收有他的

《井冈翠竹》《小站》《渡口》《黄河的主人》等散文。

他的散文，写事记人，情怀幽幽，触景生发，内蕴深挚。早年作品，如二十世纪五六十年代发表的上述名篇，具有浓烈的现实感，细密的生活细节，对社会历史人的激情思考。新时期开始，他正当盛年，创作了《十月长安街》《玉碎》《京华小品》等意蕴深沉的散文随笔。个人的创作，也与他主持的报纸副刊上，高扬思想解放大旗，思考社会人生相契合，特别是为受迫害的冤假错案申诉，为思想斗士讴歌，传诵一时。长篇散文《玉碎》，记叙了被四人帮污蔑为反党反社会主义的"三家村"主角的邓拓，忠贞于革命和党的事业，为革命文化作出重要贡献，是为邓拓平反的较早的重要文学作品。散文《十月长安街》，描写天安门举国欢腾，庆祝粉碎"四人帮"胜利的历史时刻，抒发了"千秋青史人民创造"的豪迈情怀。这一时期，他以散文随笔加入了新时期文学的拨乱反正、激浊扬清的工作。人生风风雨雨，新闻工作几十年的历练，他"万千风云心底过，一支毛锥写纵横"。无论是长篇，还是短制，大处着眼，细部下笔，思想锐利，情感浓烈。晚年的作品，回忆人生，记录史实，描绘文坛过往，个人性的回忆见出新闻文化史，文字冲淡，平和，简约，深思。他回忆人生过往，出版了《袁鹰自述》。2006年出版的《风云侧记——我在人民日报副刊的岁月》，是一本有特色并引起较大反响的书。回首副刊岁月，悲欢交集，编辑往事，写来随意轻松，却意蕴沉实。有文化名家的过从，也披露一些文章发表经过。如电影《武训传》讨论、《红楼梦研究》批判、"大跃进""反右""十年浩劫""拨乱反正"等新闻文化史上的重要事件。书中描绘与文化大家，如冰心、夏衍、胡乔木、周扬、邓拓、林淡秋、袁水拍、陈笑雨、赵朴初、赵丹等人的过从，写文字交谊，谈他们的文章，并附录了一些珍贵的信件、手稿、照片。曾经引起过麻烦的"编辑部故事"，老田一一写来，风云岁月留下深深印记，启迪后人。作为过来人，以对历史和文化负责的精神、一颗老新闻人的赤诚之心，八十高龄的作者遍查现有资料，完成了一部当代副刊史的扛鼎之作。

上世纪五六十年代，是老田写作的重要时期，他有散文《第一个火花》《风帆》、诗集《江湖集》等出版，同时，他的儿童文学有《丁丁游历北京城》，诗《篝火燃烧的时候》。少儿诗作涉及国际题材。1953年，他的《寄到汤姆斯河去的诗》，以美国和平战士不幸的事迹，讴歌了反战和平的爱国主义和国际主义主题，获得1949—1953年全国少儿文艺创作二等奖，1960年创作的《刘文学》，获得全国少儿文学一等奖。他的少儿诗作，敏锐隽永，音韵铿锵，是散文之外的重要收获。他多次到域外访问，1963年访问巴基斯坦，创作了国际题材的儿童诗，1985年3月，荣获巴基斯坦总统颁发的"领袖之星"勋章。

他在文坛、报界几十年，曾任中国作家协会的书记处书记、主席团委员等职，为文、为人，谦谦君子，始终保有清纯的童心，无论是写作还是生活，善心美意，持守不变。那年搬家，我们多次表示去帮忙，看他满屋的图书刊物，想打包装车多么难，可是，他却自己一本一摞地收拾。他每有文字成稿，八十多岁高龄，亲自到街头自费打印，即使是我们的报纸约稿，都找人录成电子版打好，又专门到邮局寄出。他住没有电梯的旧楼，一住三十多年，上下三楼是个大难题，可他泰然以对。

他的爱心善行，修身修为，是人们熟知的。"文革"前，他将八千元的稿费交了党费，这笔钱当时可以买一个小院。他回忆说：我们夫妇两人工资完全够生活，家庭负担并不重。那个时候这笔钱大体上相当于三年的工资。当时想得也很简单，交了也就交了，也没有什么，当时报社其他同志也有过，不像我这么多就是了。这之后，常是有了稿费他就交党费。如今，这几近一个神话了。

四十多年交往，我几乎没见他生气发火，也没有与谁红过脸，批评过人，哪怕是部属、学生。工作上有了问题，他主动担责。有人说他宅心仁厚，有人说他老文人风范，也有人说他是老好人。总之，他是宽厚长者，他以一个老派文人，老共产党人的做派，表明了一股清流，也诠释了善良和美好真义。

九月一日，得知他仙逝，匆匆在朋友圈写上几句寄哀思：倾悉噩耗泣无声，半载沉疴不忍闻。音容慈怀德劭高，文采华章风骨存。一身清气百年寿，满心春温后辈情。"风云侧记"谁人续，"井冈翠竹"忆故人。

仁者老田。

呜呼，先生之风，山高水长！

2023 年 9 月 18 日

诗心与诗德

——读《讲诗的女先生——中国古典诗词专家叶嘉莹的
故事》

　　九十三岁高龄的叶嘉莹，以对中国古典文学特别是诗词的
精通，孜孜矻矻，为青少年们讲解古代诗词，传播中华文化，获
得了首届"中华诗词终身成就奖"（2008年）、"中华之光——传
播中华文化年度人物奖"（2013年）。授奖词称赞她是"誉满海
内外的中国古典文学的权威学者，是推动中华诗词在海内外传
播的杰出代表。她是西方文论引入古典文学从事比较研究的杰
出学者"。江胜信的这本书，记录了一个历经坎坷，漂泊归来的
诗词专家，致力于古典诗学研究与传播的故事，将高龄学者倾
心于中华文化的拳拳之心和对于后学的殷殷期许，融入笔端，
作品写得平实动人，为当前提振传统文化，实施中华传统文化
建设，提供了十分有益的借鉴。

　　叶先生颇有传奇的经历，见出她对中华传统文化的赤子之
心。出生大陆，中华人民共和国成立前随父到台湾地区，后来
讲学北美，到了中美关系解冻后的1974年，成为最早回到大陆
访学探亲的学人，四十多年往返讲学，最后落叶归根，将晚年
投身于祖国的教书育才中。作品以概括的笔力，将叶先生的人

生经历的重要节点，诸如"国败之哀，亡亲之痛，牢狱之灾，丧女之祸"，不屈服于命运的抗争，与学术生命的创造与坚守，互为渗透，书写了一位诗心昂扬的文化老人，奋斗人生，学术襟怀，讴歌她矢志不渝地研究传播中华文化，奖掖后学的精神情操。

难以想象，一个耄耋老人，在三尺讲台上，为弘扬中华传统文化，殚精竭虑，授业传道。1991年在南开大学成立了比较文学研究所，五年后，从海外募集资金，扩大成"中华古典文化研究所"。后又成立了以她别号命名的迦陵学舍。叶先生每一堂课，都座无虚席，成为学校一道特别的学术风景。听者蜂拥，有本校学子，有外校研究生，有记者，也有台湾诗人席慕蓉、中国工程院院士王玉明等。书中，翔实地记录了几位青年学子，多年追随她研习传统诗文的事迹。从9岁从电视上见到讲座后，北美学童张元昕开始听她的讲课，到19岁来华成为她的研究生。一个承续传统诗文，潜心于中华文化的修炼风习，在她不老的诗心引领下，渐为风气，正应了她"我希能够把中国古代文化所遗留的精华，中国古代诗人词人的生命、理念、志意、品格带着鲜活的生命流传下来"，这一夙愿得以实现。

叶老是诗学达人，著作等身，尤其是以自己的古体诗作抒发赤子情怀，有很高的造诣，她的《祖国行长歌》等诗作，描写了"欣见中华果自强"的游子"喜如狂""夙愿偿"的欢欣之情，为那些远离故土，漂泊天涯的人们传递祖国变化景象。书中从两个平行端来展开对叶先生研诗讲学的经历，一是她的诗心早慧，而一生坚持，成为诗学大家，并为后辈继承传统文化，殚精竭虑；二是她的祖国情怀，乡梓情怀。早年京城大院的生活，家教，童年，人生梦，影响她一生，晚年她毅然决然，用自己的积蓄，办学育人。这种不老的诗心与赤子情怀，成为她人生壮丽的风景，而这套以讲述中国故事为主题的人物传记，生动地诠释了，无论是什么职业，什么年龄，中国心，特殊的标记，才是人生最大的财富和能量。

2017年5月

走近林清玄

那天，冬日的一个黄昏，冷风并不太让人讨厌。计划中，到京城东四的一溜小书摊上随便翻翻，久违了的逛书店的乐趣，眼前花花绿绿的书，让我们好一阵流连。寻书，访书，俗称淘书，一个淘字写尽寻书者心急，读书人找寻之苦。

可不是吗，满眼的粉红淡绿，满摊的靓女美人照，真不知从何翻起。书摊上，才子们恃才傲物，才女们浓情蜜意，写家们天马行空，还有纯为稻粱谋者的胡编乱造令人目不暇接，也好生厌烦。找一本像模像样的书变得十分困难了，你说。我们不甘心，走了一家又一家，终不免悻悻然徒手而返。不知怎的，聊起了我们喜欢的作家，说起了正在流行的随笔和散文，你推荐了一本"高人"写的散文。你说，读他谈禅说佛的美文真是一个享受。于是我们有了林清玄话题。

海峡那边我的同胞同龄人林清玄，大凡散文爱好者并不陌生，早在三年前作家出版社出版了他的"菩提散文系列"，皇皇几大本，很是畅销。读这些书的名字就能感悟到作家的意趣所在：《紫色菩提》《如意菩提》《清凉菩提》《星月菩提》《拈花菩提》。最近，浙江文艺出版社出版了《林清玄散文》。在这些作品中，作家抒写童年、故乡，写友人、亲情，写自然、社会和人生，尤其是以独特的感受描绘了禅宗佛学与当代人生的关联。他的作品中现实世俗的此岸性与艺术追求的彼岸性，和谐地交融一体，给当前散文创作带来一股雅致高妙之气。你说，这些作品表现了生活中流动的美妙禅意，是作家以尊贵的觉悟和上品的智慧，写人生的感受，有华美高端之气，有烟火尘世之味，获得这种感受是其他的阅读所不多见的，也是要用心思的，细细品味，也触发了我的阅读兴趣。

这是不长的文字，是精致的小品文和美文。读着这些"菩提"系列的作品，我们不经意地进入一个禅与艺术的世界里，这是一个心灵与性情碰撞、世情与人心交织、理想与梦境相生相依的世界，这是一个燃烧着情感烈火与绽开着精神花朵的生命高地，是作家从世俗生活中获取的形而上的思索，是对生命的深切体悟和精神的崇高皈依的艺术提升。

菩提是佛教的梵语，意为断绝世俗烦恼、获得解脱的智慧和觉悟。林清玄把菩提意象引入为作品的主题，他是在世俗化的人生中表现灵性的优雅和精神的觉悟，他用智慧的灵性光耀书写，他阐释人生的困惑和世俗的平庸以及精神的高贵等等，直逼当下人生的心灵状态。尤其是在现代大都市的工业文明中，物质的张扬，文化的昌明，现代化的浮躁与困顿，滋生了不可言说的文明病。林清玄正是从这个文明时代的文化精神落差里，看到了精神情感形而上提炼的重要。读"菩提"们，我觉得心灵这个缥缈的东西有了一个切实的依附。我们习以为常的被叫作精神和境界的某种形而上的感受，有了一种具象的体味。进入现代文明，人们面对后工业化社会的物欲膨胀与信仰的缺失，面对客观世俗的流弊和主观超验的短视，人类如何发展自己，守望精神，心理平和与洁净，从作家的这些系列作品，或许得到一些启迪。

读林清玄，对我们的阅读是一个挑战，大量粗鄙流俗的东西充斥出版物，人们目迷五色的时候，没有神定气清，没有心闲安适，难以走进林氏的艺术创造。他的《黄昏菩提》中，如何以幽雅的情绪来迎接生命的喧哗而宁静；他的《吾心似秋月》中，如何以禅心的圣洁来看取人间的一切喜乐，承接苦难，洞明世事几达化境；在他的《清欢》中讲求心灵的品位，体味生命之程中的崇高；他的《清净之莲》中，柔软高洁而阔如海天的心灵与智慧，有如莲之珍品，又为觉悟世事、感知生命和善待人生的行为圭臬；还有，如《心无片瓦》《家家有明月清风》《有情十二札》《温一壶月光下酒》《四随》等（当然林氏还有不少写得十分精美的记人思故的散文和对艺术的评论），对我们凡夫俗子，这些渗透着禅的精神元素的智者之思，我们的粗疏和愚钝能够体味吗？你说，读林清玄也是一种精神的检验，他对生活的执着对信念的韧性，对生命情怀的热诚和智者的自信，是对阅读者智力的考测。斯言诚哉。当然，我们没有林氏那份投入的禅心，没有作家那份关爱生活和人世的艺术智慧，我们只能说，他那颗博爱的美好的禅意佛心，如惠风和畅，顿开我们芸芸众生的愚顽之心，也可医治那浮躁流俗的心，使我们一步步地走近了人生的本真。

你要我把这写出来，这是向我们所喜欢的作家行最认真虔诚的敬意。这匆匆急就的短章，对于曾经荣获台湾地区九十年代十大畅销作家第二名的林清玄，并没有多少意义，无非是想表示一个或者一些林清玄的崇拜者的善心而已。忘不了，多年来，林清玄那闪烁智慧之光、哲思之光，佛道禅意的精神元素的文本，是文坛上的奇葩异花；也忘不了，我们那份苦苦寻觅后的一腔情怀和满心的收获。

1995 年 1 月

深挚博雅自风流

——《清风白水》的美学意味

王充闾先生的散文集《清风白水》之题取自他的一篇写九寨沟的游记之名,其意象构成是淡然、清纯、流丽。清水芙蓉,天然自成,乃为人文之道,臻成境界,自古以来,为仁者所推崇。取清风白水,其韵味,意义,庶可近之,然而,王充闾的散文,于天然清丽之中,多有深挚、博雅的一面,唯其如此,他的散文创作自成标格,独出机杼。

散文创作的随意性和自由度,令文人雅士们趋之若鹜。纵观当今文坛,散文的潇洒几乎在小说、诗歌之上,或才情恣肆,或感觉挥洒,或悟性灵气的张扬,或智慧识见的投入,绝大部分散文内蕴深长,风格斑斓,作者们驰骋在这"文无定法"的天地里,承袭光大了"五四"以来散文说理、叙事、抒情一体的美学传统。散文的收获显示出这一文体的强大生命力。

散文艺术的天地广阔,但不外乎主体情感的抒发和客体事理的描绘,由此构成散文的情与理相统一的艺术意境。王充闾的散文集《清风白水》是由两类作品构成。一是作家游历大自然名胜风光、人文古迹后生发的感悟,形诸文字,以记叙和描述为主，作家的情感心怀寓于生动的客体展示和描绘之中；一是以论述事理，激浊扬清的思辨性见长，作家在娓娓的谈天说地之间，旁征博引，情思和笔意深重厚实。前者是抒情纪实性的文字，后者为说理析事的小品札记，恰应和了当代散文创作的基本面貌。

纵观《清风白水》中的篇什，题材选取都很随意，作家目光所及，足履所至，感事缘情，信笔由之，然而其内涵是浑重厚实的，得益于作家深挚的文心和情思，也得益于创作者主体情感的自觉投入。像游历三峡，访问南疆，到世界屋脊拉萨寻访雅隆河藏民始祖故乡等等，这些深重的历史文化和现时社会变化，成为作家写作的诱因。他的《读三峡》《冰城忆》《雅隆河，一首雄奇的史诗》等，文心炽热深邃，既有对客观景物和世象的描绘，又缘此感悟生活，感悟人生。在《读三峡》中，作家从自然景观和人文风貌中，描绘了大千世界的自然伟力的雄奇，又从客观物象和自然风貌上"读"到了人生的感悟和生命的意义。散文不拘格式，大小由之，为作家驰骋想象提供了舞台。散文的灵魂在于聚散敛神，创作者的情感投入构成了作品自成标格的"文心"。王充闾的散文，多是从社会和自然的风物世情中，聚敛为作家感世寄怀的一种深挚的情思。他的游历之作和记叙之篇如此，杂谈小品也复如此。小品的创作不同于抒情叙事之作多以主情来串联，它辨析事理，缘事阐发，其意境结穴在作家对具体事例的生发上。王充闾这类作品有如当今贬褒时风的杂文。他关于人才的漫话，关于迷信传说的分析，关于人与环境、生命的价值等等，都是社会生活的某一典型现象，或者是一个时期以来敏感的话题。作家或贬或褒，不作激烈的断语，层层剥析，沿着明确的思想指向说理分析。但是，作家这类论说为主的杂文小品，将自己主体情怀渗透其间，从自己亲历（包括所闻所见）的感受出发，论事说理既细致深切，又有可信可亲的功效。王充闾的杂文小品是他早期散文创作的主要样式，这类作品继承了邓拓为代表的《三家村札记》的风格，写社会人生的大题目，并不是刻意作激烈状，而是平心静气地像聊天说家常似的，体现出作家深沉思索的自信，也体现了作者的素养。

"散文易学难工"，王国维老说的，此言精当，为世所认同。散文创作既要作家有灵动的才情，又要有深沉智慧。如阅历丰富的人生老者，洞悉世事，明察人生，体悟万物。唯有识见的广博丰厚，才笔下有韵致，曲尽其妙，典雅弘富。

王充闾散文的美学风格的另一特点，是博雅和浓郁的文人气息。散文创作轻捷便利，不少作者都把散文当作试笔的练习，其实这是一种误解。散文最能体现创作者的才识和智慧。这里一是要有深刻的思想，发人之未见；二是要有丰富的知识，笔意纵横捭阖，尺幅寸笺抒写社会人生的博识灼见。

王充闾散文的博识典雅，体现在他行文时的叙述风度，既活化古代诗文名句佳词，又从容地引述经典，旧典翻新，浸润着古典文化意蕴。他几乎每篇作品都能够相对应地撷取古诗文增加其内涵分量，开拓文章的叙述视角，营造出古雅的文化意味。像抒写名胜风物的篇章，古今名篇信手拈来，自然熨帖；即使一些说理性强的小品札记，如《追求》《刻意求新》等篇，也是将论点置放在丰富的引证论据之中，连类引譬，作品的观点油然生发在繁复的引述之中。更为重要的是，作家的语言的古雅意味。王充闾注意锤炼散文的语言，它不是过分的口语化和平面化。他的语言具有浓郁的古典情调。他叙述描写时，先是着意于世象物体的"形"的摹写，再进行"意"的联想勾勒，从再现的状物叙事到表现的造境达意，他的散文境界在语言的跌宕挪腾中，渐次升华。

作为艺术表现形式的语言离不开表现内容的联系，所以不能孤立地将语言分离于作品艺术境界的营造。然而，语言作为叙述作品散文的重要意义，一是优美，二是精练，比之小说等，塑造典型的文学样式来，散文的语言张力更显得重要。王充闾语言的句式一般都不着意于描写铺排，也就是说他不多摹写，再现事件人物（包括风物世情）的情形状态，他多是以陈述句式进行评议和叙述。这既不同于直接对描绘对象做客观冷静的状写，也不是抽象的归纳或感觉式的主观评述，在融会描绘和评述之中，作家着意于对客观物象世界的内涵把握。在《读三峡》一文中，作家写道："三峡，这部上接苍溟，下临江底，近400里长的硕大无朋的典籍，是异常古老的……它的每一叠岩页，都是历史老人留下的回音壁、记事珠和备忘录。里面镂刻着岁月的履痕，律动着乾坤的吐纳，展现着大自然的启示。里面映照着尧时日、秦时月、汉时云，浸透了造化的情思与眼泪……作为现实与有限的存在物，人们徜徉其间，一种对山川形胜的原始恋情与源远流长的历史激动，便会不期然地呼唤出来。"这里描绘的景观物象渗透了作家主观体验的人生感受，语言的内涵指向上超越纯物体世相的再现，描述的是心灵对象化的客观世象。

王充闾的散文语言，追求意象的营造和凝聚，他展现作品的意境时，创设具体的物象，形成生动形象的思想依托，比如三峡之于大书典籍、萧红之于青天云霞等，而在语言的描绘中，作家又由具体物象景物升华为意象境界。在《青天一缕霞》中，作家开篇就写对碧空云朵的情怀，进而又将读萧红之后的感受，"把这个地上的人同天上的云联系起来"。"看到片云当空不动，我会想到一个解事颇早的小女孩，没有母爱，没有伙伴，每天孤寂地坐在祖父的后花园里，双手支颐，凝望着天空，而当一抹流云掉头不顾地疾驰着逸向远方，我想这宛如一个青年女子冲出封建家庭樊笼，逃婚出走，开始其痛苦、顽强的奋斗生涯……当发现一缕云霞渐渐地溶化在晴空中，悄然泯没与消逝时，我便抑制不住悲怀，深情悼惜这位多思的才女，流离颠沛，忧病相煎，一缕香魂飘散在遥远的浅水湾……"作品不是以云喻人，然而，云霞的意象则是了解萧红和她的创作的一个视角，"云，是萧红作品的风景线""她像白云一样飘逝着"；她的叛逆性格和她的颠沛人生，以及她对故乡土地的有如云恋碧空似的热爱，从这个生动的"云霞"意象中，作品找到一个好的表现角度。

王充闾的散文大多是小品随笔，这类作品以阐述事理，生发感悟为主。它可归入如今文坛较常见的杂文随感类，但又不同于此类多是从报章杂志上得来的话题由头，就引申出一番感慨来，这种常见的杂文之作总是在习惯的套路中形成创作定式。王充闾不同之处是从这些话题中，渗进自身的心灵体验，同时又力求在语言表述上糅进表现性较强的诗文典籍，增进文化意味，扩大表现内涵。但是同他近期的作品相比，这些作品的散文境界缺少意象的构成、生活的体悟和感受，略为空泛一些，作品境界有时显得平实欠灵动，作为文学的艺术意境和韵味，显得浅近和不足。作家自己也许认识到，《清风白水》的编排就是从后往前的顺序，他看重的是近年来的作品，也是那些艺术境界丰厚沉实之作。

1992 年 7 月

读李存葆的散文

本人读书属懒惰型的，有个毛病是爱"先易后难"，一本大部头的书，先挑一些短制小篇幅的翻阅，也是人们本能地排拒大的尤其是那些大而无当、令人生畏的长文的想法作怪。我还有个也是不太好的习惯，看书先看序跋闲文，再读主要的篇章，有一种鲁迅称之为倒过来的阅读法的偏好。眼前的这本李存葆先生的散文集《大河遗梦》，我也是先看了"赘语""附记"及"代序"，再看他的主要文字，先看了短小的篇幅后再拜读大制作的。读后，被它所吸引。我以为存葆兄的这部散文集，不像现如今市面上常常看到的散文选集类，多是一些故人往事的怀念，一些朝花夕拾式、怀旧型的生活琐细，或者一些游历感怀的文字的大路货，而是较为独特的，作家思考的是我们现代化进程中面对的重大的问题，一些现实生活中的大题旨、大命题，有着足够的斤两和内涵。无论是长篇大文，还是精短小什，都体现了一个思考型的作家深切的人生感悟和对现实的执着思索。

在近年来的呼唤大散文之声不绝于耳之时，我们常常读到像游历文化遗址、观赏风物名胜之后，从远古洪荒先祖世代到眼前现世，从抽象哲学到具象生活等等，对所访所闻所想所思的东西进行所谓的文化观照，出现了一些所谓有深度的文化观照的散文，有人名之为文化散文，有人简单地叫作大散文，不论何以名之，这类文章的特色还是相当充分的，自上世纪九十年代以来，较有市场。这种从文化的角度来认知历史和生活，激发人们多角度地思索人生，对现实的反思，有着极为重要的学理意义，把散文从精思妙想、微观细察的某种小感觉小认知的平台上，推向了一个新的文化与学理的台阶，得到了一些崇尚思考、热衷理性的读者的喜欢。所以，有不少作者乐于此道。这种现象的出现，有一定的人文原因，尽管贬褒相斥，无论如何，热闹总比沉寂好，从文化的层面上去加深文章的学养内涵，也应当看作是散文创作的一大亮点和收获。

应当说，李存葆的散文，一些大篇幅的作品也体现了这类特色。他的洋洋万言（有的达数万言）的如《鲸殇》《大河遗梦》《祖槐》《飘逝的绝唱》《沂蒙匪事》等，从选材到谋篇到运笔，从命题到炼意，从构思到阐释，都体现了作者独具特色的思考，这就是从历史的视角和文化的层面，探究人在自身发展进程中面临的重大问题，诸如环境保护与生存发展、爱的迷失与情感危机等。也可以说，"合二而一"，他思考的是有关人的物质环境与心理环境两个相关联而又相统一的问题。无论是《鲸殇》关于动物的杀戮，《大河遗梦》中关于母亲河的断流，还是《祖槐》的关于人与故土的依存联系、人与自然的相谐相生的关系、人类的迁徙流浪与本民族的兴盛发展，《飘逝的绝唱》

中关于情感的纯真与现代意识的整合等，都无不表现出作者对当前人类面临的两大难题：生存环境与情感历程，深入地进行了思考和阐发。所谓大散文者，我想主要的是说，作者选取的题旨应当是人类共同思考的问题，有着极为现实的启示意义，从题材的价值取向上就立意高远。当然，散文并不一定要求"唯题材论"，但从一些创作现象看，题材优势并不应否定。李存葆面对大河的断流，人的生存环境受到危害；面对美丽而有灵性的鲸鱼失落了生存的家园，人为地制造着动物与人类不可缺失的环境危机；面对纯真的爱情的迷失，寻找那古典美好的情感；面对人类在现代化的发展进程中出现的种种负面的问题，不可避免地要付出的代价，他的思考透过纷繁的现实，呼唤一种人间的美好的情感关爱，对人自身的环境意识的重视，人与自然的相互依存相互联系而和谐美好的关系……所以，我们读到作家在诸多篇章中，都是那样激愤，那样不遗余力、痛心疾首的呼唤。无论是家园环境与大自然的关系，还是家族的历史、爱情的升华等等的人文思考，都体现了作家的敏锐和执着。

我注意到，这部作品中虽然多是一些思考人文历史的散文，但它们不同于书市上流行的其他类似的作品，仅从一些史籍去钩沉索隐，注重的是对某些旧说的重新发现和新的论辩，而李存葆则不然，他不爱掉这种书袋，或者是仅从书本故纸中拣拾一些零星的片断，尽管他的一些文化类散文也有不少的引证古书史籍，古今中外相当繁富。李存葆更多的是从自己的亲历考索中，运用一些类于考古界的田野考察笔记来求证他的发现，他的论题，比如，在《祖槐》中，他实际上是对山东五莲李氏家族衍生绵延的发展史进行了实地实物的考察，文中的材料很大一部分来源于他的现场笔记；《沂蒙匪事》中类同于报告文学的史料丰富，也得益于作者的详细采访；同样，在《飘逝的绝唱》中，他从王实甫的《西厢记》写作背景和人物的活动场景进行一些考察，更主要的是从这些历史故事中，去探索今天的人们情感生活，包括爱情的变异、与人类本身发展的背离等等。历史中的人物生活与命运，通过一些历史的场面还原，才有了较生动而有趣味的情感细节。在这些作品中，李存葆总是很注重对历史史料的亲身考察，在这种考察中，让故事和史实活起来，这就有别于其他类似的文化大散文，读来更为亲切，更体现出特有的人文情怀。

早在上世纪四十年代，叶圣陶、夏丏尊等大家很注重作家的文心，成功的作品中有一个关爱人类、关注世俗生活的情感趋向，体现了作家深挚的人文情怀。在《大河遗梦》中，我们看到，作家的情感取向是古典浪漫似的，在一些主要作品中，看到他对远逝的古典人文精神的一种缅怀，一种不经意的追寻。他的几篇文章的题目，用"殇""遗梦""绝唱"等等命题，体现出对远逝的一种东西的追思和缅怀。这当然不能完全代替作家在本书中的全部的精神取向，但在对过去的美好的事物、美好的环境、美好的人文关系的怀想中，表示出作家的特有感情，忧思悲情。他唱着一首首动人的挽歌，面对着失落的美好，失落的纯真，失落的一切他所心仪的，他不免心有戚戚，惆怅而动情地呼唤，给人以久违了的人文精神的回响。

李存葆由小说家到报告文学家又到散文家，他的作品也兼具并包，几套文学手法都各擅胜场，所以从散文中看到他有时表现出小说家的语言张力，铺张扬厉，凌厉疾速，语言的转换跳跃，报告文学的人物和事件的纪实性效果，等等，都丰富了他的这些大散文创作的内涵。他的语言看得出来很是注重锻炼的功夫，在行云流水般的酣畅淋漓中，有时候多用排比加强效果，读起来也有如美文，当然多了也不免有些重复冗长，甚而有自炫之感，这是某些作品常常让读者敬而远之的一个不大不小的原由。但愿这并不成为影响《大河遗梦》为更多读者所喜好的障碍。

2002 年 10 月

心灵剖白　灯火万象
——读肖复兴散文新作

　　散文是有亲和力的文体，是文学大家族中小精灵。她不事宏大，不做作卖弄，不趋炎附势，矜持有仪，坦荡纯粹。虽也有话题，多物议，比如，散文的文化含量，掉书袋与老年文体，真实性与虚构渲染等等，即便如此，散文产量大，作者多，读者喜爱，作品成色以及文字的诚信度，多为圈内认同。

　　当代散文名家中，肖复兴是高产、执着、资深的一位。自上世纪八十年代至今，数十部散文显示了不凡实绩，可贵的是，长盛不衰的创作力，不断开掘散文题旨，文本多变并葆有相当质量，在南北报刊中，几近遍地开花，多篇作品入选高考选题，或在年度选本中常常露面。他是散文界的一棵常青树，一位劳模，他以执着的创作力，丰硕成果，装点了散文园地独特景致。

　　人民文学出版社新版的《肖复兴散文》，遴选了作家的新作，虽时间跨度十余年，多以近年作品为主，全书以《人生除以七》《京都之什》《北大荒断简》《音乐笔记》《父亲母亲》五辑划分。如题所示，感悟人生，旧事新写，听乐读书等，林林总总，风华有致，突出的是，以心灵剖白，灯火万象的真情书写，成为一本辨识度较高、有情感温度的作品。

散文，轻松自在，大小由之，无拘束，多真情，写俗世生活，是有我之文。这也是肖复兴本部作品特色。世相万物，人生故事，生命自然，亲情友情，他以散文的名义书写。既有亲历故事，生活百态，也捕捉世道人心，文化万象。题旨丰茂，文心古雅，情怀幽幽，有如古人所言，"日丽春敷，风云变态"（清方宗诚）的韵味。

人生阅历是文学必修课，多样化文学历练，成就了大家手笔和深阔文气。肖复兴的散文，不拘题材，细节饱满，多有知识性、人文气，特别是于平凡事相中，描摹人生命运感，留下时代生活的记录。当年北京胡同的儿时过往，北大荒知青风雨人生，青葱时节的成长经历，京城大院文化，昔年花草，亲情人伦，世态人心，缔结为一份特别情感，成为有温度的文字，也是一代人的成长记忆。加之，多年从事编辑生涯，早期的诗歌创作，又有随笔杂感、小说等不同的文体历练，成就了肖复兴文字的繁复浑然。晚近，他在绘画素描，主要的是水彩钢笔画上，研习精进，多部散文集的配图，都是他的手笔。经年累月，不同文艺样式操练，他的散文写作游刃有余，渐臻妙境。在小说方面，他著有系列长篇，在诗歌有现代诗或旧体诗，散文随笔则是近年主打，多卷本的散文系列影响广泛，本书问世，有了新收获。

肖复兴执着于散文，拳拳文心，矢志不渝。散文不像其他文学体裁，比如诗、小说，专事者众多，散文多为业余或是文学家另一副笔墨。文学史上，专攻散文的作家不多，个中缘由，或被认为壮夫不为，不如小说诗歌风光。我以为，散文是一种智性文体，思考性文字，并不因为姓"散"，成为随意文字，浅近文字。另外，中国散文传统深厚，对作者也有潜在压力。当代作家中，肖复兴的散文在数量和影响上，可圈可点。晚近，他的散文继续高产，在为数不多专事散文的作家中，他的持守，执着，实绩，令人感佩。

肖复兴散文近年呈主题性和专门化趋向。本集中，他的音乐札记，书写京城旧时风物、知青命运情怀等，一应为主题系列。这与一个成熟散文家的兴趣经历、学养识见有关，也是散文家的自我拓展。散文体量轻盈，内涵隽永，不是宏大建构，或高台大殿，但阅历、知识、书卷味，是优秀散文的基本要素，也是见其高下的关键。本书中，虽多轻简的生活画面，人生故事，却有对生命自然和人文的深挚思考。他写继母深情，胜过亲生，写父子之情，馨欢可闻；他写旧时故人故事，历历如昨，老城的瓦，故城的门，胡同的声音，门楼的楹联，或者果腹的菜食，柴米油盐，无不透视人文背景。鲜活的故事，韵味悠长的文字，形成鲜明的主题性，系列文字又增加了散文题旨的繁复丰饶。当前，散文主题性、专题性的出现，是一些作家的有意为之，成为文学园地一道胜景。

音乐笔记是肖复兴散文的"华彩乐章"，他很早就开始了这类散文创作。本书中专有一辑，将中外音乐经典进行了文学阐释。"音乐和旋律是把灵魂引向奥妙。"（柏拉图）肖复兴以个人欣赏体验，开掘经典音乐的意境，从作曲家生命情怀，感知音乐无国界的艺术魅力，"人类共同语言"的博大精深，以及对人生命运的影响。他多方寻访大师故地，行走于音乐圣地，说贝多芬、莫扎特、威尔第、施特劳斯、德沃夏克等大师，也听罗大佑、蔡琴和崔健等人；从音乐与人生，与时代文化和文学，特别是中国诗文的联系上，多视角、多侧面地展示经典艺术的丰赡华美，大师的人物风采。他写道："所有的音乐都指向心灵的深处……是对我们人生的救赎，对我们心灵的滋润。"他品评名曲带给人生的精神力量，从不同时空，不同的文化比照中，认知经典作品的人文精神和文化意义。他不是作普及音乐知识，也不是专门家欣赏经典解读大师，作为一个散文家，一个经年的"乐迷"，他解读艺术与人生的精神联结，高雅与平凡的共情共美，他以平实的文字，让音乐经典走进普通欣赏者心灵，或者，以虔诚的心态，感激文化经典对平凡人生的精神滋养，还有对有关史料和人物的独特理解。一段时间内，写音乐散文相当热闹，而肖复兴则是较早、较勤奋并有见地的散文家。

本书开篇《人生除以七》的题目，饶有新意，一个算术式，是作家对生命来路的回望、检视。人生如寄，来去匆匆，时间无情，人生被时间划分，为了回望，为了警示。或者，听听光阴的脚步，认识自己。这里有作家的自白，自省，也是对芸芸众生的启迪。岁月无情，回忆过往，与往事握别，坚忍前行。在这一命题下，他对生活的繁复冗杂，或者一些生活物事，平凡小事，投以极大情感。生活细琐，百姓行状，人生磨砺，悲欢离合，也有温情高义，欣喜与欢笑，一切过往，皆为序章。他以平实、隽永的文字，书写生活中的过往和不断变迁变化的现实。这是鲜活的现实人生，繁复的生命图景。这是肖复兴散文的人文基调——题旨浑然，不乏沉实，文字清丽，却饶有情味，故人故事，繁复冗杂，平民生活，人文气息，或者，这或是我们领略这本新著的一个线索。

2022 年 3 月

葳蕤的文学之树

——读《张炜散文随笔年编》

　　张炜是以小说名世的，不只是他早期的创作以小说为主，《秋天的愤怒》，"芦青河系列"，以及奠定他文学成绩的长篇《古船》，人们耳熟能详，现在，面前皇皇《张炜散文随笔年编》，由湖南文艺出版社出版。其体量之大，印制精美，是当下我见到的一个作家一种文学样式最豪华最丰富的选本。作家的实力和出版家的气魄，形成完美结合，产生出精美文本，足可羡煞文坛。

　　一次性推出作家二十本散文随笔，文坛也许还有，但是，一位小说名家，在创作盛年，写出了这么多散文随笔，至少在当代小说家中，张炜是第一人。那天，我们假座朝阳区世贸天阶一书店，看到一大摞散发墨香的新书，即使熟悉他的人，也有不小惊喜。

　　张炜是老朋友，三十多年前，相识于人民文学出版社、他出版《古船》之时，约是1984年前后。记得那天，在学长何启治先生办公室，与张炜初见，他刚出版了影响较大的长篇小说《古船》，我写有评论在《文艺报》上发表，后疏于联系，但他的小说也常有关注的。他的散文，在我多次的年选中选入。他的作品，从量上看，可观的是两套：一是长篇小说《你在高原》十大本，再是这套"散文随笔年编"二十本。《你在高原》三百多万字，当年评"茅奖"时，我就得到过出版社送上的评委样书，而这次有幸参加张炜的散文随笔发行会，面对一个作家如此的文学成就，你无法概括，无以表述，说他是劳动模范，说他是文学的苦行僧等，都不为过。这些个散文随笔年编，构成了作家散文的另一文学高原，其间，悠悠长调，斑斓景象，足可以让你感觉其丰沛的文学气场，厚重的文学价值。当然，更重要的是长度之外的厚实与分量。

张炜的散文随笔不拘一格，或大或小，有专题，也有散章，近四百万字。其中，不乏早期的青涩之作，但斑驳绚丽的文字方阵，构成了一座恢宏奇瑰的文学建筑。张炜认为，写作是一个"孤独者的心音"，自喻散文是一本"丝缕相连的心书"，用心去写，是他获得读者认可的缘由。他的散文有开阔的题材，不拘形式的文笔，情怀深挚的精神气韵，以及安然沉静的禅意。我以为可以看到的是以下突出的亮点。

知性与识见。张炜的写作，被认为是人文精神的守护者的写作。他的小说，有深挚的人文情怀，对历史和人生，自然和生命，有着激昂华丽的书写和高蹈的精神揭示。而散文也承续着他擅长对人的精神世界的体悟和阐发，从社会世相开掘精神层面的意义。洋洋二十大本，几乎包括了社会人生方方面面的感悟，尤其是在对世道人心的阐发中，他多是从普通的生活现象中，从一些平常的事例上阐发哲理，关注的是一些思想本体的问题，一些生命和生存的意义。比如，他写道：安静是生命的力量，也是生命的艺术。他说，朴素和精致是任何黄金所不能买到的。这些散文虽是短章，却从思想的高度，现实的角度，不乏有人生终极意义的思考。比如，对人生命运的拷问，对艺术情怀和生命情操的描绘，特别是具有普世价值人文精神的质询，是十分丰富而精到的。知性写作也是思想的写作，是散文中的风骨和精气神，是文学的钙质。在散文中，无论是读史，写人，谈艺，记往，还是阅读画家，品评人文，张炜都从一个思想者的维度上书写。时下，有些散文流于故事情节的平面铺陈，或者多是些小情小调和夕阳老调，缺少识见与思想的支撑，如是，平庸而软弱是当下散文的一个常见毛病。张炜的知性书写，是一种潜沉而深入的书写，是一种人文精神的表达，唯此，他的散文有了风骨和力量。

情怀与温度。张炜的散文有两个精神着力点，一是他故乡的齐鲁文化的支撑点，二是对于自然和大地的讴歌。故乡故情，吾土吾民，是写作者精神原乡，是灵魂的憩息地。早年，张炜作品中的芦青河，晚近的万松浦，都是他作品中经常出现的场域。这些散文体现了他执着的家乡情怀，其实是一个来自底层的知识分子的平民情怀。他的散文专题《芳心似火》，这部也被看成独立成章的散文中，有一以贯之的主题，就是对齐鲁文化特别是齐国文化的张扬，从人文立场描写这块土地上浸润着儒文化的众多物事、风习，其中多有家乡的悠悠情怀与拳拳心绪。这些看似散漫，其实是有一统的精神纽带，那就是对于齐鲁大地的风华物象的丝丝缕缕的情感。有些篇章中，见出他对人文精神的特殊秉持，他对喧嚣尘世中文化的缺失，对于传统文明根脉的敬畏，表现出作家特有的心怀，他注重现世生活中的人文情怀的接续。另外，他对大自然有足够的敏感，热爱，敬畏。他以人类最亲近的关系来描绘万松浦的动物和植物，寄情于那些原生态的自然物事，这也与齐鲁文化的崇奉自然相一致。张炜作品中的自然情怀和人文情操，浸润着作家细腻的情感，于是，也让文学和文字成了亲近和善的朋友。一个作家以其心灵的激情和生命的温度来书写，恰是对读者负责的表现。

韧性与持守。散文是轻快的写作，多随意而为，但是，能够坚持构筑宏阔的文学长廊，尤要作家一颗坚忍的文心。唯有沉静于文学的人，笃定于精神求索的人，才会有如此的创获与丰收。张炜散文给我们的启示是，一个人能够坚持四十年的散文历程，不惮其烦地去关心和表达、言说创作及创作之外的事，所以他才有了散文随笔中宏大的建构。他对人文世界、生活现场、自然物事等等，有较深入广泛的涉猎，其中，有创作心得感悟，有人生札记，有交友处事的启迪，对生活中美的奖扬和丑的鞭笞。题材的丰富随意，却有题旨上的深入切点，体现出他的文学韧性和坚持态度。他多次说及，他对文学神圣的敬畏。这种韧性和坚持，也是一个精神的守望者、文学有心人崇高的文学情怀。在当下文坛中，张炜的写作不是另类，但至少是一种特别的现象，即不迎合时俗，不迁就流弊，不满足现实的花花草草，他耕耘的是一片生机鲜活的百草园，他栽植的是一株葳蕤葱茏的大树。这种情怀和韧性，值得我们珍视和尊重。

2011 年 8 月

看似寻常最奇崛

——读李延国的新作

一个人做点好事并不难，难得是一辈子坚持；一个人历经坎坷，仍葆有大爱、初心，忠诚党的教育事业四十多年，追求理想，无怨无悔，一辈子做好事，行善事。这是一种什么样的精神？这样的人，不啻特殊材料做成的、大写的人。

这是李延国、王秀丽的新作《张桂梅》（云南人民出版社）中的主人公张桂梅，一个用生命和爱心，点燃了贫困山区求学儿童的希望，托举了少年学子的梦想，培养出一千多名山村大学生，为改善民族地区教育，尤其是为农村女孩的学业，做出了突出贡献，被中央电视台评为"感动中国2020年度人物"——云南华坪县女子高级中学校长张桂梅。

这是一部致敬之作，是对张桂梅奋斗人生的倾情书写，对时代人物的热情礼赞，也是对教育战线，特别是欠发达地区民族教育工作的深情致敬。张桂梅早年父母双亡，十七岁随姐姐从牡丹江到大理林场，后当老师，考入丽江师范深造，毕业回到学生中。几十年来，跋山涉水，上百次家访，十多万公里行程，她了解山区孩子失学，大山阻隔了他们的学习权利，民族地区女孩读书难，她殚精竭虑，多方呼吁，力争"扭转女孩因受教育程度低而形成的自身成长和代际恶性循环"。2001年，创办华坪县儿童福利院（儿童之家），开始致力于孩童救助和教育工作。2008年8月，筹建免费女子高级中学。其间，爱人病故，身患重病，她克服人手和资金欠缺，民族习俗和自然环境等困难的影响，在各方支持下，建成了国内第一所免费女子高中。她信仰坚定，从脱贫治愚，阻断贫困代际传递的高度，把帮扶女孩上学作为山区教育重点。她的事迹广为传颂，人们以不同称谓赞扬她——她把1600多名大山里的女孩，送进大学，圆读书梦，并学有所成，她是"筑梦者"；她在一次次家访中，认识到治穷先治愚，不能让山村孩子输在起跑线上，要用教育"斩断贫困代际传递"，她是读书脱贫的"宣传员""攻坚员"；她用心血感化，以微薄之力支助贫困生，让辍学儿童重回课堂，用知识之光点燃她们心中希望，她是"燃灯校长"；她爱学生如子女，多次捐献自己的积蓄，从儿童之家到免费女子高中，尽心尽责，以母性的情怀，传授知识，"拉扯生活"，教书育人，她是"张妈妈"……

　　这是一部温暖人心，充满温情爱意，有文本追求的人物传记。张桂梅的荣誉，除了"感动中国人物"外，她是"七一勋章"获得者，被授予"全国脱贫攻坚楷模""师德十佳教师""改变山区女童命运的公益校长"的荣誉。每一个名头后面都有感人故事，作品用生动丰富的细节，书写这些荣誉后面张桂梅的真情付出，无私大爱。在常年的家访中，她曾不顾小脑萎缩，体弱力衰，十多里险路"三顾土屋"，做家长工作；为筹措华坪女高资金，抱病街头摆摊，病床上辅导学生；每在身心疲惫时，与故去丈夫隔空倾诉，如遇难题或有退缩纠结时，她给自己打气，要"向死而生""再坚持一下，攀登高峰"。她追求完美，抱病之身不误教学，以高效严谨的教学质量，在华坪女高建成第一年，百多名山村孩子考上大学。她的付出，也得到回报，如作品所写，"你拥抱大山，大山就拥抱你"。作品以深挚的笔触，书写了她独在异地他乡，收获的崇高荣誉，在施爱与被爱的情感中，在付出与获得中，人生历练和精神升华。全文以第二人称讲述，叙述人称的"你"，也是华坪人心中的"你"，娓娓道来，交互感动，平易亲和，深化了作品的人情，事理，接地气，有温情。另外，本书开篇题记，似赞似诵："山有桂兮，金桂飘香，岩有梅兮，凌雪傲霜，梅兮桂兮，国之芬芳。"桂华秋皎洁，梅香师道存。"桂梅精神"，是作家从人物精神上提炼的文学意象。一个奋斗在山村教育第一线，不悔人生、平凡劳作的时代典型，有资格获此殊荣。其精神品格，人生境界，如桂之高洁，有梅之风华。

作为一位有成就的老作家，李延国的叙述风格，是文学性和故事味的结合，明确的文本追求。丰富的现场感，优美的笔触，写主人公的平常事、平常情。作品叙述细密，近百个小题，洋洋30万字，略有冗繁、细碎，却读来轻快活泼，人物形神兼备。人物生活故事，真切日常，看似平实，却渗透作家深入采访，深情创作的主体性。叙述语言，清丽生动，文本的诗意追求，故事情境和人物心理交相烘托，成长的过往故事，现实的人生情感，过去与现在的时空联结，尤其是，红色文化基因的影响，从当年"红岩故事""江姐形象""红梅赞"歌曲精神，一系列的文本联系，使人物精神，文字内涵，得以扩展。一个时代主人公的深情叙事，因为文本的轻松，举重若轻，是人物纪实作品的上乘之作。

另外，叙述中偶有思想性火花闪亮，加强了题旨厚重。比如，对贫困山区教育的"空心化"，教育的公平性与普惠性，对脱贫教育如何不脱节，防止"教育返贫""精神贫困"，对文化帮扶如何做到"既授以鱼，又授以渔"等等的思考，很有现实意义。如同主人公一样，平凡中见奇瑰，平实中有光彩。

2021 年 10 月

何建明文学的意义

何建明之于纪实文学，或者说报告文学，是一个标志性人物，他站在方兴未艾的报告文学创作现场，叱咤风云，笔意纵横，佳作连连，成为一个现象级的作家，对纪实文学有特别的意义。

何建明创作凡五十年，跨整个新时期、新世纪，进入新时代，是一位报告文学倾情的写者，一位追踪时代变革，社会进步，民生冷暖，记录历史，聚焦人文，描绘世情，刻画形象，一位情怀幽幽，文心拳拳，笔触老成的作家。他创作时间长，著作丰盛，获奖较多，影响较大，在当代作家中，特别是纪实文学中，并不多见。

迄今为止，他有四十多部作品和多部影视问世，被翻译成多国文字，也有不少关于他的研究文章。一个时期内，特别是近十年，他几近每年一两部作品问世，多有影响。无论如何，一个文学劳模（他是全国"五一奖章"获得者），一个对文学情有独钟的作家，一个执着于纪实报告，在当下为文学争得了声誉，增进了文学与读者的联系，特别是为繁荣报告纪实作品，功不可没。或者说，何建明的文学事功，对于当代文学，特别是纪实文学的繁荣，是一大推助。

何建明的文学，贯穿了时代性、人民性和人文精神。他的作品，多反映重大事件，集中的主题性，或者，他以宏大叙述，对社会世相、人文历史、精神心理，进行深切又生动的书写，形成纪实报告的大家气象。

纪实作品是"时代的艺术文告"，这是当年捷克作家基希，对刚刚风行于欧洲"二战"时期的报告文学的界定。时代的，艺术的，成为纪实文学的一个恒定标尺。中国的报告文学，有说是舶来品，也有所谓古已有之，但作为一个文体的影响，一个文体的成熟，应当是上世纪二十年代后，有《饿乡纪程》《包身工》《上海一日》等代表性作品，才完成了这个文学样式在中国的身份确定。之后，家国情怀，重大历史，英雄精神，公民意识，渐为纪实报告的重点内容，与时代同步，与社会生活同频共振，报告纪实的华丽转身，或者说革命性的变身，是自上世纪改革开放社会变革后，在现代化文化多元发展后，才有了它与文学各大门类，共荣共存的面貌。

新时期的报告纪实，热闹兴盛，风生水起，何建明没有参与到早行者行列，但他见证了那一时期，或者，他经历了那个文学变革的风云历程，也是从这一时起，他从过去小说诗歌作者，成为纪实报告的热心作者，以报告纪实为主，深度地书写社会性强，有历史感的主题内容，注重民生题材、社会问题，现场感，当下性。可以说，他的勤奋用心，一个专为纪实报告而生的作家，悄然显现。

就其影响来说，首获鲁迅文学奖的长篇《落泪是金》，是何建明的成名作，之后《中国高考报告》等"教育三部曲"，聚焦教育和青少年问题，其影响和文名，渐次形成。他执意于重大社会问题，题旨开掘，现场捕捉，多从社会历史视角，以作家的担当、公民的责任，战士的攻坚（他曾经是解放军战士），形成了特有的报告纪实（他自谓的"国家叙事"）的文学图谱。较早的揭露金钱利益对矿山采伐导致矿难频发的《共和国告急》，之后的全景式描绘"三峡大移民"的《国家行动》，再是聚焦大庆油田会战中的英雄传奇、精神遗产的《部长与国家》，以及近年的反映中国外交史上空前行动的利比亚撤侨的《国家》，描写革命年代共产党先烈的气节精神等等，作品中强烈的国家意识，家国情怀，道义承担，化为他的文学立场，铭心刻骨，文心明鉴。

因此，何建明的作品，体现了作家高蹈而鲜明的文学主张。具体表现为，一是聚焦大题材，书写社会问题，所谓宏大叙事，时代叙事，多视角，全景扫描，而中心是对于国计民生、社会问题，包括突发事件，迅捷反映。汶川大地震，"非典"，新冠疫情，撤侨行动，现代化大工程建设，这些即时的介入，适时的写作，林林总总，形成了何建明文学题材的"高大上"气象，史诗性内蕴，体现了作家的责任担当和文学敏感。

二是反思性，从事件中开掘新意，注重世情民意，寄寓遥深。无论早期的矿山题材，对矿难问题背后的经济利益与腐败作风的揭示，后来的《天津大爆炸全纪实》中剖析原因，揭示居安思危，严格科学管理，珍惜生命的教训，抑或是近期几部书写"美丽中国"的"中国经验、中国故事"，写浦东史诗巨变，写浙江安吉"两山理念"的践行，写浙江德清"仁义德行"推助社会发展，写成都双流的抓机遇干大事，现代意识，未来眼光，写港珠澳大桥工程的科技自强、苏州工业园的海归人才等等，聚焦大事件，着眼现代化中国巨变，揭示致力于强国梦、大国道路的当下中国，鲜活的经验与历史的启示，形成了何建明作品题材和思想的多维度，现代性。即使反思历史，如《革命者》《雨花台》《忠诚与背叛》等，从历史事件，革命进程中，描绘共产党人的精神气节、人格力量、初心担当。历史感与现代意识，相得益彰，形成作品的硬核，让旧老题材创化新意。

三是描绘英雄精神和典型力量。英雄形象，典型精神，在有些报告纪实作品中被弱化，特别是描绘健在人物，活的典型，有既定框框，导致人物形象单一，面貌难得可爱，书写各类典型，还要避开报章媒体的既有宣传。何建明知难而上，通过人物事迹挖掘，从平凡而伟大，简单却崇高对比中，写典型精神风采，写熟悉的陌生化形象。他写"山神"黄大发，一位在悬崖绝壁上为村民建造生命大道，一位变不可能为可能的"高山路神"，几十年矢志不渝，其生动的现场，鲜活的人物，精彩对话，体验式的文本感受，再现了英雄壮举，人物形象可敬可亲。有些以事件为主的作品，刻画群体形象，也注重典型化，见微知著。《浦东史诗》中，因为在海上施工，几位蜗居小小趸船，生活了十多个日夜的青年才俊，艰辛忘我，担当责任，青春活力，生动感人，成为作品大背景中一个亮点，窥管见豹，当代青年的英雄典型，得到充分展现。

"天机云锦用在我"，作为一个成熟作家，何建明构思讲究，文心舒放，落笔成文，力求做到最好的自我。一是，丰富的细节，诗化的提炼。深挖第一手材料，是报告纪实作品的基石，按业内说法，报告作品是用脚走出来的。何建明写《落泪是金》，采访上百人次，一个人物的采访来回十多趟。有的作品，史料搜集要查阅数十本资料。这些背后功夫，是心力定力。云锦自裁，操千曲而后晓声，作品才写得血肉丰满。他注重故事背景的开阔，和细节的诗意提炼。他写党史，写"南京大屠杀事件"，集研究与采访的双重体验，一些过去时的人物、事件，有当下现场勾勒，增进文本的鲜活与可信度。二是，讲求艺术表现的杂糅，文意开阔，注重意象。作品中的人物、历史、事件，形成特别的情节链，在描写中赋予了相关的文学意象。《浦东史诗》中，上海入海口远行人的展望，以及关于上海之名从名词变动宾词组的诗意诠释；《流的金，流的情》中，双流城市的民生经济与人文精神的双重擘画；《山神》中的平民情感，英雄精神，山神气魄；德清的山水景观与美丽乡村展现的人文画图等等，寄寓作家的诗意情怀，也是作品整体构思的文本伸延。三是，语言散文化韵味，情节展现上辩证互动。散文化不是某些纪实文学中的凭空虚构，人为加码，而是理性的渲染与点缀，是对作品内涵的文学加持。在《上海表情》中，写疫情下的上海，住地空院的一只流浪猫，是疫情中可爱风景，灵性动物与紧张的疫情，形成对照，"上海表情"，丰富多彩。写双流城市的社会变化，民生日常，偶遇晒太阳的百岁老太，笑谈对话，成为书中两千多字的章节，护生尊老，民间世情，小小镜头，可见一斑。再是，注重故事情节的辩证运用，从不同对比中，增强题旨内涵张力。人物故事，场景背景，有抽象的叙述，也有具象的描绘；写过往闪回当下，在远的背景上回述，又与近的场景下关联。写人纪事，说理抒怀，借鉴散文化语言，摇曳多变，视角转换灵动。报告纪实，曾认为是大散文的一支，渗透作家情怀，从心中流出的文字，或者说，见知识见情怀见性情的作品，无论是什么体裁样式，打上了作家印记，有意味、有风格，见筋骨，是读者欢迎而眼下不多见的。何建明的纪实文学，让我们有了这样的期待。

2022 年 10 月

善对文学　美写情怀

——叶梅散文略评

文如其人，此言不虚。叶梅的散文如其人一样，干练，理性，率真而热情。

读叶梅的这部新作《穿过拉梦的河流》，觉得她是在做一件有意义的事，她把当前文学、主要是少数民族文学中新的品质、新的现象、新的人物，用一种散文的方式记录下来，再现出来。或者说，在评述和书写时下文学现象的时候，她关注的是少数民族群体出现的新质。对此，叶梅以一种散文化的言说方式进行梳理，进行轻松而灵动的描述。仅从大多文章标题就可以看出。许多篇章，是热情地推介和评述有实力有潜力的作家作品，她是从阅读开始，说及到人，而又关联着描绘对象的生活经历、文化背景、情感心理，再回到文本和人物性情本身。文字由点到面，既见树木，又见森林，既有作家作品的某些特色的再现，又举一反三，从个体到群体，再现某类文学现象的描绘。这样，如本书题名所示，作家展示的是一条丰富斑斓的文学河流，一个多元杂糅的文化世界。这样的表达，对于小说家的叶梅，对于习惯了某些常规性散文的我们，是陌生的，新奇的。叶梅这类散文与其说是传统意义上的记事写人的散文，不如说她注重的是一种理性的随感文字，她以一种逻辑思维方式推进，写当下文坛的人与事，尤其是少数民族文学的现状，这可以当作是随笔类的散文。

散文的圭臬，其实包括所有的文学，用一句老话说，是表现真善美。我愿老套地以此证之于叶梅这部散文。可以置换一下，叶梅散文表现的是善真美。善，是善意的表现和表现善良，充满爱意爱心；真，是真诚的表达，写出真情，特别是写家乡和亲人的篇章；美，是讲究文气之美，纯美的呈现所描写的事物，让文学成为一种优美。当下，文学不缺少新奇，不缺少理性，缺少的是善良和纯美至性的表达。在叶梅散文中，善是第一位的，她以自己所操持的民族文学事业来表达对当下文学的关注，好多篇什时不时提及北京后海那个幽静的大翔凤胡同，那是《民族文学》编辑部，也是一个文学的集聚地。她推举众多民族的特别是人口少数、还没有引起关注的作家，评述他们文学贡献，透着深深情怀。她看到，在多民族文学的新现象背后，是一个多民族文化的繁荣和新生。她写了民族作家们对文学的钟情，对文学的献身，对母体文化的热爱，从较为广阔的幅度上展示当下繁荣热闹的文学之林中，是一个多民族文化生态的现实。

除了民族文学的评述和展示，散文集中有一些纪事写人和游历杂感文字。她用善良的目光看生活，认知人物，评品世事。包括写家乡的生活和亲人母爱的作品。在《三位老师》中，她用"我的田老师""我的宋老师""我的邓老师"这样的重复而直白的句式，表达对师长们教育友爱的感激。她只简单地写了三位老师不同的某一侧面。小学田老师在学生毕业时，他却一反平常，表示了一种近乎冷漠的淡然，听完大家的话转身就走了，而后来却不断打听学生们的情况。中学的宋老师在"我"下乡支农中手被镰刀割破，背着"我"回城，十几里路都是伏在宋老师身上走回的。而邓老师，数十年执着于一本《汉语同韵大辞典》，一直到退休后，完成了这项具有开创意义的文化工程，令人起敬。在怀念母亲的文字中，高龄的老母总不忘家乡的三峡民歌，无论是在武汉还是到北京，那是她的情感寄托，弥留之际也忘不了千里之外丈夫的出生地。于是，为表达女儿的孝心，叶梅护母灵柩回到鱼山，这是父亲的乡梓故里，与父老乡亲，特别是同父异母的哥哥们的感情，加上母亲的无私情怀，故土情谊，交织回环，令人唏嘘。

美是散文的一种要求，纯美更是体现了写作者表达的技巧。叶梅的目光是开阔的，也是尖厉的，有一些篇章对当下文化现象，特别是热点文化进行解读，以一种辩证的眼光打量丰富多元的时代文化。有时候，她是严厉的，有时温情中透示无情。在《三枪究竟能打多远》，对张艺谋的"三枪"影片表示失望："无聊""苍白""恶心"。她不能忍受这位国际知名导演来"鄙夷和嘲弄"观众。由此，她评说小沈阳、赵本山一类流俗文化。或许她太不容忍那些对于大众文化无端调侃和挑逗的东西，一如她对于文字的要求，保持着一个文化人精神的完美与洁净。

叶梅擅写精短散文，本书中最长的不过五六千，多在二三千字内，是散文的短制。散文易写难工，精短尤见功力。当下散文铺天盖地，找出一篇很好的散文，纯粹的散文，也难。我以为，纯美是很一个重要的标准。写物，写情，写人写事，没有对描绘对象美的发现和升华，就达不到一定的艺术高度，尤其是常见的物事和相同的题材。我很欣赏《庐山捡石记》，这是叶梅作品中的代表，文字不长，表达纯美。一个不经意发现的石头，竟牵惹了一腔心思。石头里有文章，藏着"千万年的秘密"。石头与这名山历史，人世风云，与作家的美学思想，等等，都有了一些关联，于是，小小石头引发出对一座山的感悟，一个历史文化现象的情感聚合。同样，《努尔，你好吗》一文，描绘了在埃及的访问中，认识二十岁女导游。埃及罢工访问受阻，提前返国，而那位努尔小导游可安好。有着深厚文明传统的埃及，如今成为一片混乱的国度，令作者忧思。她从一个导游的问讯和一个偶然的经历中，引发对于人情、文明与历史、政治与社会的思考。当然，说到美，语言的表达很重要。在作品中叶梅对文字是很讲究的，有些句子臻于雅致，这是散文最需要的，体现了作为小说家叶梅的文字能力。

2012 年 11 月

沉实为文　兀自花开

——詹谷丰、耿立散文琐谈

　　詹谷丰、耿立的散文，是有较高辨识度的，在广东散文作家中，近年成就可观。他俩都是客居者，本来广东包括深圳，还有与近邻的海南，文学名家多客籍移居者，不同的是，詹谷丰的时间稍长，入粤二三十年。相对岭南，他们来自北方，一个是赣鄱文化圈，一个受齐鲁文化影响，相同的"他乡写作"，不同的"北方文化"早年熏陶，其散文景象各异，文本自殊。

　　把他们作为一个话题评论，我以为，是开放的岭南文化成熟，文学多样化，包容性的体现。就写作题材和范围，他们并不是聚光灯下，居C位的，联合讨论，并冠之以粤港澳大湾区活动的名号，足见广东文学界的眼光。

　　与詹、耿两位作家，算是神交。与谷丰应该有些年头，缘于通信还是处理来稿，或在东莞某会上见过，记不太清楚。与耿立至今只有不久前的文字交往。有意思的是，读他们的作品较早，因为《北京文学》，他们在上面发了重要作品，并相继得过刊物年度奖，我写过评语。记得耿立是《谁的故乡不沉沦》，詹谷丰是《书生的骨头》。两篇代表作都是"硬核作品"，至少在我看来，在那个时期，六七年前，他们以这样成就从南方到北方，进入了文学主要是散文的高台。《北京文学》的缘分，加深了我对他们文学的印象。

其实，找作家不同点容易，无论是虚构的，还是写实类的，长短大小不同文体，不同作家，个性化的写作、个人性风格，是判断文学高下、良莠的标准，也是作家成熟的标志。而找相同点则难，除了因为个性化是文学的生命外，任何相似的类型的归类，可能是主观，不太切实的。

虽然，詹、耿二位散文景色斑斓，各得妙趣，但还是可以找到相似点，我以为，在内容上，一是对人文历史的热衷，打捞史实，写风骨人物。再是，以现代意识回望故乡，呈现现代文明下的人生种种，故土亲情，生命状态，文脉传统，底层人生等。他们的文字是真诚的，认真的，坚实中有柔软，有亲和力，不花拳绣腿，也不博眼球。文字自然灵动，有质感。另外，两位作家，沉实为文，默默耕耘，种好那片散文田园，不管春秋，遑论喧嚣。他们的创作态度，沉静自适，兀自花开。可以说是，有思想性的写作，接地气的写作，也是用心而有难度的写作。

一

詹谷丰的散文，是大气象散文，《书生的骨头》《纸上的文人》《广东左联人物志》等，写的是人文气节，书生情怀，英豪气概。他影响较大的几部，关注历史人文，从血脉、文脉，精神传统上，书写追寻理想，坚忍前行的一代文化人的命运。

他的人物形成系列，有民国名士，革命（左联）文人，乡间贤达，民间高人。用笔最深，是民国名士和革命文人。他笔下民国名士，性格强韧，风骨挺立，多谔谔之士，是剑侠之人。他钟情于岭南人文血脉，写左联时期的文学殉道者，以五位粤籍文学家结为一集，情感深挚，史料与现场，人物命运与社会评价相结合，活化史料，见史见人。写现当代人物，特别是革命文士，包括人们熟知的文学大家，或许是一个难题，已有的资料，进行创作，如何出新而又切实，有一些难度。詹谷丰注重原始资料，近乎田野调查的采访，甄别，活用，创化，写来游刃有余，见人见事，每每以数万字篇幅，写出主人公生命历程，事功行为，文学贡献，社会影响，不仅是对这些迹近湮没的革命文人的事略再现，也是对文学人物的生命情操，深挚的书写。他执着于写左联革命人物，敬仰之情，拳拳文心，昭然可见。写丘东平，这位革命军事文学拓荒者之一，30多岁殉难华东战场，写他马背上创作，"异数"的作品，火暴脾性，细节引征，还原人物，文人与战士的精神形象，丰富扎实。写欧阳山，相关文字印证丰富，采访实录鲜活，描绘出文学前辈历经新旧历史的人生道路。文学名著《一代风流》的作者，在詹谷丰深情的笔下，革命精神和文学情怀，也是大师精神的"一代风流"，启迪后人。

詹谷丰的人物散文，形成系列，洋洋数万言，考证辨识，还原史实，勾连现实，复活人物的生命历史。既有识见博闻，显示了鲜明的主题创作。此外，他聚焦古器物，对古琴、古金石、藏书、古植物番薯，以及老宅会馆等，都有书写，形成了散文作品的史家韵味，这类作品有《过去的房客》《半元社稷半明臣》《哑琴》《藏尽四库谁读书》等篇章。他有散文集《莞草，隐者的地图》，作为客居者，这些岭南的人文题材，源于对第二故乡的挚爱，也是对于岭南文化的致敬。

詹谷丰散文主题厚重，体量沉实，内涵深阔。但却追求灵动活泼，接地气，有温度的写作。即便写历史文化，名人大事，文字疏朗，不板正严肃。他的一些文章的标题很有诗意。他写广东左联烈士的题目是《山河故人》，山河是天地，是人生，是时空，左联故人融入了山河，其精神在大野苍茫中永存。这是很有意象的散文结穴点。晚近，他除了致力于东莞文化史书写外，故乡修水和赣鄱一带的人文地理，乡情人伦，自然物事，比如水井、城楼、屋堂、习俗等，从人文地理上和精神原乡上，写现实生命的种种，持守，坚忍，新变，有自然风物的，人文故事的，他娓娓道来，从容亲和，以现代性眼光，聚焦人文，散文文字呈现了多样风采。

二

耿立的文字好像专为散文而生的。不只是因为他主事散文，他的诗意语言，学者式的考究，现场感，以及情感亲和力，这与詹谷丰多有相似，思考性，随感式，为增益作品内蕴，注入丰富知识，引据古今中外文化典籍。生动的叙述，不乏精神性思考和情感渗透，无疑提升了文字张力。着眼于直面现实，剖白自省，写故人亲情，写底层人生命运，有如他所说的"信史"，其篇什可以当作有韵味的史志性散文。这是当下散文中不多见的。

耿立生于鲁西南，浸润在齐鲁文化、孔孟儒学的人文环境，散文的知识性和人文气凸显。他出生地又近邻孔子故里，对儒学少时或有耳闻，他写孔子的精神滋养，天不生仲尼，万古如长夜，文明光照，世代寻觅，长夜暗晦之中，历史深邃处闪耀着一支文明的烛光，这是儒学，道德仁义，是人类文明的烛照。他的散文集名就以写孔子的一篇《暗夜里的灯盏烛光》为题。他对孔子思想行为的理解，说孔子是"这个民族的寻路者"，是富有意象的解释，也是对中国文化元典致敬。以思想性的提炼，活化了人物，是耿立散文的一个特色。文化精神，思想原点，他慎宗追远，致敬中国人文先祖，写思想长河里的人文先贤们，是漫漫暗夜中的启明星，对后世影响，对人类文明的意义。一个是写赵尚志、赵登禹、赵一曼（"三赵英烈"）等，还有故乡人物，义士乡贤，也多源于此。另有一些对现实的不端与陋习发言，思想随笔式的文字，体现了雅致文风。即便写当下生活，世道人心，耿立的散文，有古今人文的思想连接，人文气息浓郁。他也描绘那些活跃在村社节日或家庭中习俗，或鲜活的文化遗存，比如，鲁西南平原上舞龙赛事等。

另一个是，对乡村现实的文学书写，他以现代性思考，从乡情、乡愁，自然生灵，故乡与游子，传统与新生等，文明发展的不同视角，在怀想、追忆、期待、反思中，描写现代文明进程中的山村，新与旧的时代性变化，抑或未来愿景。他多写乡人劳作生存的状态，艰难困顿，欢欣喜乐，儿时的情感，成长的烦忧，特别是以清醒的笔触，写别乡与回乡的情感纠结，他以故乡人心态不乏异乡人的反思，思考当下的故乡，如何走出现代化带来的困惑，如何在文明进程和现代化转换中，认清通向现代文明的艰难与不易。乡村故土如今有多少传统迷失在现代文明进程中，故乡是沉沦，失据，还是前行，变法？他的文章《谁的故乡不沉沦》，以一个走出来的乡村游子，反思当下的故乡现实，沉沦的不是生存现实，沉沦的是那个叫故乡的精神性地方。这也是走不出故乡精神羁绊的游子心态。所以，故乡生机与沉沦，是一个精神性的问题。六年前的这个诘问，在当下乡村振兴的国家行动中，也是个切近有意义的问题。故乡的沉沦与发展，耿立以文学家的执着，从文学的视角，也是人文的、人性的视角，表达一个故乡回望者的情愫。所以，他写"大地的事件"，写那个叫"木镇的人情风物"，直面乡村的困顿，写过往的人情的乡村，伦理的乡村，在与现实乡村的对比中，描绘现实乡村的发展进程，谁的故乡都不再沉沦，思考的文字，更有光彩。

　　思考者的勇气，也是文章的锐气。他在故乡文字中，坦露自己回乡与回城的双重矛盾，不是故作虚伪，他在《替一颗苍耳活着》名篇中，特别提及自己的身份归宿，在都市，自己是没有精神故乡的，"我这粒苍耳……艰难地寻找适合自己扎根的土壤"。而不回避当年逃离故土，摆脱乡村，摆脱灰暗的乡村生活的心态，"我一直回避农村之子的身份"。他多次提及，在南方在都市，作为北方乡人的生活习性，如何适应光怪陆离的喧闹，个中真诚的吐露情感，源自诚实作文，真诚感知生活，不欺瞒，不清高，作为一个执着故土书写的作家，有如大地厚实，如同他自况的鲁西南平原上一个苍耳的习性。

三

詹谷丰、耿立的散文写作，在当下众声喧哗的散文中，在各种口号的喧闹中，别有精彩。一、他们的创作，安静沉实，不急不火，自然流露。二、他们的作品是有着纯粹性的，人文气的特色。纯粹为人，沉实为文，不是简单易行的。从题旨内容看，历史人物、乡村人事、回忆亲情等，难有新意，不太出彩。然而，他们以文字的思想性，情感深挚，而不乏自我的剖白反省，成为高辨识度的，平实而接地气的文字，受到关注。三、他们建有自己写作的主题据点，就是熟悉的一亩三分地，而乡村文化的现代性观照，他们作为南方客居者有着天然的题旨优势，或许，这是他们创作的不竭之源。如果提点建议，在篇幅和体量上，还可以压缩，做点减法，或者，在这个散文以简轻和精练为体的样式中，把大的长的让位于那些以大为好为尊者，其实，文章的长短，并不是质的标准，何况，当下的阅读，不能说是快餐式，但精短已是大众十分认同的，我们写作的人也会是这样认可吧。

2022年3月25日

乡愁悠悠　此情可待
——评江子的《回乡记》

　　江西作家江子的《回乡记》，十数篇作品集中一个主题，即故乡的人与事，回望中的故乡情怀，或是，故乡在游子心中欲说还休的情感波澜、情感纠结。

　　时下散文或纪实文学一类，主题性张扬，故乡书写成为特色。文学是人生的感怀，生命的记录，故乡写作，自古以来是文学母题，也是最接地气，引发读者共鸣的书写。故园东望路漫漫，今夜曲中闻折柳，何人不起故园情……中国现代化进程中，人生迁徙，生活变故，抑或身份变化，习以为常。背井离乡，人生回望，故土、生命、亲情，既是文学书写的内容，也是慰藉游子们"乡愁"情感的重要生发点。

　　江子是故乡的虔诚写者，自村庄而县城后省城，他一路走来，有切身体会，之前有多部散文，对故乡"赣江以西"吉水那块叫大陇洲村的地方，执着而深情的书写。他的《田园将芜——后乡村时代纪事》《苍山如海》《青花帝国》等，多以自然生态，人文精神，书写他熟悉的故土，特别是赣鄱文化一带，大地民生，生命自然，社会发展与人生求索等等，对当下乡村的民俗风情，人生命运，有鲜活切近的记述，独特的认知和扎实深沉的思考，形成了特有的文学标识。

《回乡记》延续了江子作为一个新乡土写作者的执着与坚持。一是集中于他所生活的那个"邮票大小"的故乡，描绘这方历史悠久、人文荟萃之地，不同的人生命运，在世相民情，人文历史中，展示乡村驳杂斑斓的社会面貌，生命情状。在现实与过往，回返与出走，个体与社会，熟悉与陌生等，多视角、多侧面的记述中，寄寓深挚的游子情怀、故土情感。再是，从现代文明发展，看取故乡的前世今生，在回望中展望，从亲历中辨析，以现代性视角思考故乡的传统持守与现代文明转化，人物命运与社会发展等。回望，反思，期待，情怀幽幽，情思绵绵，是一部认知当下中国乡土社会的生动读本。

江子笔下的"赣江以西"是一个文学地理，《回乡记》描绘了一个现实乡土的人物图谱。故乡，人生衣胞之地，亲情血脉，老屋祠堂，是永远的挂牵。近乡情怯，深情回望，"这片乡土曾经是著名的科举之乡……南宋民族英雄杨邦乂、诗人杨万里、笔记小说家罗大经、明朝五使西域的外交家陈诚、理学家罗洪先、兵部尚书李邦华……这片南方乡土被三千年之大变局时代裹挟，经受了发展的阵痛，经受了前所未有的消亡与新生"。于是，在回望、眷恋、体恤和沉思中他记述家乡手艺人、工匠、拳师、医生，乡间达人，以及盲人按摩师、高考的落榜者、外出经商人等等，描写他们命运坎坷，强韧奋发，自在不羁，从人情伦理上，描写既熟悉又陌生的故乡世相，描绘新时代乡村人物的"精神史"，记述了一个回乡游子的拳拳深情。

开篇《练武记》中，渐渐式微的祖传武艺，浸透了两代人亲情，乡民热衷的祖上武术，于今后继乏人，祖父的武艺我辈失散，祖传未能承续，乡土文脉断层，令人唏嘘；《购房记》《建房记》可当姐妹篇，记述了家人亲友在购房、建房中五味杂陈，从村里到县城又回乡里，从购买到自建，世事反转，几经变故，物质渐渐丰富，人生追求、心理情感，如何对应社会变化，面对城市现代化进程，故乡面临考验。《临渊记》中，高考落榜的李瑞水，失踪多年，消失在乡人寻找中，然而，历史上在此出离故土的两个氏族——北宋的邓汉黻与晚明的刘时显，种种原因离开故土，前者在粤港后者去了湘地，开枝散叶，终有所成，故乡的情感，并不因为远走他处而消减。故乡是生命之渊薮，爱恨情怨，也承载着对于后人子嗣们的期待与考验，临渊前行，先人风范，对于游子心有戚戚。《怀罪的人》中的三生，开理发店红火，却卷走钱款，流浪不得安生，自责中筹措还债，以求乡亲宽宥，德行回归。《回乡记》中"我"的伯父曾水保，乡村技能达人，中专文凭，因家庭成分问题，滞留故土，坚守祖地，成为乡村历史的见证人，也是那些离乡者与故乡联结的亲情纽带。林林总总，原因各异离开故乡的游子，家园之恋，故土深情，没有来由，初心不改，终老不变。

文本叙述上，江子多以长篇大制，大开大合地展开，在记人与叙事，描绘与阐释中，以人带事，举一反三，纪实性写人写事，行文畅达见语言张力。记述人文历史、现实风景，注重情感心理的渗透，既有爱恋，也有不甘，直抒胸臆，坦诚真实。他从当下乡村的城镇化后，乡村的老年化、空心化，颓败之象，以及传统人伦的淡化等等，希望故乡的发展融入乡村振兴的现代化进程中，拳拳之心，昭然可见："一方面对故乡悲观失望远走他乡；一方面又在故乡视力所不及的地方对故乡魂牵梦萦……"每每在回返与出走，故乡与城市的往来中，他的反躬自责："我也是对故乡怀着罪责的人：我怂恿着我的家人一个个走出村庄，我是拉低了故乡人口居住率的逆子。"

激情书写，坦诚真心，殷切期望，让故乡也走上当下中国农村的发展，迈向现代化进程的快车道，江子的真情剖白，此情可待，回乡记怀，欲说还休，或许，这是游子对故乡的耿耿心结，也是现代人乡愁的文学表达。

2022 年 3 月

《娘》：致敬篇与警示录

在同类题材散文创作中，彭学明的长篇散文《娘》具有特别的意义。它写的是爱与被爱，是母性的伟大坚忍与后辈的不孝之悔。说它是一种大散文写作，不只是体量大，重要的是，在林林总总的亲情散文中，它写得情感汪洋，笔力恣肆，思路奔放，故事曲折，一唱三叹，发人深省。避免了那种清浅低回，甜蜜的滥情，单向度雷同化的书写。散文是描写人的基本情感，表达公共情愫的自由文体，当下亲情散文或者母爱散文，缺少的就是思想张力和情感深度，缺少思想的交流和精神的观照，《娘》的出现，对亲情散文和母爱写作，或许起了一个范本式的作用。

《娘》的主旨，我以为有三点。

第一，深情地表达母爱，是一部对母亲、母爱的致敬篇。洋洋40万字，描写"娘"的70余年的人生艰辛，经历了4次坎坷婚姻，为了一大家人口，包括继子女的生活，含辛茹苦却坚忍大度，无论对儿子亲属，还是与邻里关系，体现了一个坚强母性的无私品格。娘身上的母爱之光，真实而浑厚，有着湘西苗族女性特有的品质，又是普通劳动者所经历的人生历程。娘的形象，是当代母亲的"共名"，所以，引发了广大读者的共鸣。这是一部献给天下母爱的致敬之作。

第二，是一部儿女忏悔录，也展示了为寻找娘，"我"的人性复归过程。母亲是一个崇高的字眼，儿子的生命是娘给予的，儿子的成长也为娘牵挂。无论生活多么艰辛，人生多么复杂，有娘的日子是最幸福的。作者形容娘是一只"无脚鸟"，为了儿女，无私奉献，"飞了一辈子没有停歇，也不肯停歇"。然而，"我"却没有善待好娘，因为贫穷，因为生活琐事，多次伤娘的自尊心。但是，儿子的伤害却受到娘的宽宥，只是在娘过世之后，才有了相当的自责。他椎心泣血地反思，竭尽全力地找寻娘的老家和亲人。作者说，回忆娘，描写娘，是毫不留情地拷问自己的灵魂与良心的过程。写完之后，留给读者的是那份渗透着血泪的忏悔之情。

第三，描写了后辈人对长辈的孝道爱心，行孝要早，以免有"子欲养而亲不待"的悔疚，是一份孝心警示录。这一点很重要，也有现实意义。作品多次写到，当母亲健在的时候，应该如何去呵护、爱戴，表达真正的孝心，不只是物质的，更多是精神上关爱，情感的交流。在习焉不察的母爱氛围中，在生活的平凡日常，最容易忽略的是那份平常而伟大的母爱。作者以他刻骨铭心的体验，吁请天下儿女，关心父辈，"善待娘亲"，真心懂得娘的爱心，明白母爱的真义。

彭学明是散文高手，他熟练地运用不同文学体裁触类旁通的效果，将这部大散文写得沉实而不沉郁，凝重而不滞重，故事起承转合，一气呵成。除了情感高昂饱满外，语言也讲究，细节多感人和引人入胜的叙述，举一反三的哲理思考，在激昂的情感抒发中，写出了行孝敬老的当下意义。亲情散文多写陈年琐事，自炫家门荣光，而《娘》是从自己解剖不孝之情，为逝去的母爱，为自己人性的复归，灵魂的安妥，寻找作为晚辈的责任。为母爱这普世性的情感和曾经被自己冷落了的孝心，作了一个文学的理性的梳理，所以感动和影响了不少读者，成为一时的文学话题。

书中还有许多斑斓风景和人文风情。比如，湘西土家人的风习，几十年社会变化之于闭塞的农耕文化的影响，家族宗法与人情伦理的矛盾等，都在书写中有生动的展现。写作的收放自如，前后照应，峰回路转，无疑增加了阅读效果。

也许，彭学明情感太过用力、昂扬、猛烈，写人写事，有的地方人物的性格有点过，事件生动不免有巧合之嫌。鲁迅说过，人在激情太浓时，不宜作诗，"否则锋芒太露，能将诗美杀掉"。再是，从7万字到40万言的增补本，如何避免重复，也是要注意的。

2019年1月

陆春祥其文其人

　　陆兄春祥，富春江畔桐庐人氏，早年师范毕业，上过乡镇高中学校的讲台，后从业新闻，编采经营一肩挑，干得风生水起，业余时间情之所至，或心血来潮，捉笔为文，多以杂文随笔面世，自认为玩文字，业余"打酱油"。然，一玩不可收拾，一下子放了多个"炸弹"，在文坛有了声响。约二十年前，他频频出手，时评杂谈、散文小品、单篇专栏，等等，而杂文随笔，掷地有声，2010年，以一本《病了的字母》，捧得当届鲁迅文学奖，这个圈内颇有分量的奖项，五年一度，评出五位作家作品。他是业余（新闻人）写作，以杂文这个近年有些式微的文体，摘得殊荣，着实不易。奖项甫一公布，令不少人好奇，这是何方神圣。

　　一名业余作者，自诩玩文学的人，不承想"一鸣惊人"，令人刮目。其实，他是老资格的"新面孔"，上世纪九十年代，在浙江省内外、大小报刊上发表了不少杂文随笔，开过专栏，并有多本作品集出版。进入新时代，他井喷似爆发，出版了十多部散文。他苦读名著，勤奋著述，厚积薄发，可谓文坛劳模。

获"鲁奖"之前已有多部作品问世，如《用肚皮思考》《鱼找自行车》《新世说》等。二十年来，他创作二十多部，其书名就是一组美丽词语集萃——（按出版时间排列）《新子不语集》《笔记的笔记》《连山》《字字锦》《春意思》《而已》《袖中锦》《九万里风》《笔记新说》《霓裳的种子》《夷坚志新说》《水边的修辞》《论语的种子》，以及《天地放翁——陆游传》等等。

认识春祥，说自然也偶然，"鲁奖"后他文名日隆，因我每年编一本散文选本，关注散文随笔现状，也挑剔地看取时下散文模样。春祥的文章，有识见，多文气，雅致、温情又不乏风骨，或者说，有传统文章的学理气象，有现代意识的情怀表达，又契合读者的审美需求。在散文流于平庸叙事，缺少思想力度和文体变化的当下，辨识度较高的作家作品，自然为一些选本青睐。说偶然，因各类文学活动，不时在江浙文化昌明之地举办，哪次会上，哪个场合，或点头相识，或失之交臂，都有可能，以文结缘，喜爱同好文字，爱屋及乌，颇生好感，何况他是一个有趣而较为纯粹的文人。

他笔名布衣，很特别，接地气。布衣野老，古意幽幽，淡泊闲适。初见他时，一顶小帽，淡框眼镜，短短胡须，热络随意，有如邻家弟兄。春祥以杂文随笔出道，文章关注民生，有锐气，激浊扬清，也接地气。其人其文，布衣之说庶几近之。后来他一头扎进史书典籍中，以大量笔记体文字和人文化散文，称誉文坛。他出版的二十多部大作可分两类，一是写古代有情怀、有修为的人物，观照传统人格的独立精神，发掘历史人物和事件的当代意义，宏富雅致，文气盎然。再是，从人文地理视角，书写山川形胜在不同时空下的人文风采，文化情怀，客体是美，而主体是发现美，美美与共，成就了他多部人文自然的美文。如《九万里风》《连山》中的篇章。

春祥的文字耐咀嚼，源于读书多，读史书啃闲书，"多识于鸟兽虫鱼草木"之类，又勤于思考。与他同行，每每有关历史地理问题，他是活字典。一次在浙南缙云，那里古迹多多，历朝历代，有理学家朱熹、书法家李阳冰史迹，还有春秋的倪翁洞，远古的轩辕黄帝轶事，他都能为大家作些普及。为了笔记体散文写作，他对史书掌故尤其下苦功，有关文献、史实、轶事、掌故等，抉幽发微，广搜博取，不虚妄又不失其真，是高难度的写作，春祥是知难而进。宋人洪迈《容斋随笔》，七十多部1200多则，他通读多遍，文言古语，不用说弄懂，完整地读下来，硬功夫岂可了得。在回答《文学报》专访时说，"74卷的《容斋随笔》，三十年里，我至少系统读过三遍，第三次阅读，终于忍不住，写了两万多字的阅读随笔"。他读《东坡志林》《梦溪笔谈》，王阳明的《传习录》，刘基的《郁离子》等等。如此用力研读，从典籍、元典中，激发写作灵感，环视文坛，极为鲜见。他晚近大体量的笔记体系列，张扬了散文随笔新路径，人文传统与现代精神融合，激活典籍，风华自足，不只是文本意义的探寻，也是当下散文对传统人文精神的一次回望。他说，散文要三要素："文采、思想、趣味，一个都不能少。"记不清最早读他的散文是哪一篇，而《霓裳的种子》洋洋逾万言，说古论今，旁征博引，唐人诗意，史传人物，皇上臣民，风习传说，熔于一炉，是陆氏史传散文的代表。他写孔孟老庄一众人文先贤，不独为他们立传，张扬人文先祖精神遗产，也为散文的思想性作了有益提振。近二三年，他的散文集有多个出版社出版，一些单篇也屡屡在南北大刊物上问世，有人笑言，如此高产，一不小心成了"陆春祥现象"。

桐庐是春祥的衣胞地，他说自己是从乡野走出来的读书人，反哺养育那方人文厚重的乡土，念兹在兹。一条享誉人文风华的富春江，心心念念，也是他的骄傲，他文学版图上的故乡，他写过多篇关于富春江和桐庐的文章。四年前，在县上支持下，富春江畔大奇山下，一个古树环绕的村子，建起了富春庄。两幢不高的徽派建筑，一个池塘亭台围拥的小院，春花秋月，四时佳兴，有亭翼然，他取名为自然亭。这个小小的山庄书院聚集了当下鲁迅文学奖得主的手迹，成为一方响亮的文学圣殿。远远望去，那条流注人文历史的富春江，有严光的钓台，桐君药师、大画家黄公望等人行迹，人文风华加持了山川形胜，也开启了桐庐的文学胜景。开张不到三年的富春庄，有驻会作家十多人，多人次举办青少年文学活动，并开办少年文学院，两届学生的五十多部作品发表。作为庄主的他，想把这个文学场地，办成"长三角"一带青少年文学研学基地，文学高地。

山庄不远处，大奇山下一大片空地上，生长着细绒绒约一米多高的草本植物，铺陈出一幅偌大密匝的地毯，据说这是舶来物种粉黛乱子草。在这个山水滋润的空旷地方，远观江，近亲山，城市烟火，山庄文气，成为独特一景。春日，春祥游于此，触景生情写成一美文，我是从报上看到的。实地来访，初冬景象，草籽染秋，走近那块优美景观，春祥抚摸片片草棵，在花草丛中孑孑前行：一个热爱自然、情怀悠悠的散文家背影，在故乡山水中定格。

2023 年 11 月

闽西有个马卡丹

马卡丹的散文集《客山客水》将要出版，作为近二十年的老朋友，为他祝贺。承蒙不弃，我在出书前拜读了书稿，一个强烈的感觉是，闽西这个马卡丹不简单，不仅是他这些年始终坚持业余创作，也不仅是他的文字率性真诚，情采飞扬，长短兼及，隽永而温润，更在于他为文的坚执、韧性、沉静。这一点不容易。一如他自己曾说过的，在他的故乡闽西，有两件宝：地瓜和土楼。这平常的地瓜默默地为人们口腹之欲奉献着，只要有土壤和水分，就会生长结果，这是一种踏实和坚忍，也昭示了一种可贵的精神。记得福建的朋友总爱自诩为地瓜，从这种自谦中也能体味到一种认真的踏实和顽强的韧性。

卡丹作为一个业余作者，潜心创作，挤时间握笔，不为时风所动，十分执着地将笔伸向熟悉的故乡，写故人故事，回望人文历史，描绘现实风华，呈现一种深沉的文化底蕴，一种对故土的深挚眷恋和热切关怀。这几年，随着他创作日见丰富，出版了几本书，在一些有影响的报刊上发表了有特色的作品，有了不小的文名，在闽西以至全国都有他的读者。这对于一个业余作者来说，是很值得高兴的事。

卡丹这本散文集的出版，应当说生逢其时。散文创作在时下可谓大市利好，多年以来，散文相对其他的文学门类，购销两旺，它的活跃、流行，足可以让眼前这个稍显沉寂的文坛有了某些生气。但也有另一种现象，流行带来恣意，好像不论什么人都可以成为散文家，不论什么文字都可以冠之以散文。如此一来，良莠不齐，鱼龙混杂，作者写家们似乎人人握灵蛇之珠，家家抱和氏之璧。不难看到，一些注水式的文字在散文的名号下，大行其道；一些缺乏文采，缺乏激情，没有思想张力的文字，在散文的幌子下，败坏着散文声誉。另外，在所谓大散文和文化散文口号推助下，一些大而无当的、掉书袋的、食古不化的，一些纪实报道似的东西，招摇过市。我以为这些对散文的发展很不利。纯洁散文，摒弃那些伪劣散文，为散文正名，不是危言耸听。

就个人喜好，我对散文特点的认同是，短小精粹，张扬性灵，见出思考，如果再有文词隽永，意境跌宕，就是上品。这也是我国散文的优良传统。千古名篇，我们耳熟能详的也多是些精短篇什，意境与文采兼备的。时下，这要求也许是一种奢侈。所以，退而求其次，我们可以有一个散文标准底线，精短而平实，真挚而坦诚，打动人心者，就可视为好散文。所以，那些动辄数千上万言，洋洋洒洒者，凌空蹈虚者，或者文献文件转录者，不是折磨人就是考验耐心的文字，我们敬而远之，还有那些拘泥和坐实的报道性文字，都应排除在散文之外。以此观之，眼下的散文写作者众，散文文字汗牛充栋，真获我心者寥寥无多。如是观卡丹这本《客山客水》，基本暗合了我这个标尺。虽然，它们参差不齐，不足和弱点也较明显，可在我持守的一是精致、二是有情味的标准上，我认为这些作品不同于眼下那种泛散文化的创作模式的。再说直截一点，卡丹的这本散文集的主要特色，一是行文轻快清丽，二是意蕴多有创造，且多是短小篇章，作者一气呵成，读来自然畅达，叙事记人，真情实感，炼字铸意，多自己出。在这个热闹而有点发烧似的散文界，看多了大而无当的抒情，高头讲章似的哲思，华丽而空泛的美文，读卡丹的短章小制的散文，有特殊的异样的感觉。面对着丰盛的散文大餐，卡丹只是制作了一个家宴，或者是一盘白菜豆腐似的家常小烹，虽清淡但不浅薄，虽平实却不平庸，它们色泽并不炫人，却能引起阅读者兴趣，耐得住咀嚼。不知是否卡丹的有意为之，这本集子中，多是一些短而精的东西，从论题来看，它们都可以洋洋洒洒地划拉出长篇大制，可是，卡丹仅找到他所着力描述的那一点生发，写祖上的客家土楼，写故乡的楠藤蛋，写父辈的背影，少时伙伴的脾性和老师的温情，以及茶之悟、神山之思等等，他的笔墨十分节省，唯其敬惜字纸的节省，带来了限制，而又成就了精练。更主要的是，他的笔意纵横，力图在短小有限的篇幅中开掘出相当的意蕴，得益于他对语言的提炼和琢磨。他的《星夜，承启楼》和《又到榴花似血时》，被多家报刊转载，均不到两千字的篇幅。他生活小品式的文字，多是千字文，但精致简洁，有韵味。他的一些怀念亲人友人、描绘人物的篇什，多是取一个片断，一个截面，却注重刻画形象和性格，在谋篇上常有创意，力避径情直遂的叙述，给人以阅读的疏朗快意。

这本集子中，按题旨分为五部分，我看好两类，这也是主打的部分：一是游历之作，大都是描绘自然山水和人文景致，景观再现与旅行者的感悟交融一体，作者选取打动于心的片断，而着力点是山水背后的人文情怀；二是回望往事，记叙人物情状的文字，虽有几位是有些名头的人物，但大多是凡人小事，由此进行亲情友情的抒发。这两点在题材上不占优势，对作者是个挑战。然卡丹以独有的观察、敏锐的思考和细腻真挚的情怀，在不少篇中，有到位的描述和优美的文字组合，形成了既是性情文字，又有意味的游记纪怀。在时下的散文中，游历文字有很大比重，可是，到此一游式，说明书式的游记文字泛滥，卡丹似乎对此有所警觉。他的这类文章着重于游历过程的情感生发，并借此作思考式的发问。他的《走进郭公庙》《秋山品泪》《乡思无语》《神山之魂》等篇，贯穿其中的都有一个思考者的形象，从历史回望中，从人文视角思索过往人物，臧否史实，评品人生。他的思索穿过具体物象，从更为廓大的精神层面上，思考传统文化的发展，以及当代命运等。

卡丹以"客山客水"为书名，我想有双重意义，他是客家人，这个南中国影响盛大的"汉民族中一支优秀的民系"（见《神山之魂》），曾经给他以生命，给他以喜忧，世系胞传，有生命情感的联系，有挥之不去的族脉情结，他以虔诚而敬畏的心情，把这方山水世界进行文明礼赞，更以一个现代人眼光，从变动的物质世界中，阐述客家人现代化历程中，如何融入现代文明的流变和前行发展的走向。像闽西土楼、冠豸山，这深藏客家文化密码的具体物件，卡丹的笔触是深情凝重，从民系传统的深入描绘中，感受这块先民热血与祖辈魂魄熔铸的土地上，厚重的历史文化内涵，又从现代化进程中，反思特殊族群发展变化，不可避免的现代性命题，作为客家的后人，这种理性和勇气难能可贵。

这一点，从题目也可看到，"客山客水"，作为一个偏正结构的词汇来理解，是卡丹对家乡故园、"吾土吾民"的情感表达；而另外一方面，他把对世界的感悟，对大自然的一种情怀，当作是在不断的运动中，不断地行进中的文明之旅，这是一个现代人清醒的现代意识。诚如他所认为的，任何山水对于一个造访游历者来说是客，相对于自然而言，人类永远是客居者，于是，寻觅家园，永远在追寻和寻求，是人类发展的一个原动力。也许，这样的理解才能体会作者的用心。

有人说，散文是语言的文字，拼比的是语言，优劣好坏见出的是作者语言功力。我们对古代名篇的记忆，也多是语言的感动。卡丹这本集子读来颇有韵味，得益于他语言比较讲究，富有诗意，留有想象的空间，以典雅简洁见长。在《人在青天云在楼》中的开笔是："一级级石阶泡在云里，一级级石阶码在云上，这是在登天的云梯上么？回首看云飞起，云飞处，松影绰约，草色迷蒙，迷蒙草色连天，天尽头，有碑翼然：土楼观景台。"有时，则饱含着凝重，似如泣如诉的沉吟："千年沧桑，冠豸山，亲眼目睹了我的先辈艰辛的劳作，难熬苦读，浴血的奋斗，咸咸的汗，涩涩的泪，腥腥的血，浸透了这片土地，冠豸，才有了千年灵气。可是，为什么两千年间，冠豸山，始终匍匐着我的先辈的身影。我真想大声地说，站起来，站起来，像始终矗立的冠豸山一样，挺起你的胸膛。我和我的同辈，跨越两千年的分水岭的客家后人，就这样站在冠豸山前，站在客家的神山之前。"有时，他以形象充盈的意境，满怀哲思："时间与空间真是一对难兄难弟！当空间伸拳踢腿舒展身肢之际，时间也膨胀了，短短一个现在便膨胀得无边无涯；而此刻，空间萎缩了，缩成一个大锅盖，无拘无束的时间也就被榨成了长长的一条，那该是一条千年隧道吧，隧道那一端，恍惚地，有身影蹒跚而来。"这种有如古人所说的炼字炼意，使文章篇幅精练，也形成了文气典雅，韵味醇厚。

时下，散文大行其道，容易成为许多作者漫不经心的敷衍。人们对散文的发展，提出了更高要求，也给后起者带来挑战。在闽西大地上，卡丹有着得天独厚的优势，丰富的客家文化，独特的地缘优势和文化遗存，他的散文题材是丰富的，有了自己的路数，创作其实是个适应的过程。他适应了散文，他选择了以闽西的人文，家乡故人故事为生发点，他有了可以预期的未来。

认识卡丹是个缘分，1984年前后，当时他在连城一所学校任教，可能大学刚刚毕业。那时文学和文学青年都热情澎湃，在遥远的闽西，卡丹想来也是一个激情满怀的文学青年，他参加了北京的一个刊授班（那时的这类班很多），我们有缘相识，到了九十年代初，在联系了近十年后才见面，当时，都年届不惑了。记得见面后，彼此都笑谈多年前的文学痴情。尔后，时光流转，文学潮流一波三折，雨打风吹，他从中学到文化局又到报社，几经辗转，文学痴心不改，每有通信得知他多有收获。文学风光不再的年月，他还保持那份热情，真诚，令我感动。这多年，他常有新作相赠，从中看出他曾有多方面的创作尝试，而对散文又是最为用心的。他对当代的散文很关注，常常研读名家名作，如此用心，才有了回报。尽管我们都华发染鬓，减了那份青春的痴情，然而，卡丹对文学的情感，至少对散文的痴情没有消退。我想，这是个动力，有了这份执着和热情，他会有更大的成功。

2003 年 "五一节"

锦口绣心意纵横

——读李建永的《园有棘》

　　杂文是文学园地重要一支，最能切近时代文化和社会生活，体现作者思想才情，为时代文化鼓与呼，在我所关注的散文一类，但凡有杂文随笔集出版，多有留意，投以热情。

　　李建永长期致力于随笔和杂文创作。今年以来，他踩着二十四节气的时间节点，撰写"二十四节气专栏文章"，探赜索隐，深入浅出，文意斑斓，风华自足。我开玩笑说他是"时令节气家"。

　　然而，他是一位丰产的杂文家。自26岁起在人民日报社举办的"风华杯杂文征文"中获奖，三十多年默默耕耘，厚积薄发，出版有杂文随笔集九部。新近的《园有棘：李建永杂文自选集》（东方出版社）一书，体现了他杂文随笔的特色。

　　他的杂文，对社会真善美的宣扬，对假恶丑的批评，激浊扬清，传承文化，张扬社会正能量，体现出浓厚的文化情怀和担当。鲁迅曾说："创作总根植于爱。"本书文字，多从社会文化和日常生活中，撷取生发题旨，字里行间，浸润浓烈的人文情怀。《欣赏》一文有感于人与人交往，信任，社会和谐和精神传承，从习见事理中，讲述生活伦理，人生哲理。"生活像美丽的花朵……能够正确地欣赏自己并且从容地欣赏别人的人，必然是一个明智的人，自信的人，宽厚的人，担当的人，谦逊的人，优雅的人，同时还是一个向上向善向美的人"，"懂得欣赏他人，本身就是在成就自己"。人生如海，成长如蜕，对青少年，最为理想的是，在他们起步时，志存高远，放飞理想，又脚踏实地。对于教育和未来的关注，是文学应有的情怀，也是杂文家所深切关注的。他的《谈理想》一文，从教育方式、人生追求和情感培养等不同视角，认知理想之于人格的重要，之于人生的重要。面对刚上一年级的孩子，"被班主任老师两次'送'回家，说这孩子有点弱智，并且要求自动退学，你会如何面对孩子，和孩子谈点什么呢？我的经验是，谈理想"，然后又提出，"理想本来就是用来谈的，或者说，很多理想都是谈出来的"，当然，"不是为谈而谈——理想，从来是不尚空谈的，理想是为了实现的"。教育是现代社会人文世界的头等大事，施社会之于爱，施教育之于爱，这爱就是深切的人文关怀，正能量的引领，而思想杂感文字，是很好的载体。另有《说追求》《读书养气》《吃苦是福》等篇，主题鲜明，根植于爱，启人深思。

作为理性思维的文字，李建永的杂文随笔，注重思想哲理，传承中华文化。《说正》从解析"正"字由"一"与"止"构成，其义为"守一以止"——即守住底线的规定性与重要性，从而得出结论："人一正直什么都好了"，"做人做官，一个道理"。行文谨严，说理透彻，笔墨灵动。《说反省》从多数人认为的"孔子的高足曾参所提倡的'吾日三省吾身',既繁琐,又烦难,恐怕不是一般人所能学得来的"来破题,论述到"曾子的'吾日三省吾身',只是从每天的工作、生活和学习这三个方面,做了例行性的回顾和检点——这,又有何难哉"。《一驴一马的教训》则从韩愈的《马说》和柳宗元的《黔之驴》开题,在轻松幽默的夹叙夹议中,一直论述到"有本事的不要'狂',没本事的不要'装'"。思辨说理寓于知识性中,理趣与文采互存。

杂文是"立论"的文体,但思想性与文学性并重,在贬褒之间有法度,是杂文的难写之处。有论者称李建永是"用学问做文章"。仅从一些文题和引文可以看出,他读书多,涉猎广,笔意纵横,文气丰茂。集中的不少篇什,引征驳杂。经史子集,野史笔记,中外典籍,俗谚俚语,多有涉猎。从一些习见物事,一个典故史籍中,举一反三,由小见大,为提振当下思想文化作正能量的文章。《孔子为什么只讲"以身为本"?》中,从孔子"生也晚",没轮上提出"以人为本""以民为本""以仁为本"等重要哲学范畴,故只提出了"以身为本",然而"'以身为本'是根本之本,核心之本,本中之本"。还有《晏子为什么辞姣?》《裸官巫臣》《没用的东西》等文,从史料笔记中挖掘可借鉴的现实意义。

韩愈说过"文以气为主"。好杂文更讲究气韵和气势。本书自序《文章论》,洋洋万言,体现作者对文体意识的思考。短小的随笔杂文,更能体现作者"意匠惨淡经营中"的功夫。《羡慕嫉妒恨》一文写于十多年前，至今仍然成为百度百科解释中的引用；《零读》一文，获得2021年中国新闻奖（杂文）；《拿得起，放得下》于去年入选多种散文、杂文年选，等等。尤其是，当下杂文的百花园中，有所落寂，而坚持创作，不弃不离的杂文家，令人感佩。

2022年6月

清雅有味的《风过留痕》

　　散文如今是文学大户，从数量上看，出书多，作者众，成为铺天盖地，滔滔之势，目不暇接。同时，散文的定义，也是各抒己见，仁智互见，莫衷一是。但是，散文已在当下的文体细化之后，比如，从散文家族分有报告文学、纪实文学、杂文随笔等，她的文体渐为确定，这就是，散文以情感为线索，串连事件和人物，是意境和情怀的统一，语言和布局的讲究，篇幅和表达的精致。

　　读散文多了，感觉很多标之为散文的东西，并不是散文，多年前，我曾说有伪散文之说，现在，这假的伪的，仍招摇过市。所以，说散文，其实，首先要把她纯粹化，清理散文杂芜内存，还散文为散文。另外，我不同意把散文与其他类的文学综合，进行各类杂烩似的拼接，这可怕的试验时有市场，是对散文的亵渎。

　　这样，我以为，陕西作家王洁散文集《风过留痕》，追求散文的纯粹性、精致化，是继承散文传统，表情达意的轻快灵动，想象和阐述与纪事写真的结合，是在葆有散文的雅致风格，让散文成为轻盈鲜活、富有温度的文字。

本书中的数十篇作品，以"风过留痕"的主题统括，是记录过往，也是对曾经的思想情感的留存回望。人生梦寻，飞鸿雪泥。人事代谢，物华变易，如风如梦，却留下了或深或浅的印迹。这些，最为记忆和感动的是，家乡的亲情，延绵的乡愁，纯真的友谊；以及"母亲的糖饺""记忆中的春节""枣树下的五奶奶"；是古井、老槐树，是乡音，是归梁的燕子，是土墙下的"失语者"；也是葳蕤的香樟，田田荷叶；还有"寻找消失的蓝天""最是乡音解乡愁"，林林总总，这些亲近有加的家乡物事，这种直率的表白，既是深挚的故乡情怀，也是一个旅行者、现代人在喧闹纷杂的生活中，追寻情感皈依的文学表达。作家以浓烈情怀，对曾经亲近的物事风华、经历的人生故事，以深挚的敬意：古槐，伟大的故土之神；胡同，生命的符号——这是崇高的精神礼赞！往事如风，情怀悠悠。王洁以她灵动之笔，记录，怀想，并阐释，或者，借乡愁表达出现代人精神回归的迫切。"当脚步丈着远方，步伐越走越快，人们才恍然自己像一个背着沉重外壳的蜗牛……繁华的都市，灯红酒绿，物欲横流，但每一个进入到的人在这里，最先看到的是自己的卑微渺小。"这种感悟的细腻，坦率的自审，远离了宏大叙事，是当下文字需要的理性精神。

王洁的文字不长，清丽，雅致，写物纪事，讲究画面感，多是简章和片断，却情怀蕴含，描写叙述之多有理性阐发。写人写事，善于从特别景物中生发，而最多的意象是秋天。秋风下，秋雨中，丰富斑斓的自然，寄怀遥深，融物事景象以精神的意义，小小情景寓意不羁的思绪。除《凉雨剪秋入我心》《秋风至，漫山红枫待客来》《又闻黄豆香》等篇外，一些游历文字也是秋景斑斓，美不胜收，如写台北之行、"人文长沙"等篇。我以为，这篇写"凉雨剪秋"秋天听雨的文字，感悟秋景也思考人生："这个季节，可念西风独自凉，这个季节，可盼明月若婵娟，它就像一本徐徐展开的素册，以风为笔，以雨为墨，任何人都是以在上面书写心事。而写到动情和高蹈处，她就思考：红花绿叶，转瞬而逝，零落成泥碾作尘，转入下一个自然轮回。这像极了我们的生命，我们争名逐利，我们贪得无厌……却忘了生命转瞬而空，却忘了善待生命里的极美芳华……我们就像是一枚傲慢无知的树叶，流浪在摇摇欲坠的繁华迷梦中，永远也体会不到身不由己的坠落，等到恍然大悟，却已经腥味扑鼻，眼看便是永久的消亡与伤逝。"这样一种情景感怀，岂是写景写物所能概括得了！

另外，关于孤独的阐述，是作品的另一意象。从庸常生活中看取精神的追求，从众多自然物象中，看到了孤独之景，有花叶飘零的自在，也有人生前行艰辛，别样风景中我观自在。龙城，这个太原的别称，作家游历其间，千年古城，有景翼然，她看到是这"镌刻在灵魂中的孤寂"。城市的性格被作家以文学捕捉，"邂逅这座城市"，也是与它的"灵魂"遭遇。这孤寂，也许不只是一个城市的烦恼，现代化物质繁华，人的精神的归依，物与人的结合、疏离，城市的不同文化面貌，求之于人，人何以堪？面对现代化的宏大之势，日常化的平庸之身中的我们，怎样调适心性，寻找自己的精神领地，也许更有意义。在有的篇章中，王洁捕捉日常的景象，人生态度，以孤寂的意象面对时下喧嚣纷乱的现实，看到一个安适自在的文人，随意娴静的文心。最后几篇关于读书的文字，是读《平凡的世界》《色戒》《茶花女》《百年孤独》的片断感受，她以散文笔调，以感性文字，谈及经典中某种触动心魂的东西，从人物形象中读到多重意义，看出他们人生之路上灵魂安放的艰难与无奈。马尔克斯笔下马孔多镇人的"孤独"，是世界性的孤独，反观自己：现实的我们，"是的，我们都是重复不同他人的个体……每个人的内心都有着属于自己的那份孤独，那是一种无法描述的，本能的感知，天才称之为偏执，凡人称之为命运，然而最后，无论是天才还是凡人，都将带着这份不被理解的孤独，轻轻地离开人世"。不作长篇大论，不是宣言，却是一种清醒的解剖，见出作家的思考。

散文是语言的艺术，比之诗，要求更为严谨，因为，诗的分行遮掩了她的粗放。好的散文，除了诗的意境外，语言的诗化也是对作者功力的检验。王洁的语言很是讲究，有古雅之趣，清雅凝练，耐回味。写景的画面感，写秋天的色彩，有唯美之象。《人生如旅途，我亦是行人》一文中，几用典故，活化自然，有苏、辛、周的词，有陆游、王维的诗，自然生发，诗意提升，纸短情长的效果。再是意境的营造。用清丽雅致的语言，写出情景交融的生动画面。如写春色："融融三月，陌上

花开……（《最美人间四月天》）

古典意味的"卒其章显其志"的结尾，增强了文字的张力，当然，这也是习以为常的写法，但，王洁之长，以精练文字，时时把我摆进去，有了亲近感和亲和力。比如，写景，景物的斑斓可人，物我同一，青山观我我看青山之象，俯拾可见，最后升华了文意张力。当然，她的文字，如何避免同质化，有时候，变化是创新的前提，比如，题旨上和叙述上，都可多些变化，一些句式，还可精练，留下空白和余地。

2021 年 8 月

茫茫尘嚣寻找精神净土

——读邢小俊《居山活法》

　　这是一本奇书，一本书写一群精神求索者、有如苦行僧生活状态的纪实作品，为那些在繁华喧嚣的滚滚红尘中，寻找精神净土的跋涉者献上的礼赞。

　　诚如书名所示，居山，是一批隐逸者群集在终南山上，于草莽荒野中，结庐而居，风餐露宿；而所谓的活法，是远离尘世的羁绊，听松风，观流霞，与飞禽走兽为伴，沉醉自然，过着近乎原始的生活，自由自足，自得其乐。"居山"者，是当代的隐士，而"活法"，是寻找人的原本初心，放逐大千。难得的是，作者深入居山者住地，采访交谈，记录下他们的生活，寻觅这数十位离群索居者，各种不同的思想行为，也思考了高度物质化的当下，现代人心灵求索和精神向往的不同指向。同时，一座人文精神标高的山脉，与一批特别的人群，联结与依存，呈现了自然与人，修为、自省与行动等诸多特别的联系与影响，使本书的思想题旨更见厚度。

　　山居日月，安详而自在，精神放逐，而生活上闲适，生命得到别样的绽放。本书中，每一个居山者，秉承着"在简朴的条件下，享受生活，寻找人生的幸福与快乐"的初衷，"面对自然，反思生命"。南山书僮自西安科技大学毕业后，在城里开了13年酒吧，三年前来这里办起"茶书院"，寻找慢生活。像他一样，从不同的地区，以不同的身份和不同的因由，走到终南山，问道寻经，成为反抗过度物质化生活的一种背离，也成为追寻人生更适合自己活法一种方式。这里既有慕名膜拜这座自古以来的人文精神高地，像佛界道宗的弟子，如禅宗小弥沙、明空道人、小青道长、印宽法师等，以在这里参禅得道为荣；也有隐居山中，"忠于自己的内心而活着"，而曾经的成功人士。有企业家刘，有西安的名画家樊，有"中医道济"，"有如是医生"，有潜沉于此13年、在这风水宝地上制作了世上名贵的手工吉他的解，有养鸡种菜的画家，有九零后的女摄影家，有出家还俗而又成为佛法讲师的云香子。曾经的名缰利锁，而今当作浮云，曾经的名头职位，曾经的心力交瘁，曾经的蝇营狗苟，都随风飘散。在这些最早已居山23年的人群中，最大的体会是拥抱大自然，成为心灵的主人，成为终南山自然和人文滋养的受益者。

当然，这些林林总总的居山者，不只是隐士，他们的物质生活的简朴，而现代化的热闹，曾经的浸润和领略，也让他们不完全同于隐士，手机和电脑，并没有隔绝他们与外界物质世界的关系。书中说他们，或许是"酷爱终南山的红尘散客"，然而，面对世道人心的物质引诱，面对精神世界的日益逼仄，平和内心，善待自然，苦行修为，定力和持守，也为时下多么难得的精神引领。

在书中，作者虽各为独立地描写了十数人独居终南山的故事，对于这座横亘于人文精神高地的大山，对于山的奇异和厚重，充满着挚爱和神往。尤其是，从这些隐逸者不同的生活经历中，评述了和探究了关于自然、道法、人生、情感、责任，甚至于生命等等形而上的哲理，显现作者思考的多角度。

略嫌不足的是，结构上单一，另外，内文的小题太直白，新闻体的表述，弱化了文气的文学性。瑕不掩瑜，新题材，细调查，语言也多讲究，是一本新奇而有味的纪实作品。更主要的，作者的实地探访，田野笔记的细致与人物对象心与心的交流，在采访写作上下了硬功夫。一座灵修的山，为那些有修为的人们，提供了新活法，同时，也成就了一本鲜见的有意味的书。

2019年1月

思考者的背影

眼前这本散文集《思行录》（人民文学出版社），出自一位国有大型企业领导的手笔。因为所从事的职业的缘故，这可能就是所谓的业余写作一路，或者算是一种官员的写作。在眼前急功近利、鱼龙混杂的文化背景下，这种身份认定想来会引起物议甚至诟病。每天在各种会议、指标、文件、等因奉此、公事公办的氛围里，何以能清逸而出，本真地书写，并且写出你的个性与性情？还有，一个人的经历和能量总是有限的，你以为这文学那文坛是可以随便出入，谁都可以分得一杯羹吗？如此等等。不得不承认，批评者所持有的疑虑，也为不少的事实所证实。这为我们评述此类创作增加了难度。

梁君的这本集子，我不敢说篇篇是佳品，但我敢说，作者是以一个文学虔诚者的姿态，以一颗敬畏之心写下这些文字的。所以，我对于他的文字怀有真诚的感动。他的散文，以真诚的思考和文化自觉的心态，描绘了他所感知的社会人生。论题广泛，情感真挚，用心真切，表达细腻，如果说这是官员写作或者业余玩票，那可是值得提倡或者可以推而广之的。

一篇《在煌煌的人类面前》，让我们领略到一个散文作家的心地。由古及今，由中而外，不长的篇幅中，评说的是人类精神文化史上，为民族、为历史立下伟业功勋的人和事。重要的是，他从这些人类先贤者身上，看取作为芸芸众生者我等，如何仰不愧于天、俯不怍于地，踏实认真地做人之准则。他认为，面对沧桑人世，人是伟大而有作为的，比如，"欧洲两个大胡子老人的几本书，足以让世界翻覆！连荷兰那个割掉了自己耳朵的精神病患者的几幅颇具张力的草图，也足以填实人们的心"。所以，认识到人的作为，从我做起，从小事做起，在煌煌人类面前，"每个人都应走好自己的一生，留下闪光的足迹，为人类文明的大厦填一沙一石，使人生有更多的慰藉、满足和自豪，而没有抱愧和遗恨。人是伟大的，随着时间的延续，人类智慧的巨烛，必将愈燃愈亮，辉映更遥远的星河"。

注重精神性的励志功用，以一个现代人的身份，对茫茫人世、短暂人生做理性的思考，充分展现那些博大精湛的人文精神，是梁君散文最为闪光之处。他从白求恩想到理想主义；他思考鲁迅，是为了思考担当和责任；他有专文评说大禹、柳宗元、文天祥、陆游、凡高、秋瑾，他们的思想穿越了历史时空，而基准则是一种朴素的善与美的道德支撑。他考察其中至关重要的精神闪光点，比如，柳宗元的民本情怀，文天祥的气节，秋瑾的侠气等等，这不能不说，是一个为文者深沉的精神方式。最为扎实的是他对于理想主义的执着评述。也许作为一个历经世事的人，作为一个曾经的军人，理想主义的精神伴着梁君人生年华一路走来，因而，他特别地看重。他甚至于做相当深入的考究，从西方哲学的思想库中，马克思所宗法的朴素社会主义的理想精神的思路中，看待理想与人生的关系，评议人类理想制高点上的精神花朵的美丽与高贵。这种浓郁的人文气息，是精神性的思考与阐发。这样的文字，成就了他作品的分量。当散文在众多的轻浮文化面前，显得有些轻飘之时，这种直面文化精神的表现，令人敬重，也铸就了它的成色与品相。

他把思索的触角伸向历史文化的诸多方面，又从现实的生活层面来描绘和表述，这类题旨成为作品中的骨架。这类重在思想性表现，从某些历史和社会现象生发精神意义，或者，通过众多历史人物看取一种对时下的启示，是一种知性的写作，一种有力量的写作。所以，他的散文基本色调是思考型的，其风格有如随笔杂感类。时下为文，也许这种随笔杂感文字，并不被众多读者所青睐，也因为写作的难度，为一些作者所回避。而梁君兄，不惮其繁复，执着于这种精神，对于散文写作的追求，也是一个有意义的坚持。

当然，从本书中，我们还见到作者的另一面：短小精粹的文字，表露心曲，描绘亲情，抒写过往生活中的记忆，其中，也浸透着作者的丰富而细腻的精神感知。这样的篇什丰富了作品的内涵，一方面与历史人文对话，论大事，说世情；另一方面与现实的世俗生活牵手，不拘形式，轻唱低吟，有自然活泼的一面。后者中有《那片草地》《年夜饭》《净月潭》《听雨》《心境》《二姐》等。在《夜读》中，他说读书的快意，"足不出户，目不远眺，心灵却插上了巨翅，浮云乘雾，在时间的长河里畅游，在无际的广宇中翱翔"。他还写有《夜踱》一文，一个自在休闲的漫游者形象，与思考者的背影相得益彰。我以为，无论是写十分宏大的历史景象，还是私人化的情感记录，他都是规正整饬的情感表达，体现出一个在组织队伍中磨砺多年，深受时代洗礼而成熟而进步的作者，所特有的禀赋。如此说来，这或许与他的身份、他的业余写作有关。所以，回到前面的话题，这种身份认定，或许让我们较为明确地看到了他作品的风格，也留给我们，对于一个韧性坚持的作者，更为热情的期待。

2012 年 10 月

一只鸟的文学启示

——读张庆国的《犀鸟启示录》

　　犀鸟，国家二级保护动物，一种身形硕大而有灵性、羽翼华美亮丽、藏身于密林高树上，为众多爱鸟者、摄影人追捧，一个能测试生态环境好坏的自然精灵，成为张庆国纪实文学新著的内容。眼前这本印制精美的《犀鸟启示录》（云南人民出版社2021年1月），带给我们是什么样的"启示"？是关于国家保护动物犀鸟的科普文字，是书写人与动物故事，抑或是赞颂保护区人们对自然生态的坚持与守护?!

　　作者在后记中说："中缅边境的盈江县高山原始森林，很多鸟生息其中，国际流行的观鸟玩法进入中国，也进入云南西部深山，人与鸟的关系发生重大变化，鸟改善了众多高山居民的生活，人们对鸟充满感激。"这或许是本书的写作初衷。一个小说名家，因为与大自然的珍稀鸟类邂逅，见识了西南边陲森林王国的神迷富饶，尤其是各类珍稀动物种群的繁衍增长，有感于自然生态对人类的恩惠滋养，也看到了时下现代文明理念的浸透，高科技物质手段运用，人们保护赖以生存的自然生态，有了新的认知和作为。善待自然，和谐相处，让自然生态回归原貌，反哺人类，从中受益，成为自然保护区人们的自觉行动。作为有心人，张庆国不经意间踏访盈江，后多次只身行走边寨密林，深入现场，搜集故事，开掘细节，完成了这部散发别样色彩的作品。

这是一本自然之书，一本描写边地生态风物、秘境风情的文学纪实。

云南保山盈江一带，地处中缅边境，原始雨林，人迹罕至，玉成了它丰饶神秘的物种优势和生态景观。早在八十年代，成为国家级自然保护区。近年来，人们精心养护，生态面貌焕然一新。深山密林，植被苍莽，奇花异草，珍稀动物，形成独有的生态。而一些珍稀的鸟类，在盈江时有发现，成为网红。在石梯村、那邦村、百花岭等自然村落，发现的珍奇鸟类有红腿小隼、黄嘴河燕鸥等。据统计，在盈江县境有赤颈鹤、绿孔雀、八色鸫、凤头树燕等近百种珍稀品种。"全球9000余种鸟，中国约有1300种，云南有800种，盈江县有500多种。"被誉为"中国鸟资源第一县"。

鸟是大自然精灵，人类的朋友。本书的"主角"，一种鲜为人知的鸟——犀鸟，在盈江两三年间渐渐进入人们视野。因其喙冠与犀牛头型相像，故得其名。它"雌雄终生相守，是忠贞的爱情鸟"，颇受人喜爱。世界上也只是少数国家和地区存有，我国唯在盈江石梯村和大谷地，发现有斑冠、双角、花冠皱盔三种犀鸟。它们多隐身于30多米高的树木上，因数量寥寥，羽翼靓丽错彩，出没时威风如仪，被认为是鸟中的灵怪。"犀鸟翅膀宽大，嘴巴粗壮，颜色鲜亮复杂……莽莽苍苍的宽阔森林，一只红白混杂犀鸟展翅飞出，鲜艳夺目的出现，像一声呼喊，立即把森林唤醒。"这种仪式感的出场，不同凡响，既是自然生态向好的明证，也激发了人们对犀鸟的喜爱，观赏。在百花岭、石梯村，建起了最早的观鸟塘，定时喂养，百般呵护，引来大批观者和研究者。由此得到启示，他们请来专家，做一些保护和开发的事宜，生态保护、科学研究和休闲娱乐，相得益彰。

盈江对自然生态的保护，源于少数民族地区人们对自然的崇拜，山民们自发过"密枝节"，在原始密林中，进行祭祀，敬畏自然，感恩自然。如今，几只美丽珍奇的大鸟，飘然而至，为贫瘠而沉寂的村落，带来了变化和挑战，村民们逐渐认识到保护自然，守护生态的意义。爱鸟护鸟，特别是珍稀鸟类，成为自觉。为了让更多的鸟们留下，他们建起了喂鸟塘、观鸟棚。之后，又有了观虫（萤火虫），打造"中国犀鸟谷"，还率先在全国办起了"盈江国际观鸟节"。利用盈江的鸟资源优势，做生态保护和享受自然的文章。"观鸟节"的口号是"观赏飞鸟，开启心智"，真切地体现了人们亲近大自然，爱护自然生灵的真谛。

这是一本描写人与自然和谐相处，生态结盟的书，一本渗透人文思考的书。

偏远边地的盈江，人们对自然生态的认识，经历了全新过程。这里是傣族、景颇族、傈僳族人口聚集地，山高林密，土地稀薄，过去多砍树打猎谋生，如今，捕猎旧习变为自觉保护，人们生态意识的提升从自己切身感受中获得。重要的是，认识到保护自然生态，就是保护美好家园。与大自然亲缘，天人合一，享受自然，是当下生态文明建设的一个重要理念。在盈江，"密枝林"全年禁止人畜进入，过去果树要张网防鸟，现在都一律撤除，待鸟如家人，人鸟共享。从电视台离职的小班，退休教师老何，傈僳族妇女彩四，头脑灵光的小蔡五兄弟，包括九零后的大学生小乐夫妇，生态保护的一干人士，或因为热爱动物，生态意识的增强，或因为从可爱的自然精灵中，得以养心休闲的享受，也有找寻职业兴趣等等。书中这些不同的环保人士，在盈江自然保护区，做鸟导，开民宿，或者拍美照，观奇鸟，与鸟同乐，融入大自然，人生打开了新天地。

前年第二届观鸟节时，石梯村一只公犀鸟不幸死去，人们找来了专家，发现这是一家犀鸟的男主角，曾上过电视的"明星鸟"，鸟窝中小鸟如何，高达五六十米的鸟窝，令人揪心，人们寻找村中爬树高手欲一探究竟，后发现几只雏鸟完好才放心。傈僳族先民有鸟类崇拜传统，对于犀鸟这些大型稀奇鸟类，认为是带来好运的神物。那些在村民中挂号的犀鸟，每一次飞来离去，都得到特别的关注。

随着珍稀鸟类的发现，盈江声名大涨，观鸟者纷至沓来，做"鸟生意"，寻找商机，形成了生态保护与发展旅游结合。珍稀鸟类的观赏保护，人与自然的和谐结盟，带动了民族地区、欠发达地区脱贫致富。书中特别有一节"扶贫观鸟环保学"，作者对生态保护带来的社会进步，对贫困乡村的生态红利，予以热情称颂。闭塞的石梯村，五六年前照明点松油灯，不通公路，有村民还住杈杈房，犀鸟们的出现，观鸟旅游的带动，还有李朝山等热心干部们多年努力，现在，发生了巨变，收入和住房得到改善，有的家庭开上小汽车，落后封闭的边地村落，脱贫致富，融入了现代化历史进程。

"当然，美丽的大自然，美好的人性，生态文明建设，不可忽视发展中的问题"，作者感叹。比如，大量人员拥入，人类活动与生态发展的矛盾突出，保护比利用更为重要。如何利用生态优势，提升人文精神，是一个新课题。作品从观鸟的人文意义，扶贫致富，振兴乡村，生态保护的经济战略，人与自然的和谐发展等，揭示了盈江地区民众护鸟、观鸟，经济发展的历程中，人的自身发展，尤为重要。作者直言，"贫困必顺改变，扶贫需要耐心和方法，扶贫是一种文明塑造，它带来的变化，不只是穷人口袋里有钱，是愚钝变得聪明，懒散变得能干，迷胡变得有了小目标"。

这是一本体现作家知性与诗性的行走文学。

作家叙述调子清丽隽永，以散文化的故事性，纪事写景的可读性，语言的诗化，摹写自然的物事、鸟事，又不乏人物故事的生动扎实，文字顺着采访人的视角，步步深入，摇曳鲜活。再有，地域风物，鸟类知识，人文风情，互为关联，纪实与史实，现时与过往的结合，扩大了主题内涵。比如，关于观鸟文化的中外比较，关于生态自然的人文情怀，关于珍稀鸟类生与死的知识链接，关于傈僳族的鸟文化、先民图腾崇拜等等。小说家的纪事、写人、绘景的优长，跃然可见。结尾处，为了一睹犀鸟的风采，作家亲临观鸟棚，暴雨如注，一众"鸟粉们"蹲守眺望，数个小时雨中等待，焦急，疑虑，期盼，以及最后的爱怜善意，五味杂陈，写来不动声色，令人动容。抄摘在此，可见作家锦绣文字之一斑：

——天空中的一对犀鸟，双双飞回来了，两只大翅膀在雨中有力地挥动，一只停在树枝上，另一只停在一个突起的树节上……犀鸟落到鼓起的树节上站稳，歪着大脑袋，朝我的方向张望。我心底忽然升起了浓浓的欢喜。它是在向我致意，还是朝我投来怀疑的目光？我希望它们保持怀疑，保持对世界的警惕，这样才能得到长久的安全，树洞里的小犀鸟也才能安然出窝，一家三口才能平安地飞回森林深处……

2021 年 3 月

潜流与新生面

——关于残疾作家文学的"仁美专集"

仁美仁美，至仁至美。这个名字很特别，既诗意盎然，又让人过目不忘。仁者善，美如玉，可以看作是对残疾人写作，一个有意味的描述，一个合适的称谓和褒奖。

仁者，是作家的精神风范，美者，是作品的质地样貌。所以，是一个很有意义的称谓。

这个群体的文学，虽不太被大众关注，但是他们在默默地耕耘，悄悄地绽放，静静地发光发热；它们不是潮流，却有如潜流，成为当下文学的一个新生面。这部专集，有几大特色：

一是，丰富，斑驳。不只是样式上、体裁上，多种多样，各呈异彩。举凡几大文学门类，如小说、散文、诗歌、评论等都有。另外，作者的数量和名头也众多，达数十上百位。在内容上，书写人生，描绘心灵，过往经历、生活命运、社会变化，林林总总，包罗万象，可以说是一次少有的一个特殊群体的文学大集结，大检阅，大展示。

在世界文学中，不乏有成功的残疾作家，有盲人诗人，受宫刑的史传作家，像荷马、海明威、司马迁等。最有代表性的是，现代美国女作家海伦·凯勒，一岁半就得了猩红热，失明，失聪，语言有障碍，自强不息，会五国语言，她自称是"在黑暗中摸索着长大的"。她的《走出黑暗》《假如给我三天光明》，风靡全球，上世纪六十年代得过"总统自由勋章"。

中国当代杰出的有张海迪和史铁生，留下了众多佳作，《轮椅上的梦》《我与地坛》，为人所知。也有偏远地方的作家，如辽宁腿残的王占君，创作有数百万字，写历史小说，主要是辽史。这是中国当代文学的一个重要方面军。在名家的引领下，数十年来，这个队伍有了可观的成绩，这就有了"仁美文学专集"重要收获。作品集中，无论是来自乡村还是城市，无论是打工者还是职场人士，他们写普通生活，一事一景，一人一物，写社会世相，也写个人心志。这些作品不长，除了有小说达万余字外，基本上小切口，身边事，自身的事，是简装的文学之身。从个案上看，显得轻微，而结集展示，成为这类作者献给当代文学的一份厚礼。以此，这不啻一个信号，有着较好传统的残疾作家，队伍强大，年轻者众多，文学感觉丰富，定能焕发生机，前景光明。

二是，作品中体现了文学真谛，以及良好的创作心态。文学的本质是宣扬真、善、美，文学是大众精神生活的"圣经"。如此，书写生活中的真实、善良、美好，为题中应有之义，也是这部作品集的共性。不只是因为作者的特殊群体，在人生的舞台上比正常人艰辛，还在于他们追求真善美，成为与生俱来的一个人生行为准则，也是文学本能的体现。

专集中不少作品体现了这样的文学理想。小说《虚构的记忆》中，有著名小说的发生地，有革命圣地的背影展示，有医疗队的奉献精神，等等。这类作品的描写重心，从真善美出发，描写人心真情，激励人生奋进。而爱心和善良，奉献和互助，在一些散文中有充分展现。数十篇散文，题旨广，接地气，人生旅途，人间烟火，无论是生活重压下的乡村，还是单位职场，以及情爱求学等，从真切感受中，展现美好和温情，又是以亲情，友谊，人与人，人与大自然，包括弱势的小动物等，展示生活的艰辛与不易，拼搏的努力和美好的期待。

在叙述方式上，虽多短小简章，散文有的不到千字，写来不急不躁，体现了心态的平和宁静。写作方法上虚构，纪实，不一而足，却显示一定的纯熟。有的小说以现代性的笔法，荒诞的运用，蒙太奇的借鉴，虚构与写实的合一等。散文也如此。刘厦的《行走在深秋》中，作者我与作品的"我"，互动、切换，加深了散文文本的生动性。有作者的题目《我和太阳失联了》《遇见最明亮的自己》等，从手法的多样性和灵动性上，表明了叙事才华。诗歌中，有的作品，诗意营造上，具象突出，语言讲究。李文的组诗《高黎贡山》，意象和意境，臻为佳品。其老到的诗句，哲理的思索，读来诗味浓郁。这些作者，没有太多的文学负累，或者，不被所谓的文章章法、原则所拘泥，以"我手写我心"的真切，直抒胸臆，不着痕迹。

对于这个群体写作，有作者借作品人物之口说："他们拒绝'残疾'这个字眼，发明这个词语的人是残忍的。"读到此，我不知对残疾兄弟姐妹们用什么语言才是最好表述，但我看到作者的坦诚，这是文字最可宝贵的。当然，如果苛求，在作品中，背景与故事，哲理与情节，应当更为阔大升华一些，如同专集的"卷首语"所说："这些作品对残障与存在、疾病与人生、内在体验与外在制约等方面，进行深刻的文学呈现与哲学思考。"这既是很高的评价，也是对他们文学创作的真诚期待。

2021 年 5 月

黄河故道风情画

——张树国散文集序

　　当张树国先生把他的作品打印件给我时，虽然不太成形，但我觉出其中的分量，或者说，看到了它在作者心中的分量。

　　这是作者近年来的心血之作、真诚之作。数十篇作品，长短不一，中心主题是土地、故乡与爱。书写大地，回望故土，是一个远行游子难舍的文学情结。更何况，像树国这样，与那块土地有深厚的亲缘联系，与那里的人们有着謦欬相应、声气相求的关联。他每年都会回去住上几天，历十数年不辍。这块给了他生命和知识的地方，是他心中的文学原乡。那悠悠的黄河故道，清澈的南河、燕子河边的花草树木、田园滩涂，那于庄的年味、马桥的集市，或者劳作的牛犊、暮归的宿鸟、母亲的炊烟和儿时的玩伴，以至村头邻里的嫁娶丧病，乡谊亲情，男女情事，幻化为他心中一个个梦境，成为他笔下的故事情节。地处皖北的这方水土养育了他，故道文化厚重深沉，大地慈母般的无私、厚德，皇天后土，荫庇子民。作为这块土地上走出来的作家，树国以感恩之德、反哺之心，书写对故土和大地的热爱，表达一往情深的眷恋。这份情与爱，是真诚的，不可代替的，也是无私的。当然，这份情感，这份爱，不是顽愚迂执的，他以一个离开家乡故土生活在大都市的现代人的视角，回望这块土地的变化，其挚爱与忧思交织并存。因此，树国通过一个个鲜活的人物形象，一件件活灵活现的生活场景，以及一出出令人思索的生活悲喜剧，描绘出大河故道上真实的人生风景和市井风情，揭示了那些胼手胝足的人们在大地上的坚忍与豁达，在对物质的创造与精神的追求中本真的生活状态。他们是庄稼汉、农妇、草民。他们文化水平不高，多数人从没有离开过家门，但是，平淡日子，水波不兴，家长里短，不乏滋味，虽是日复一日，岁岁年年，却也在大变化的时代中，展示了生命的别一样情状。当故道文化与现代文明碰撞与融合，面对传统的消失和文明的变异，以及文化风习的变化时，也面临着精神情感上的困惑烦忧。张树国通过这些，描绘出一幅黄河故道上有如清明上河图式的风俗画。

着重于人物的描绘，对性格的传神勾勒，描绘他们平实沉稳的人生态度，自在自为的生活方式，是树国这部作品的突出特点。作品中的人物，是作者熟悉的故友乡邻，或亲人友朋，在他的心中占有重要位置。如养牛的玉振大爷、种树老人木桩爷等。在他的笔下，无论是外在形貌还是内心情感，无论是年长的父辈还是年轻的后生，他们性格鲜明，形象传神到位，喜怒忧烦，跃然纸上。他们的行为方式，也许是守旧的，也许不乏陈腐，或者也有点私心，但是真实的，也是这个时代文化景观中的一道别样风景。而且，有些人物在不同的篇章中屡屡出现，或许，树国执着地描绘那些了然于心的乡亲故人，通过他们的行为做派，或音容笑貌，情感心理，传递出作者浓浓的家乡情怀，表达出对变革时期农村新生活的期待。

有意思的是，树国擅长写女性，活跃在他的人物画幅中最为生动的多是妇女，包括大姑娘和小媳妇们。作品有《乡村妇女》一辑，其中描绘的人物有巧云、花蛾、柳月、秋兰、风雪、川莲、兰花草、草姑等，另外，也有他着墨不多却情感至深至尊的母亲和奶奶。作为女人，她们里里外外，忍辱负重，人生经历比男人更为坎坷，特别是在落后的农村。所以，女性是乡土文学关注的最大亮点。作品描绘了不同的女性形象，柔弱、隐忍、谦让、坚忍而豁达。他也描写那些个性倔强，不见容于俗流，不拘守传统礼数和规范，成为闻名一方的人物。尤其是，通过这些与人生命运抗争，与旧风习抗争的人物，展现出农村的变化形势和时代前行的足迹。他描写的兰花草最为典型，体现了作者的思考。在当年的困难时期，阶级斗争的年月，兰花草的命运一如草芥。她早年守寡，饱受欺侮，改革开放后，也有"泼皮"纠缠，但是，她性格坚忍，勤奋刻苦，之后在乡亲们的帮助下，率先开办了家庭托儿所，带动一方，成为乡里名人。作者通过这个典型，描写了社会变革对草根人生的影响，对女性命运的改善，对人的尊严的认同和呵护。树国笔下人物的名字也很有讲究，多是大地上的植物名之，他用"兰花草"这美好常见的物件寓意他心中的农村优秀女性的品质，表示对乡亲特别是女性们的生活和命运的美好寄托。

树国写人纪事，多用白描，这虽是传统写作路数之一种，却是文学作法中多见且不易用好的。中国史传文学产生于远古竹简文字流传不便的年代，因而要求简洁传神，多以寥寥几笔，神情毕肖，文言的"立片言而居要，乃一篇之警策"（陆机：《文赋》），当以此视之。当代作家写作中，白描功夫是考验人的，只有像孙犁、汪曾祺等人的功力才为人所认可。所以，白描的手法虽是小说或者文学刻画人的本原之道，对作者也是个考验。树国的人物故事，也多是简明的细节和简单的情节，这样以一当十的表现方式，殊为难得。只是，丰富的人物故事，也可以展开更多的文学路数完成，简洁不一定是简略单薄，但过分单一化的手法，如把握不好，容易流于单调而简单，也会失掉丰富的艺术张力，这里说得远了些。

　　因为人物的活灵活现，因为鲜明的性格和生动的情节，我是把树国的这些文字当作在真实的故事上有合理的加工，也就是说，类似于纪实性作品看待的。所以，从文体区分来看，这些作品是介乎散文与纪实小说之间，是真实与加工杂陈荟集。当然，时下的散文多是一个较为宽泛的概念，虽然，作为一个文体样式，她在当下文学分工趋于细化时，却仍然有被广义泛化的问题。这一点，不利于文体的纯粹。散文可以有不同的界定，但短小精粹，真情实感，却是她的基本要义。时下的不少散文，综合了思想性的杂文随笔和虚构性的小说元素，或过于理性，或过于渲染人物性格形象，真实性打了折扣颇为常见，也为人所诟病。我以为，树国的文集中，有的篇章是散文，有的像小说，有的类乎于两者间综合。有人说，散文的小说化，是其撷取了小说刻画人物的丰富性之长，描写人物的典型化效果。但是，这又可能失掉了散文的真实性原则。但我宁愿把树国的这些刻画人物的篇什当小说看，它们是作品中的绝大多数。话分两头说，我只是感到，从篇幅上看，是轻巧直观地描写了乡里人物，抒发家乡情怀，以这种方式表达更为直接也有意义，可是，从另一面看，他模糊了散文和小说的界限，在两者间游走时，也许都可能没有得到充分的表达，是在放与收之间的拘谨状态，容易有轻浅直白之嫌。也就是说，这些作品还可以有更大的思想艺术的张力，更有深意的开掘。这一点，在时下众多作者那里，不乏其人。散文就是写真实，故事、人物、心怀等，是以真情和真事打动人感动人的，合理的剪裁不是随意的加工。有论者说，散文可以渲染，可以编织。我不以为然。渲染与加工，与想象有多远，如何区分？难以区分。我以为，散文的优势或特长在于，她是以真实的情感获得读者的青睐，是生命情感的真情书写，是个人心灵的坦诚再现。自古于今，虽不断地有人为其定义，为之解读，但是，她的基本的内在的法则，或者说内在的圭臬是真实和真情。

张树国是新闻业界资深人士，他是中央电台高级记者，常年跑农村口，熟悉农民，创作有年，曾有过长篇小说和多部散文集面世。他是有潜力的，完全能在更大空间和气韵上，不囿于纪实或写实的束缚，给自己定以高标格。这不是难事，有了目标，或者有了决心，就有了一种自信。还是那句话，无论是阅历，还是创作经历、创作水准，他可以担当得了，希望他有更大目标和收获。我们期待着。

2014年10月

修史立德不老情

——读《中国治水史诗》

两卷水史写纵横，

修史立德先贤心。

夙兴夜寐千百日，

筚路蓝缕不老情。

这是读完上下两卷《中国治水史诗》（作家出版社出版）后即兴所占，翻阅这厚厚的两本，有如《辞海》之巨的大书，油然想到这个"工程"的难度和编纂者的苦心。

古人说，立言、立德、立功，为世上高人之品行。昔有司马迁老夫子，为修史立言，忍受非人之苦，千古传颂。然而，面对熙熙攘攘的当下、红尘滚滚的乱象，我们何有这种勇气和定力。文化的承传者、高僧大德者何在？

三年前，一个企业家和一位老作家，成为这样的文化有心人和苦行者。这就有了我们面前的一部大书、一部奇书。

面对这样一部皇皇两大卷、洋洋二百万言的巨制——《中国治水史诗》，评说它的分量、论及它的特点，难用一两句话概括。且不说它对中国几大江河水系全方位、多角度的描绘和书写，也不说它纵横数千年、上下几万里的时空探寻，古今中外的资料的搜集和征寻，单是它一帮作者的名头岂是了得？我们看到，一大批活跃在现今文坛，多是有点头衔的作家的一次集体行为。他们从自己熟悉的题材和领域，或整体，或片段，或一条水系，或几方跨地区的水域，或细部深入，或面上扫描，考据、论证、描摹、思索，有亲历见证，有索隐求微，有思辨反省，林林总总，数十篇生花妙笔，把中国治水的历史和现实，把最为丰富的水系河流，进行了较全面的描绘，进而对我国时下水利水害问题，作了深入的思索和探寻。

因此，就其描绘的规模来看，这是一部关于治水的大全，华夏治水，水害水利，史实人文，无所不包。史上先民开河治害，筚路蓝缕，后世赓续，可歌可泣，千古风流，彪炳史册，于是我们从这个"庞然大物"的写作中，看到了作者们倾注心力的投入，看到了编者们殚精竭虑的运筹。如果说，《中国水利史诗》显现了一种高迈的情怀和坚忍的精神，完成的是一个集体协作的话，那么，我们前面引用的古人关于成大事者，所谓"立言、立德、立功"的说法，最是体现了这个行为的意义。当然，文章不免有参差，有的冗赘，有的资料引用没太化开，但是，作为一本集天南地北作家写水之大成，乃文坛一奇观。

编者之一、企业家杨钦欢在《序言》中说："从某种意义上说，中国的历史就是一部治水史，从三皇五帝到现在，哪个明君不以治水而获万民拥戴？"诚者斯言，这是对历史的一种概括，焉又不是编撰者的夫子之道？可以说，作为一件文化大事，功德之举，写史立言，其意义不同寻常。题名谓之"史诗"，史诗者，宏伟而大气也。追寻历史，抒写今天，启示未来，立意在于谱写一曲大家气象、史诗风流的水文化。

说其大，是指其体量，巍巍乎高峻，泱泱乎广大。眼界其高，站在历史的视角上，凝神人类与生命须臾不可离开的物件，去探寻水之于人类，之于自然，之于文明史的作用。尤其是当今世界已是资源稀缺、生态受破坏，社会发展也因之受制约，而探寻这家国民生大事，其立意和主旨更显高远。言其广，是从神州大地不同的空间，天南地北，数十篇文字，关涉华夏大地所有水系，包罗闻名于世的大江河湖，或者，治理难度史上可堪记录的，作为重点。全书分为黄淮卷、长江卷、珠江卷、海河卷、松江卷以及西部卷和东南卷等部分。其广度与区域的展示，增加了书的分量。

我们还是从它的篇章开始探寻吧！开篇是"黄淮卷"，也许编者的初衷是，作为炎黄子孙，黄河是母亲河，是中华民族先祖的摇篮，尊祖为先，由此开篇。在这辑中，几位作家都是重量级的，也多为时下创作力旺盛者，尤其是写散文、报告文学，他们是好手，是快手。广东作家熊育群以散文的笔触，揭开了大禹治水的历程，以回望的方式，把这个史上最伟大最亲民的治水先驱者，其精神，其情怀，其行为，其谋略，进行了充分的文学书写。大禹的形象在千百年的历史流变中，款款地走来，历代历世，从统治者到庶民，从史传到口碑，褒奖有加，这是一个华夏民族圣洁者的形象。"大禹作为中国历史上第一个治水成功的人物，中华民族最古老的治水英雄。"古代先民的神话，无论是治水的大禹，还是填海的精卫，补天的女娲，以及神农氏，他们与自然的关系，是人类最早生命力的展示。可以说，人类的社会发展，最先的敌人也许是来自水害，与大自然的搏斗，治水，变水害而为水利，促进了人类的文明。从这些先贤们的奋斗中，折射了人与自然的特殊关系。或者说，人类始祖，绵延至今，人与水，人与自然，永远是一对矛盾，有理不清的纠葛。当然，在这些篇什中，不独对于治水行为的歌颂，也有从现实的严峻形势，进行清醒的告诫。陈桂棣的《淮河的警告》，以"淮河流域的水污染已到了非治不可的时候了"这一振聋发聩的声音，引人警醒。"淮河的警告"，实际上也是中国较多的水系在污染和断流的严峻形势的警醒。黄河也好，淮河也罢，还有河套地区，还有黄海边的山东治水，还有引黄入晋的山西治理，等等。这些在冷梦的《中国梦幻》、雪漠的《石羊河与大凉州》、焦祖尧的《大河走高原》、刘兆林的《北疆水神李国安》等篇中，从不同的角度，书写了黄河水系或者北方水系的治理过程中，人类如何巧用智慧，努力地变水害为水利，仁人志士们的英勇业绩。同时表明，国计民生，发展的要务，合理地利用水资源，治水之后，长河安澜，民生便利。但是在环境日益恶化之后，人们赖以生存的水，面临着如何的珍惜和爱护，几大江河湖泊的现状，无不引起作者们的思虑和警醒。黄土地上的治水之行为，见证了华夏民族治水之艰辛而任重道远。

"黄淮卷"中最明显的主题阐述是，人类发展，漫长治水历程，任重而道远，切实而严峻。

在"长江卷"中，有擅长全景扫描的高手何建明，以《百年梦想》为题，记录了中国几代伟人与三峡工程的历史。我们看到了，在这条世界第三大河流，中国最大的江河演变发展的历史中，它与国计民生、国人福祉的紧密联系；为建造这样一个时代的工程，当代人上上下下，为之殚精竭虑，艰辛求索。为了造福于民，为了大江长河的不再被污染，为了南北水利的平衡发展，治水民生的重要问题，引起了数代领导人的高度重视，这在人类史上极为鲜见。当然，在这条闻名于世、中国最长的江河，与其是一个自然物体，不如说是一个见情见性、有格有体的生命。流自高原，奔腾倾泻于平原，有如人体血管细流似的众多支脉，倾情于人口密集的富庶地区，孕育着无数灿烂的文明和优美的自然景观，等等。读到这些生动描写，从中不难体味到作者的人文情怀，这是一部史书的另类诗情表达。当然，与本书主题相一致的是，从治理长江的岁月中，国人与这条桀骜不驯的大江，以及众多的江河湖海，形成了一个共生共存的关系。水的治理，或者水文化，实际上是人类文明的一个全方位多侧面的表现。

如果说，在"黄淮卷"我们读到的是历史，是先民奋斗的业绩，开创之功，英雄传奇，而"长江卷"，以及后篇诸多文章，展现了中华民族多年来治水的坚忍与持久，也有历经磨难的民族精神不屈的表现。我们读到的是，对于这人类的伙伴——

长江大河，其水利水害，对人类生存发展的重要影响。水的利用，人类期望于斯，也困扰于斯，其泽被于人，也祸害于人。所以，当编者从两大江河——长江黄河，另外选择出来写珠江海河松辽西部东南各篇，我以为，不只是地域上的划分，也是从更为广阔的幅员上，对于中国水利事件的书写。君不见，水资源的保护和利用，在现时日益成为最迫切的问题，日益成为经济发展、民族进步，以至国家安全最突出的问题。编者从南北东西更为广远的层面和方位上，展现这治水的广度与深度，既有中华的水文化多彩的一面，也有对紧迫的现实问题丰富集中的展示，足见其匠心。

2011 年 5 月

诗意人生　晚华秋实
——序玲子诗文集

　　面前诗文集，是大学同窗玲子（宋玲玲）近来的新作。先前略知她勤奋写作，爱好文学。近两年有了微信，方知她写有不少诗，古体的，现代的，长句短章，律体词赋，常与诗友唱和，并创作了不少的儿童文学和散文，产生过一定反响。一个诗心如火，诗意斑斓，富有文学情怀的"写者"，立马展现。

　　老实说，虽有三年同窗之谊，那个特殊年月，基础的和专业的学习尚在初级阶段，懵懂时期，文学之门徘徊观望，还没得法，未及堂奥，就匆匆步入社会，人生之路、专业之路何往，并没有明确指向，同窗时浅，恶补基础，专业和学业，彼此也无记忆。现如今，岁月淹忽，奔波劳碌，人生迟暮，学业面貌仍不甚清晰，当她把这些散发墨香的作品寄来，令人刮目相看：一不小心，同窗中出了个诗人。

　　记得辛丑初秋，同学聚会，说及她的诗，我以为有唐人之味，古风之好。后来，承蒙不弃，嘱我作序，同窗同好，却之不恭。

　　玲子写诗自何时始，不得而知，而本集中多为近五年的作品，尤在晚近两三年，她诗兴勃发，不可收拾，渐入佳境，遂有了可观收获，成了诗坛"大龄新人"。她自况，写诗自娱自乐，写给自己，无多拘束，或晒朋友圈，"求其友声"。没有功利，或许成全了诗者自由心态，成全了她诗情幽幽，诗意斑斓，诗意人生之乐。

诗，被认为文学的"珠峰"，艺术皇冠上的宝石。古训有，不学诗，无以言。时下人们憧憬生活中无边的诗意和无穷的远方，诗，不仅是一个穿越时空的文化精灵，也是人们航渡精神彼岸的灯火。作为高雅又大众的语言艺术，诗，也考验作者功力。诗是国粹，特别是旧体诗作，古风骚体，文脉久远，臻为华夏艺术瑰宝，后学者有着可想而知的难度。然而，"人间要好诗""大雅久不作"，纷纷攘攘的诗坛，如今，期待诗的重振，呼唤缪斯女神垂顾，也期待古韵新生。好诗何在？为大众青睐和认可的诗歌，在诗坛，在圈内，多年来一直是翘首以盼的。

作为业余诗者，玲子无意在这个背景板下，束缚自己，证明自己。恰是这一身份，她的诗，平实，舒放自在，淡然快意；源于内心，无矫饰，不唯发表，捕捉美好与善良，写亲情友情，即使写疫情逆行者、英烈先贤，写来也情怀悠悠，兴味逸出。先人论诗云，我手写我心，玲子的诗是也。

诗题上，斑驳琳琅，大小由之。举凡世情人心，自然风物，生活日常，生命情怀，翰墨文事，等等，洋洋大观，自成气象。她咏物，行旅，唱和，在某些生活时段，诗成为她日常重要内容或状态——走游即诗，读思得韵，感事成文，观物有情，或可概括。在诗风上，注重变化。自由体的不羁，长排律的浑然，小场景的清新，拟仿体的戏谑，数字诗、藏头诗、月令诗的风趣，不一而足。仅举诗题一类，管窥全豹：风物观情的有《木槿花儿开》《狗尾巴草之歌》《观屋边竹》，世事感悟的《爱你如初》《我的江湖》《待我白发飘飘》《我相信》，游历寻访的有《过鸟巢有所思》《我在天山顶上浴风》等。诗写平常，即兴而作，感悟人生，烙有自己的印迹，有了一定辨识度。

玲子诗作注重意象生发，在自然物事中描绘生命，抒发情怀，平凡世相，活色生趣。母校珞珈的春日赏樱，夏天观荷，冬天寻梅，还有通人性的"小狐仙"出没于校园，与人为友，这些诗，写自然物事，四时佳兴，既有生命的尊重，也有情怀的张扬。"一切景语皆情语。"对大自然，诗意描绘中生发人生情怀，感悟世事中，领略浮世风华，形象、具象、哲理，相融相谐，所以有了如下诗境——我们白发相守，爱你如初；我们背起行囊，江湖浮生；我们田园开圃，享受人伦之乐……描绘现实人生状态，生命情态，有情怀，接地气。古人说，诗者，思也。玲子写有一些哲理诗作，从习见物象中，绌绎出精神意象，平凡景物见诗意。比如《戏说闻道与醉酒的蝴蝶》是也。蝴蝶，是她诗中多次描绘的物象，借以表达社会世相灵动、华美与自在的赞赏，或者，有如庄周对生命延续转化的认知。植物、动物、自然、生命，由具象生发，意象生成，诗意和诗境，得以扩展。

当然，我感受最深的是，她以古雅诗风，接续律诗古体文脉，大量的古体诗，仿古风，凸现对古诗律体的钟爱与活用。有人说，现代诗重哲理，诗情激昂，诗意多解，诗句不羁；而古风律体，重形式求工整，在限制中见自由，尤考验诗人多方才能。律诗古体在当下有些式微，热衷者寥寥，除了形式限定之外，语言的造诣，典雅精致见作者功力。敏而好学、钟爱古诗的玲子知难而上，在炼意，用典，及至韵律、平仄方面，有些心得。一首《无题》诗，可见一斑：

借来洪湖一方家，独享童趣万簇华。
鸥鹭自在频戏水，蔷薇悠然总开花。
一念春风拂朝露，半湖秋霭伴晚霞。
抛却尘世千万事，且吟月光慢沏茶。

她的古风旧体，写生活劳作，自然风物，以及游历寻访等，上接古人，或隐约寻找古诗遗风。陶诗的萧散，孟德《短歌行》的沉雄，老杜独步江上寻花后的感喟，以及李太白的飘逸，王维的禅意，东坡的旷达，是后人热捧的，也是玲子"偷艺"的基本项。这里，并不是妄言比附，天下诗文最容易也最难点，是对经典的膜拜后的活用与借镜。

最后，不想挑剔她什么，也不作什么期许。作为诗坛"新秀"，特别是旧体诗的多产者，诗人之路严苛，漫漫修远。我相信，明慧的作者，最知晓自己，不容我等饶舌。恕我的偏执，诗，是天才的事业。艺术，多取决于天性或天分。所以，打开了诗之门，有了如火的诗心，坚持下去，日有精进。重要的是，人生晚年，诗意人生，高雅之好，何其难得，如她自己所写："我愿把诗种在心里，把远方，种在诗中。"有诗，又有远方，有了闲暇，晚华灼灼，人生之乐，何莫如斯?!

2022年5月

爱怨忧思故园情

——胡建平的散文序

　　案头的一组文字，为安徽作者胡建平的散文近作。年轻的作者，早年出外谋生，远离故土，打工拼搏，却执着地亲近文学，工余夜半倾情缪斯，书写过往经历，抒发人生感悟，实属不易，读后感慨良多。

　　首先想到的是眼下众说纷纭的文学和热闹的散文。诚如古语所言，事无常态，水无常形，这文学岂是一个变字了得?!

　　是的，文学在当下没有昔日的风光，但散文随笔还是文学的宠儿。在众多的图书出版中，散文比例是相当大的，还有报刊上的文字，还有电子媒体和自媒体上的那些不逊于变成铅字的文字。仅从数量和读者的人气看，说散文是大众文学生活中最亲近者，并不为过。

　　散文传统源远流长，鲁迅当年说是"古已有之"。其传统深厚得从哪儿算起，也为史家犯难，以至成为一大公案。因了传统的包袱，这散文定义，也莫衷一是。无论如何，千百年以降，散文枝繁叶茂，成为了文学的胜景。远的不说，大约自上世纪八十年代中叶，文学新时期肇始，散文犹如一丛绚烂山花，在沉闷多年渐进开放的文学气候中，自由自足地绽放，一时间，遂成"乱花渐欲迷人眼"之势。

作为古老的文体，在不断创新变法中，散文随笔成为最"亲民"的文学样式。她接续传统文化，契合时代精神，表达人生感悟，展示自我心灵，切近地介入世道人心，自由地书写人生情怀。历史悠悠，风云际会；人世代谢，鉴往知今。散文随笔，风起水生。九十年代之后，城市化的进程，休闲娱乐文化的兴盛，都市类报刊崛起，散文随笔又有新开掘，所谓文化散文、思想随笔、人生小品等等，在文学园地中，散文随笔不仅热闹一时，也多年延绵旺盛，成为亮丽的风景。

更重要的是，散文成为大众试水文学的最初体验，成为时下写作者最平实普通的一种文学操练。其作者身份多样，贩夫走卒，五行八作，题材的无拘束，没有形式的规定和格式的限制，我手写我心，真切的表达，切近的思考，吸引了众多普通作者参与，也助力不少葆有文学梦想的作者完成了夙愿。如果说，有一种文学样式能造就作者、激励作者的话，我以为，非散文莫属。散文的低门槛和亲和力，是许多作家包括名家们原初的文学历练。

在这样背景下，读胡建平的散文，不能说他追赶时下文学风潮，但从散文写作接地气，书写自我，袒露情怀，自由快捷的角度来说，他的业余写作，或许有这方面因由。

在这组文字中，作者展示的生活原生态、情感的直率执着，以及故园情怀、感恩意识、乡土亲情，令人难忘。当年，从皖中大别山乡走出的漂泊者，为生计故，辗转众多职场，后来在省城找到家业。"却顾所来径，苍苍横翠微。"曾经的来路，过往的经历，家乡的风习，泥土的情怀，成为他笔下的主体面貌，而维系于心的，那个特别的"文心"，是那一方神圣的故园亲情，是对那些辛苦劳作的父老乡亲现实状态的记挂和故乡变化的关注。

故土之恋，亲情之爱，是远行游子的情之所系，渗透在生命情感中，成为人生跋涉的精神原动力。而诉诸笔墨，故乡风物和亲情人事的描绘，化为作者篇章中生动别样、一咏三叹的场景和细节。"双抢"时节的日夜劬劳，"淴塘"、捞鱼时游戏般童趣，野毛桃的别有清香，学校午饭时母亲带上的一枚咸蛋，五月田埂上吹来的阳春暖风，大山深处寻找毛栗子的兴奋和欢娱，晚饭后稻床上的露天电影，秧田里吓人的蚂蟥，水塘中调皮的小花蛇，父亲的篾筐，哥哥的箱子，姐姐的茶壶……林林总总，或繁或简，或大或小，其情其景，可感可触。在《桂车河》一文，面对儿时的熟悉场景，车停桥头，他寻找"曼妙如画的风景"和"青春的记忆"，感叹似水流年，"思念家乡的岁月"。思念与爱，成为其散文的主题之魂。

孩提生活，没齿难忘，亲情回望，故土岁月，既是生命中的情感记录，也是作者成长的印记。风物农事，生活场景，包括父兄们的叮嘱期望，伴随人生远行。十五岁那年，"毅然不顾家人的百般阻挠，坚决弃学不上的我，在那个清冷、黑呼呼的凌晨，要跟建德师傅北上学艺……"一别经年，漫漫漂泊，北上抚顺，再回省城，合肥庐州，独立远行，一路走来，执拗的性格，风雨前行中，人生目标渐次展开，事业学业，回望思考，既有的情感体验与现实的感知思考，激发了作者写作欲望，诉诸笔端，不经意间，一个懵懂少年数十年的人生跋涉，在这些断续的生活和思想的书写中，隐隐可知。

这组文字中，最突出的，也是最长的一文是《再见吧，双抢》。这篇约八千字的散文，真切地记述了南方农事中，最辛苦最艰难的农活。作者以自身亲历描写了七十年代末，农村生产力低下，南方稻作区的夏天"双抢"（抢种抢收）的场景。这是一年最累最忙的时节，插秧抢收，披星戴月，骄阳暴晒，老少齐上阵，天旱无雨要抢水，送交公粮要看人脸色，劳作的辛苦中不乏孩子们天真找乐，插秧的划线、分行等农活的过程，从一个孩童的视角，写来生动有趣。同时，作者又在爱怜幽怀的心境下，描写农民的艰辛和农村的苦涩，农耕文化的自足自在与忍让无奈。以这种"再见"的作别式感悟，以"回不去的双抢"的五味杂陈，期望农民乡亲胼手胝足的辛酸苦活，不再重复，加深了文字分量。因而，在网上发出后，立即有三十多万字的评价和跟帖。

可贵的是，故园情深，拳拳爱心，也有幽幽的爱怜与忧思，杂糅其间的不舍与怨忧，形成了作者另一类论说性文字，显示了思想的亮点。多年的生活历练，职场打拼，学业求索，与故乡难以割舍的联系，在乡村与城市两种文明的不同碰撞中，从一个较为广阔的视点上，思考和寻求，作者有了被自己叫作杂文的篇什。其中，他对泛滥的庸俗文化，比如春晚上对残障人士的调侃进行批评；有对所谓的人生目标，期待着的诗与远方，却忽略了现实的脚踏实地的现象，有过分析；对那些沉湎于醉酒生活及时行乐者，即使是朋友也以善意劝诫；对农村发展、农民富裕后的生态失衡、民风失范以忧思，而对地沟油、金融风暴中的"熔断"、"房价"等现实的民生问题，也不乏关注；从家乡桐城古今传诵的"六尺巷"谦让精神，他关注了时下传统文化与时代精神互为参照的重要。这些思考触角，在乡情乡谊的文字之外，关涉到现实的政治经济、民生文化，殊为难得，增大主题思考的空间。在《你不认真苟且，怎配有诗与远方》中，作者翻新"苟且"之说，认为人生的价值实现不是外在的，事业的起始不能忽略"底层"和"工匠"，安于现实，或许就是所谓"苟且"之说，或许这是人生的必然过程："苟且是一种过渡；苟且是一种沉淀；苟且是一种厚积；苟且是每个人成长的过程！因此，我们要敬重所有苟且着的人，即便他将来不能功成名就、青史永垂。"这里，作者以警句式的排比，不惮其偏狭，为人们热议的"苟且"一词，解读释义，翻出新意，令人击节。

胡建平的文字自然清丽，无随性和粗糙之弊，简练中有清雅之气，很注重场面的及物性，即内容上的切实细致，还原于当时的场景。比如：

冬的柴火，大人们一担一担从那山上砍下来，早出晚归，周而复始着；每家每户的柴垛，越来越高了，堆码着丰收殷实的希望。

少不更事的我们无暇顾及大人的艰辛，最兴奋的却是带回的一把酸甜的毛人果（山楂）、几个涩涩的野柿子……一个个暮色苍茫的傍晚，我总是迎着父亲挑柴回来的方向张望着……

终于，不再满足大人砍柴时随手捎带的果子，我们要上山自己行动了。（《山亲，毛栗儿甜》）

又如：

你家田里，他家田里，隔壁生产队的田里，脚踩的打稻机千篇一律地发出了"嗡嗡嗡嗡……"的声音，震颤回荡在旷野上空。树上的知了也在声嘶力竭地嘶鸣着，拼命地倾诉着天气的炎热。

两种声音在原野上空交织，奏出了农人的艰辛，农人的心酸……（《再见吧，双抢》）

就篇幅说，胡建平的散文多是短章，小品式，恰是这样短小篇什，最容易为业余作者把握，随意为之，写来无拘束。仅从写作者的轻松自在心态来看，这组散文描绘生活的某个场景，某种感悟，某一事件，断面截取，素描简笔，没有业余作者常见的那种拘束或者为文而文的弊端。他将生活中最能触动心弦的地方，最让挂怀不舍的，信笔而为。心态的松快，成全了写作的自在。他曾经写道：

> 爱好，每个人都有。我选择了偶尔码字，虽然有时酒后码得狗屁不通。但在码字的过程中，我享受了一种愉悦，这种愉悦能让我沉浸在忘我的境界，对尘世中那些纷嚣置若罔闻，让心能真正静下来；不再思索那些给我带来烦恼困惑的人和事，超脱感油然而生。这或许是人们各式各样的爱好，超然升华的最高境界。（《你不认真苟且，怎配有诗与远方》）

这无疑是作者的清醒。当然，若从严格要求，他的作品或许还稚嫩、单一、简直、零散，有的还不太成形，缺乏深入开掘。或者，对于生于斯长于斯的桐城文化，他还可以更多地借鉴、开掘，使其写作题材多样丰富，文字饱满结实。但无论如何，他的前景可观。因为，从乡村到城市不同文化的互为参照，有写作的恒心与韧劲和思考的习惯，转益多师，勤奋经年，他来日可期。

2017 年 11 月

谢冕的性情散文

　　谢冕教授的三部新作：《为今天干杯》（海峡文艺出版社）、《碎步留痕》（山东画报出版社）、《花事》（与高秀芹合著，春风文艺出版社），散发着幽幽墨香，加上先前《觅食记》等，是有味道、耐咀嚼的文字。题旨丰富斑斓，风格明丽简洁，叙事幽默典雅，展现了谢老师散文独特风采。在类似的比如大量写景抒怀的泛泛文字中，他的作品有高辨识度，也颇受编辑喜爱，特别是报纸副刊，所以南北大报上，不时有新作刊载，一些名篇不胫而走。

　　近几年，与谢教授多有过从，主要是在朋友聚会中，亲炙謦咳，时不时，说及在《文汇报》上第一时间读到他的大作，特别是散文小品，有趣味，见知识，颇获我心。有时，他侧耳一听，哈哈笑说，是吗？三年前，在评述年度散文概貌时，简单谈及谢教授的散文时，我说，"有意思的是，高龄作家多不擅（不愿）的短章，但九旬老人谢冕仍有'反季节写作'，笔下的燕园纪事，写饮食男女，日常生活，以小见大，率性见情。"

　　散文仍是当下热门文体，也是人们苛求的文体，什么是好散文，见仁见智。但散文是闲散的，也是大众的、平民化的文本。老少咸宜，不拘一格。因其短小简练，最不能藏拙，王国维说散文易学难工。散文最见个人情怀、作家功力，因为作者杂，作品多且滥，也最能见出高下良莠的。

谢教授是文学达人，出名早，其诗、诗学、当代文学史，都有骄人成绩。散文创作，近年高产优质，有人戏言，他年过九十，是散文新秀，"反季节写作"，渐成气势。他的散文，好读，有味，精简，及物，情性毕现，情怀幽幽，情趣盎然，或可以视为，性情学识互见，文气机趣并存 。

《碎步留痕》多是专题性文字，集合了他本世纪第一个十年中自谓"游山玩水"的文字。他行走于山水形胜，记叙眼中自然风物，留下了独到的人生感悟，文字见情见性，情景交融，人文气象，风华自足。他上泰山，满眼槐花，风姿绰约，本来寻常花品，因为几次邀约而不见，心灵之约令他情牵意萦。"中天门的槐花在等我，等我来时它盛开。"然而，从青年到中年再到"人生秋景"，这一等半个世纪，终于有了春天花事的赴约，中天门看花，心心念念，这"齐鲁的有情之花"，成为他生命中一个仪式。他写道："此时槐香悄悄袭来，向着人的鬓发，向着人的罗衫。那花香，清清浅浅，浓浓淡淡，如轻雾，亦如流云。"他写花，不独评品花之貌，而是写花与人，写花事，诉花情。泰山槐花，寄寓了丰富的人文情怀，泰山，自然之山，也是中国文化神圣象征。槐花之约，也是心灵的朝圣之旅。

同样，郁金香是作家另一心仪之花，几次赏花，也未能如愿。寻找，花事迷离而不弃。他写道，一次邂逅西湖园中的专题花展，因过时而不能入，又说到国中最大种植地，说到芳邻郑敏先生的花，为了这枝花，多方求索而不得。几经转辗，最后得到郑先生馈赠的花照。从寻花遭拒，到有幸获得，寻寻觅觅，花事人事情意切切。这花，恰如一个信物，而谢老师，一个高龄花痴，雅事真情，人文风流，令人回味。

不独是花事、花情，像《一碗羊杂碎汤等了三代人》见友情、性情、故事，既有"新疆的前传"，又有"宁夏的后传"。羊杂汤为作者钟爱之物，因为西北友人的情谊，朋友几回推荐，多是错过，虽得愿以偿，也仍有一个个期待。一碗羊杂汤，渗透三代人友情，日常烟火，至情至味，人生不过如此。

大道至简，平凡日常，参透生活哲理，而平实叙述，见出情感赤诚。他两次分别登黄山和梵净山，都风雨交加，十分狼狈却自得其乐。梵净山的大风雨中，匍匐前行，下决心上极顶。艰难的行进："人坐在地上，把身子倒过来，倒行着往上挪动。"实在是天气恶劣作罢，最后留下遗憾，不禁感叹："不是所有的选择都是前进，有时候也要不情愿的选择性的后退。"知难而退，以退为进，不乏生活哲理，人生智慧。

作者情感奔放，心襟坦荡，偶做含蓄表达，吐露情愫，不乏幽默。为寻找羊杂碎汤，他听说宁夏吴忠有一位西施美人摊主，不忘自我调侃，问询友人，盘算着"吃杂碎还是看西施"。在《星星伴我》一文中，他与新疆接待他的女生乌孜别克族的星星交谈，"我向她谈起了人生隐痛，星星安慰了我。"这里宕开一笔，见出老先生对青年朋友的信任，对人生憾事的挂怀。

性情文字，自出机杼，或是美文的要义。谢教授的文字，抒发感怀，文采飞扬，也有忧愤激烈。面对生态危机，他感叹"白鹭飞不回来"，他直言"消隐了的桨声灯影"，是因为水资源破坏，他在乡间反复寻找心中"三脚桶"，儿时"百草园"，可今是而昨非，心情惆怅，直呼"不应来这里寻找"，不忍看到生态惨遭破坏，虽然，这些不是此类作品的主旨，但他的《三汊浦祭》《蝴蝶也会哭泣》《消失的故乡》，虽寥寥数篇，对当下生态的忧思，是性情文字的另一面。

他在游历寻访中，书写文化精神，对接传统情怀。江山胜迹，人文遗存，挖掘地域文化精髓。温州的江心屿、天姥山的道宗、长江的诗词文赋，从人文和诗人的视角，在谢教授笔下，提炼为温州的月亮、长江的诗酒风流、西湖的诗词文宗，等等，具象与意象的呈现，文本有了轻快而丰盈的内蕴。

谢教授的散文语言多是短语，如口语般精练、晓畅、生动、轻盈，不作高台说教。信手拈来，以一当十。写山水文字，特别注重人在此时状态的感受，闪回人生情怀，人与情，景与思，融入参透，山水风光别有人文风情，所谓"一切景语皆情语"。他的散文，有诗化韵味，也有小品文式风趣。"一条鱼顺流而下"，题目吸引人，是对环保生态的反思；生在幸"福乡"（福建之福），他感念于乡情乡谊，通过数十个闽南特有的县名、地名，联结为一个个历史画面，福喜之情，乡谊之情，一一道来，赤子情怀，拳拳可见。

就文本特色而言，谢教授无论写花事，行旅留痕，还是"为今天干杯"的直抒胸臆，充溢着人文气息和昂扬的生命精气神。"为今天干杯"的意象，是高迈豁达的生命自况，也是自我奋进的期许和祝福。在此，借用致敬谢冕教授：为文学、人生干杯，为他创作更多佳作干杯。

蛇年春节

图书在版编目（CIP）数据

矮纸闲草 / 王必胜著. -- 北京：作家出版社，
2025.7. -- ISBN 978-7-5212-3285-1

Ⅰ.I267

中国国家版本馆CIP数据核字第2025VV8481号

矮纸闲草

作　　者：王必胜
责任编辑：宋辰辰
封面题字：王必胜
装帧设计：意匠文化·丁奔亮
出版发行：作家出版社有限公司
社　　址：北京农展馆南里10号　　邮　　编：100125
电话传真：86-10-65067186（发行中心）
　　　　　86-10-65004079（总编室）
E-mail:zuojia@zuojia.net.cn
http://www.zuojiachubanshe.com
印　　刷：河北京平诚乾印刷有限公司
成品尺寸：152×230
字　　数：271千
印　　张：27.25
版　　次：2025年7月第1版
印　　次：2025年7月第1次印刷
ISBN 978-7-5212-3285-1
定　　价：58.00元